Wie immer gilt mein Dank
meiner Familie! ♥

Janey L. Adams

Taariq

200.000-Dollar-Date

Roman

Bibliografische Information der Deutschen Nationalbibliothek:
Die Deutsche Nationalbibliothek verzeichnet diese Publikation in der Deutschen Nationalbibliografie; detaillierte bibliografische Daten sind im Internet über http://dnb.dnb.de abrufbar.

Covergestaltung: nach einem Entwurf der Autorin (Foto: stock.adobe.com / Anastasia)

Herstellung und Verlag: BoD – Books on Demand, Norderstedt

ISBN: 978 3 746 02948 1

Fernsehinterview

Die Augen aller richteten sich auf mich.

Verunsichert lehnte ich mich auf dem Stuhl zurück, zog dabei instinktiv den Kopf ein.

„Wenn unverhofft ein Prominenter vor Ihnen stehen und Sie um eine Verabredung bitten würde, wie würden Sie ihre Haare stylen?"

Durcheinander gebracht von der Fernsehkamera, sowie der absolut dämlichen Frage, blieb ich stumm.

Die Frau hinter dem Mikrofon sah mich stirnrunzelnd und sichtlich ungeduldig an. „Sie sind live im Fernsehen, Schätzchen. Also? Ihre Antwort?"

Irritiert murmelte ich: „Das Einzige, was mir dazu einfällt, ist etwas völlig Banales. Bislang ..."

Die Reporterin unterbrach mich mit einem breiten Lächeln: „Zeigen Sie es uns?"

Laut seufzte ich.

„Bitte. Sie haben herrliches Haar. Unsere Zuschauerinnen sind wahnsinnig neugierig."

Ich warf einen hilflosen Blick zu meiner Freundin hinüber, doch deren schwaches Lächeln war keine Hilfe, ebenso wenig wie ihr ratloses Schulterzucken.

Tief durchatmend hob ich die Hände, teilte eine dünne Strähne am Oberkopf ab, glättete sie zwei bis drei Mal, und verdrehte sie. Als ich meine Finger in den Schoß fallen ließ, prangte ein lockerer Knoten im Haar, in Form einer Acht.

Verblüfft rief die Reporterin: „Das habe ich noch nie gesehen. Wie hält der denn? Gerade bei den glatten Haaren?"

Ich zuckte mit den Schultern. „Keine Ahnung."

„Wow. Ich glaube, damit haben Sie einen neuen Beauty-Trend ausgelöst. Ich kann es kaum abwarten, auszuprobieren, ob das mit meinen Haaren auch klappt. Zeigen Sie mir noch einmal, wie Sie das gemacht haben?"

Obwohl ich mich verdammt unwohl fühlte, hob ich erneut die Hände.

Der Mann mit der Kamera trat näher, und mir stieg der Duft seines Rasierwassers in die Nase. Ein maskuliner und äußerst angenehmer Geruch, wie ich registrierte.

„Sie müssen eine dünne Strähne abteilen. Glatt streichen, und dann einen Knoten machen." Meine Finger ertasteten die zweite Acht.

Die Haarsträhne der schwarzhaarigen Reporterin, die es mir nachgemacht hatte, blieb jedoch in Bewegung. Schon löste sich die Verzwirbelung. Enttäuscht schnitt sie eine Schnute. „Was habe ich falsch gemacht?"

Ratlos schüttelte ich den Kopf. „Keine Ahnung. Soll ich es einmal versuchen?"

Als sie nickte, stand ich auf und stellte mich neben sie. Ungewollt stieß ich gegen den Arm des Kameramannes.

Er atmete hörbar ein.

„Verzeihung", murmelte ich ihm zu und hoffte, sein Bild nicht verwackelt zu haben.

Meine Finger taten rasch ihren Job.

Einen Augenblick später seufzte die Reporterin zufrieden. „Wie sieht das an mir aus?", fragte sie den Kameramann.

„Nicht ganz so hübsch, wie an der bezaubernden Dame hier." Er deutete auf mich.

Nichts hätte mich auf dieses warme Timbre vorbereiten können. Die dunkle Stimme löste einen wohligen Schauder aus, der über meinen Rücken rieselte.

Als er die Kamera der dritten Person im Gefolge in die Hand drückte, hörte man überall scharfes Einatmen. Gleich darauf entfachten dutzende kleine Gesprächsfeuer.

Ratlos sah ich mich um. „Ist das irgendeine Art von Verarsche?"

Die Reporterin grinste breit. „Nein, nichts dergleichen. Dieser Gentleman hier", sie deutete auf den Mann, von dem der Rasierwasserduft ausging, „äußerte den Wunsch, Sie kennenzulernen."

Das Gemurmel im Raum wurde lauter.

Ich hob den Blick und sah in Augen, die mir buchstäblich den Atem raubten. Sie schimmerten dunkelbraun, wirkten aber tiefschwarz. Überschattet wurden sie von kräftigen Augenbrauen. Einen kurzen Moment lang fragte ich mich, ob er Kajal benutzte.

Ich blickte zurück zu der Frau. „Für welche Sendung sind Sie unterwegs? *Die versteckte Kamera?* Und zur Tarnung ist die Kamera nicht versteckt?"

„Mo... Moment mal", stotterte die Reporterin unprofessionell. „Sie erkennen ihn nicht?"

„Bitte?", fragte ich perplex.

Meine Freundin flüsterte halblaut: „Rebecca, das ist Taariq Shaheen."

„Wer?"

Ein leises Lachen riss meinen Blick hoch zu dem Mann mit den unglaublichen Augen, die jetzt funkelten. Ein sexy Lächeln umspielte seine vollen Lippen. Er streckte mir die Hand entgegen. „Hallo, ich bin Taariq. Und Sie heißen Rebecca?"

„Sie haben gute Ohren", erwiderte ich und verschränkte die Arme fest vor der Brust, da ich mir allmählich total veralbert vorkam.

Er legte den Kopf leicht schief und starrte mich an, während sein Lächeln etwas schwächer wurde. Einen kurzen Augenblick später ließ er den Arm sinken.

„Ganz ernsthaft jetzt: Sie kennen ihn nicht?", mischte sich die Frau dazwischen.

„Steht darauf die Todesstrafe?", fragte ich genervt zurück.

Durch das Café zog ein Kichern, während die Schwarzhaarige sich mit der Hand Luft zufächelte. „Na so was", murmelte sie. „Verehrte Zuschauer, wir haben exklusiv für Sie *die eine* Frau gefunden, die noch nie von Taariq gehört hat. So unglaublich es auch klingen mag." Sie lachte gekünstelt.

Entnervt blickte ich zu meiner Freundin. „Mir reicht es ... Wollen wir gehen?"

Er streckte eine Hand aus, als wollte er mich am Gehen hindern. „Bitte, bleiben Sie. Es stimmt tatsächlich. Ich möchte Sie gerne kennenlernen." Seine Stimme klang etwas dunkler als zuvor.

Ich schnaubte abfällig und ließ mich zu keiner Erwiderung herab. Stattdessen hob ich den Arm und rief laut nach der Rechnung.

„Das geht auf mich", sagte er sanft.

Erzürnt starrte ich zu ihm hoch. „Ganz sicher nicht!"

„Okay, dann gehen Sie mit mir essen."

Mein aufgebrachter Blick ließ ihn ein rasches: „Bitte", anhängen.

„Weshalb sollte ich?", fragte ich aufsässig. „Doch wie es scheint, ist dies Ihr Glückstag. Sehen Sie sich um ...", ich deutete mit der Hand im Kreis.

„Ein ganzer Haufen hübscher Frauen. Ich bin überzeugt davon, die eine oder andere würde gerne mit Ihnen gehen."

Leises Gelächter erklang, und eine Frau rief: „Zur Hölle, ja!"

„Na bitte", freute ich mich und lächelte. „Problem gelöst."

Die Bedienung kam heran und reichte mir einen Kassenbon.

Nach einem raschen Blick darauf zog ich zwanzig Dollar aus dem Portemonnaie und reichte ihr den Schein mit einem leisen: „Stimmt so."

„Ich möchte aber mit *Ihnen* ausgehen, Rebecca."

Unversehens versank ich in den schwarzen Tiefen seiner Augen, die mich zu hypnotisieren schienen. Sekundenlang starrte ich ihn an, dann schüttelte ich energisch das Gefühl ab. „Danke, kein Interesse." Ich griff nach meiner Jacke.

Er kam mir zuvor und hielt sie so hin, dass ich hineinschlüpfen konnte.

Verärgert stemmte ich die Hände in die Hüften.

Bevor ich ihn anfahren konnte, lächelte er charmant. Ungewollt machte mein Herz einen Hüpfer.

„Ein Essen. Wohin auch immer. Bin ich Ihnen so unsympathisch, dass Sie mir das abschlagen?"

„Sie sind mir gar nichts, um das klarzustellen. Darf ich jetzt die Jacke haben?" Fordernd streckte ich die Hand aus.

„Wenn Sie dafür mit mir ausgehen ..." Noch immer umspielte ein Lächeln seine Lippen. Auf so sinnliche Weise, dass mir der Atem knapp wurde.

„Vollkommen lächerlich", grummelte ich wütend.

„So komme ich nicht weiter, wie mir scheint", murmelte er. Aufmerksam sah er mich an. „Okay ... Wie viel muss ich Ihnen zahlen, damit Sie mir meinen Wunsch erfüllen?"

Noch lauteres Gemurmel durchdrang den Raum.

„Sie würden dafür bezahlen, um mit mir essen gehen zu dürfen?", hakte ich ungläubig nach.

Er nickte bestätigend.

Ich griff nach meiner Jacke.

Seine schlanke, hochgewachsene Gestalt streckte sich auf beeindruckende Weise, als er sie über seinen Kopf hielt.

„Jetzt wird es kindisch", rief ich und kniff verärgert die Augen zusammen.

Erstmals sprach die Schwarzhaarige wieder: „Sie hat recht, Taariq."

„Wie viel?", fragte er noch einmal, die Augen unverwandt auf mich gerichtet.

„So viel Geld haben Sie nicht", versuchte ich mich aus der Affäre zu ziehen.

„Möglich. Warum finden wir es nicht heraus? Sagen Sie mir, wie viel." Provozierend sah er mich an, doch ich schüttelte abwehrend den Kopf.

„Zehntausend?", warf die Reporterin hilfreich ein.

„Das ist lächerlich", murmelte ich, mittlerweile höllisch aufgebracht. Damit meinte ich nicht den viel zu hohen Betrag, sondern die Situation als solches.

„Hunderttausend?", fragte die Journalistin breit lächelnd.

Jeder im Raum, außer Taariq, schnappte hörbar nach Luft.

„Das ist verdammt viel Geld. Aber nein." Entschieden wandte ich mich um und strebte dem Ausgang entgegen. Inzwischen war es mir einerlei, ob ich die Jacke zurückbekam.

„Zweihunderttausend", sagte Taariq leise.

Beinahe wäre ich gestolpert. Geschockt drehte ich mich zu ihm um und starrte ihn an.

War das ein ernst gemeintes Angebot?

Fast unmerklich schüttelte ich den Kopf.

Geschmeidig kam er auf mich zu und hielt mir erneut die Jacke offen hin. „Draußen ist es zu kühl."

Resigniert seufzend drehte ich ihm den Rücken zu und schlüpfte hinein. Kaum ließ er den Kragen los, legte er die Hände auf meine Schultern.

Die Berührung seiner Finger sandte ein Schockgefühl durch meinen Körper.

Er neigte den Kopf und flüsterte mir ins Ohr: „Zweihunderttausend Dollar. Bitte, nur ein Date."

Der warme Atem, der aus seinem Mund strömte, ließ mich erschaudern.

Doch ich war außerstande, zu antworten.

„Bitte, Rebecca. Muss ich das Angebot verdoppeln, damit du *Ja* sagst?"

„Natürlich nicht", erwiderte ich leise.

„Also zweihunderttausend. Einverstanden?" Mit den Händen drehte er mich um. Sein Blick suchte meinen.

„Das ist doch Wahnsinn", murmelte ich.

„Bitte, sag *Ja*." Taariqs Stimme strich über mich wie flüssige Seide. Sie schien meine Sinne zu betäuben.

„Warum? Du kennst mich überhaupt nicht. Das ist komplett absurd." Unwillkürlich fiel ich ebenfalls ins lockere *Du*. Zu müde zum Streiten sah ich zu ihm hoch. Dabei musste ich Kopf in den Nacken legen, da er mich fast um Haupteslänge überragte.

Sein Lächeln veränderte sich. Es war mir nicht möglich, es zu deuten. „Weil ich dich kennenlernen *möchte*, deswegen. Bitte, sag *Ja*."

Meine Lippen teilten sich, um ein klares *Nein* auszusprechen. Zu meiner eigenen Verblüffung hörte ich mich genervt: „Okay", sagen. Schon fühlte ich, wie mir das Blut aus dem Gesicht wich. „Ich meine: *Nein*", rief ich vehement.

„Zu spät", erwiderte er und sah mich eindringlich an. „Wir alle haben dein *Okay* gehört." Er sah sich nicht um, sondern blickte mich mit leuchtenden Augen an.

„In Ordnung ...", erwiderte ich resigniert. „Aber das Geld möchte ich als Spende sehen, an eines der örtlichen Tierheime."

Ein Raunen durchzog das Café.

Sichtlich überrascht hob er die Augenbrauen. „Einverstanden. Ich danke dir. Gibst du mir deine Telefonnummer?"

„Nein. Sag mir wann und wo, und ich werde hinkommen." Gereizt verschränkte ich die Arme vor der Brust.

„Bist du dir sicher? Ich soll jetzt und hier den Ort und die Zeit verkünden? Ich werde es schwer haben, dich zu finden, wenn sich auch andere Frauen eingeladen fühlen ..." Selbst seine Augen schienen zu lächeln.

Verunsichert biss ich mir auf die Lippe. Leise fragte ich: „Hast du einen Zettel und einen Stift?"

Verhalten lachte er, so wie die meisten Anwesenden auch.

„Was ist so komisch?", fragte ich patzig. Ich verspürte das deutliche Gefühl, ins Fettnäpfchen getreten zu sein, wusste aber nicht, wieso.

„Nichts", murmelte er schmunzelnd. Aus seiner Tasche zog er ein Smartphone und tippte einige Male aufs Display. „Gib deine Nummer hier ein."

Seufzend nahm ich es ihm ab. Als ich seine Haut berührte, durchfuhr es mich wie ein elektrischer Schlag.

Wild entschlossen überging ich es.

Rasch tippte ich die elfstellige Nummer ein, drückte ihm das Telefon in die Hand, und stürmte zur Tür hinaus.

Meine Freundin schaffte es kaum, mit mir Schritt zu halten.

Restaurant

Rebecca betrat das Restaurant. Ihre Zungenspitze leckte über die Lippen, ehe sie sich - sichtlich nervös – umsah.

Als unsere Blicke sich trafen, beschleunigte sich jäh mein Puls. Deutlich konnte ich erkennen, wie ihre Pupillen sich weiteten.

„Guten Abend, Rebecca. Danke, dass du gekommen bist", murmelte ich, als ich einen Schritt auf sie zuging und vor ihr stehenblieb. „Komm, ich bringe dich zu unserem Tisch." Ich bot ihr den Arm an, doch sie schüttelte den Kopf.

Unverändert störrisch, dachte ich belustigt.

„Wieso ist hier kein Mensch?" Nicht einen Millimeter bewegte sie sich. Unbehagen flackerte in ihren Augen.

Der Kellner, der am Empfangstresen stand, hüstelte dezent.

Sofort korrigierte sie sich: „Ich meine, wo sind all die anderen Gäste?"

Mit leicht zur Seite geneigtem Kopf sah ich sie an. „Ich wollte mit dir allein sein."

„Du hast ... Ich meine ... Niemand anderer wird hier essen?" Sie schien verblüfft zu sein.

„Ganz recht. An diesem Abend essen nur du und ich hier."

Offenen Mundes starrte sie mich an.

Lächelnd griff ich nach ihrem Ellenbogen und führte sie sanft in Richtung des Tisches, der in einer lauschigen Nische stand. Ich zog den Stuhl für sie hervor. „Darf ich dir die Jacke abnehmen?"

„Das kann ich durchaus all..."

Ich unterbrach sie: „Daran zweifle ich nicht. Doch in diesem Etablissement sind die Damen daran gewöhnt, Gentlemen um sich zu haben."

Ihre Augen weiteten sich. Verunsichert blickte sie sich um. „Jetzt machst du mir Angst. Ich bin gar nicht passend gekleidet, fürchte ich ..."

Mir entfuhr ein leises Lachen. „Wir sind allein. Es spielt also keine Rolle, was du anhast. Entspanne dich einfach. Darf ich?" Meine Finger nährten sich ihrer Jacke, und seufzend gewährte sie mir, ihr herauszuhelfen. Ohne Umstände reichte ich sie an den Kellner weiter, der wie ein Gespenst auftauchte und lautlos wieder verschwand.

„Bitte, nimm Platz." Auch mit dem Stuhl half ich ihr, was ihr sichtlich unangenehm war.

Mit einem verhaltenen Lächeln setzte ich mich ihr gegenüber und ließ den Blick über sie wandern. Ich bewunderte ihre strahlend blauen Augen und die langen, dunkelblonden Haare. Sowie die roten Lippen, die wie zum Küssen geschaffen schienen.

Mein Blick glitt tiefer. Erstaunt hob ich die Augenbrauen. „Das Kleid ist außerordentlich hübsch. Weshalb denkst du, du wärst nicht passend angezogen?" Kein hochpreisiges Designerkleid, wie mir bewusst war, doch sie sah reizend darin aus.

Sie biss sich auf die Lippe. „Ich ... Na ja. Normalerweise trage ich so etwas nicht. Meine Freundin hat es mir ausgeliehen."

Der Kellner trat an den Tisch und überreichte uns je eine Speisekarte. „Was darf ich den Herrschaften zu trinken bringen?", fragte er formvollendet.

„Erst einmal Wasser, danke."

„Sehr wohl", erwiderte er und verschwand.

Ich schlug die Karte auf, doch sie blieb reglos sitzen. Mir fiel das Gespräch wieder ein, und ich schalt mich im Stillen, nicht auf ihre Worte eingegangen zu sein. „Verzeih die Unterbrechung. Du siehst bezaubernd aus in dem Kleid."

Ein leises Lachen platzte aus ihr heraus. „Vergiss das Kleid. Ich werde heilfroh sein, wenn ich es ausziehen kann." Kaum vollendete sie den Satz, als sich ihre Wangen tiefrot färbten. Erschrocken sah sie mich an. „Das sollte nicht heißen ... Verflixt, ich meinte es anders, als es klang!" Peinlich berührt starrte sie hinunter auf ihre Hände, die in ihrem Schoß lagen.

Mein Pulsschlag beschleunigte sich, als mir ungebetene Bilder durch den Kopf schossen.

Dieselben, die mich seit unserer Begegnung vor zwei Wochen vom Schlafen abhielten: Von ihr, wie sie unter mir lag. Die Haare wie gefächert auf dem Kissen ausgebreitet. Mit geöffneten Lippen, die meinen Kuss herausforderten.

Schwer atmend verdrängte ich diese Gedanken und räusperte mich: „Eine verlockende Vorstellung, wie ich zugeben muss. Eine, die meine Fantasie beflügelt. Doch für den Moment möchte ich einfach deine Gesellschaft genießen ..."

Ihre Augen umwölkten sich, und ich fürchtete sofort, zu weit gegangen zu sein. Grüblerisch blickte sie über den Tisch und fragte ausweichend: „Hast du mir eine Spendenbescheinigung mitgebracht?"

Damit brachte sie mich zum Lächeln. „Da ich mir nicht sicher war, ob du erscheinen würdest, habe ich noch keine Spende veranlasst."

Sofort runzelte sie die Stirn, doch ich hob die Hand. „Bitte, lass mich ausreden. Ich habe dir einen Scheck mitgebracht. Keine Sorge, er wird nicht platzen. Mit dem Geld kannst du machen, was immer du möchtest." Ich zog einen schlichten, weißen Umschlag aus meinem Jackett und reichte ihn ihr.

Sie zögerte, griff danach und steckte ihn in ihre Handtasche, ohne hineinzusehen. „Danke. Ich kümmere mich morgen um die Spende. Die Quittung ..."

„Quittung?“, fiel ich ihr verblüfft ins Wort.

„Ja. Für deine Steuererklärung. Gibt es eine Adresse, an die ich sie schicken kann?“

„Ich brauche keine.“

„Du bekommst aber eine. Allein schon, damit du siehst, dass das Geld einem sinnvollen Zweck zugute kommt. Und glaube nicht, ich will auf diesem Weg deine Anschrift herausfinden. Eine Postbox Adresse von deinem Management ist vollkommen ausreichend.“

Schweigend sah ich sie an. Diese Frau erstaunte mich, und zwar maßlos. Solch reine Aufrichtigkeit war ich seit Jahren nicht mehr gewohnt, zumindest nicht außerhalb meiner Familie. Doch ich gestand mir ein, wie erfrischend es war, und dass ich es vollauf genoss. Wie von selbst lächelte ich sie an.

„Findest du mich witzig?“ Abwehrend verschränkte sie die Arme vor der Brust.

Kopfschüttelnd erwiderte ich: „Du bist ein Rätsel für mich. Ich möchte dich unbedingt näher kennenlernen. Bitte, erzähl mir etwas von dir.“

„Haben die Herrschaften bereits gewählt?“, unterbrach uns der Kellner.

„Oh“, machte Rebecca. Die Röte ihrer Wangen vertiefte sich. Hastig schlug sie die Speisekarte auf.

„Nein, noch nicht. Geben Sie uns noch fünf Minuten. Danke“, erwiderte ich, woraufhin wir allein gelassen wurden.

Ich ließ den Blick nicht von ihr, registrierte, wie ihre Augen immer größer wurden.

„Ist das französisch? Ich beherrsche die Sprache nicht", sagte sie leise und sah mich hilflos an.

„Worauf hättest du denn Appetit?"

Prüfend schaute sie sich um und presste die Lippen zusammen. „So, wie es hier aussieht ... Die haben sicherlich keinen Hackbraten, oder?"

Was immer ich erwartet hatte, ganz sicher nicht die Frage nach Hackbraten. Angestrengt versuchte ich mich zu erinnern, ob ich jemals welchen gegessen hatte. „Und was möchtest du dazu essen?", fragte ich, während mein Lächeln immer breiter wurde.

Drohend hob sie den Zeigefinger. „Verkneife dir das Lachen. Ich hätte gern eine Ofenkartoffel, mit Sauerrahm, Käse und Speck. Meinst du ...?"

„Ich denke, das ist eine leicht zu nehmende Herausforderung für den Koch." Mit der Hand winkte ich dem Kellner. „Wir nehmen zwei Mal Hackbraten. Dazu eine Ofenkartoffel mit Sauerrahm und ... Was sollte oben drauf?" Ich hatte es nicht vergessen, doch ich wollte es noch einmal hören, weil es so süß gewesen war.

„Käse und Speck", sagte sie mit leuchtenden Augen. „Und dazu grüne Bohnen, wenn es möglich wäre."

Sichtlich verblüfft zögerte der Kellner, nickte aber.

„Darf ich Ihnen eine Vorsuppe empfehlen? Eventuell einen Salat?"

„Nicht für mich, danke", erwiderte sie, ehe sie mich fragend ansah.

Lächelnd schüttelte ich den Kopf. „Wir verzichten."

„Was darf ich zu trinken bringen, Sir?"

„Ich nehme einen Rotwein, was immer das Haus empfiehlt", sagte ich mit einem Blick zu Rebecca.

Sie starrte mich an, blinzelte, und hob die Augen zum Kellner. „Ein Ginger Ale mit viel Eis, bitte."

Das Grinsen konnte ich mir nicht verkneifen.

„Amüsiert? Es war deine Idee mit dem Date ..." Ihre Stimme klang spitz.

„Ja, ich gebe es zu: Ich bin amüsiert. Oder ist dir der Gesichtsausdruck des Kellners entgangen?"

Ihre Lippen zuckten. Einen Augenblick lang erwiderte sie mein Lächeln.

„Erzähl mir von dir", bat ich erneut. „Hast du Familie? Was machst du beruflich?"

Sie lehnte sich zurück, verschränkte die Hände im Schoß. „Ich habe eine jüngere Schwester. Sie lebt in New York. Unsere Eltern sind geschieden. Mom lebt allein, in dem kleinen Ort in New Jersey, wo wir aufwachsen sind. Mein Dad ist wieder verheiratet. Er lebt mit seiner neuen Frau in South Carolina und leidet unter der Luftfeuchtigkeit." Sie lächelte zwar, doch ich nahm eine tiefe Traurigkeit an ihr wahr. „Und deine Familie?", fragte sie.

„Ich antworte dir gleich. Aber weshalb glaube ich, du verschweigst mir einen wichtigen Teil? Du wirkst traurig."

Überrascht riss sie die Augen auf, die sichtlich feucht wurden. „Darüber möchte ich nicht sprechen", erwiderte sie leise und wandte den Blick ab. „Erzähl lieber von deiner Familie."

Tief atmete ich durch. „Das könntest du alles im Internet nachlesen", sagte ich mit einem schwachen Lächeln und hob beschwichtigend die Hand, als sie auffahren wollte. „Meine Eltern sind seit vierunddreißig Jahren verheiratet. Ich habe einen älteren Bruder und drei kleine Schwestern. Sie leben alle in Texas. Meine Eltern besitzen eine Ranch und züchten Pferde." Ich lächelte, als ich ihren erstaunten Blick sah. „Zugegeben, es ist mein Vater, der die Ranch führt. Meine Mutter ist mit Leib und Seele Hausfrau. Ihr verdanke ich meine Schwäche für gutes Essen. Oder sollte ich besser sagen: Ihr gebe ich die Schuld daran?"

Ihr Lachen war mein Lohn, den ich mit Freude im Herzen entgegennahm. „Doch genug von mir. Was machst du beruflich?"

Ihre Antwort fiel unbefriedigend knapp aus: „Ich habe schon alle möglichen Jobs gemacht. Zur Zeit arbeite ich in einem Anwaltsbüro. Und du bist Schauspieler, wie mir meine Freundin verraten hat."

„Richtig. Doch das ist langweilig. Was würdest du gerne machen? Hast du einen Traumjob?" Ich wollte ihr gefühlte eintausend Fragen stellen, und betete insgeheim, ich bekäme genügend Zeit dazu.

„Eine schwierige Frage …" Nachdenklich richtete sie den Blick auf die Rosen, die in der Mitte des Tisches standen. „Ich bin mir nicht sicher … Es gibt vieles, was ich gerne tue …" Sie runzelte die Stirn. Mit einem Mal erhellte sich ihr Gesicht. „Am besten gefällt mir der Job im Tierheim."

„Du arbeitest im Tierheim?", echote ich erstaunt, als mir die Spende in den Sinn kam.

„Ehrenamtlich."

„Ohne Bezahlung?"

Sie nickte.

Verblüfft betrachtete ich sie. „Was genau machst du da?"

„Der Hauptanteil der Arbeit liegt im Saubermachen. Außerdem führe ich die Hunde spazieren." Ein trauriges Lächeln umspielte ihren Mund. „Dort gibt es so viele Tiere. Manche von ihnen haben ein ganz entsetzliches Schicksal erlitten, bevor sie bei uns gelandet sind. Du kannst dir gar nicht vorstellen, wie dankbar sie sind für das kleinste bisschen Liebe."

Ich war tatsächlich ahnungslos. In meinem ganzen Leben hatte ich noch nie einen Fuß in ein Tierheim gesetzt.

Ablenkend fragte ich: „Und wie viele hast du mit nach Hause genommen?" Ich war überzeugt davon, dass es Dutzende waren, denn sie schien ein mitfühlendes Herz zu besitzen.

„Kein einziges."

Die Antwort machte mich sprachlos.

Unbestimmt zuckte sie mit der Schulter. „Ich kann es mir nicht leisten. Nicht, dass ich es nicht gerne möchte. Das Tierheim hat mir sogar angeboten, dass ich Futter von dort mitnehmen dürfte. Aber da ich größtenteils nur zum Schlafen zu Hause bin ... Ich könnte dem Tier nicht gerecht werden."

Lange blieb es still zwischen uns, während ich sie grübelnd anschaute. Ihre Antwort hatte zehn neue Fragen aufgeworfen.

„Du hast zweihunderttausend Dollar in deiner Tasche. Warum nimmst du nicht ..."

Aufgebracht unterbrach sie mich: „Ich werde mich ganz bestimmt nicht an deinem Geld bereichern! Es steht mir nicht im geringsten zu." Etwas milder fügte sie hinzu: „Außerdem wird es dringend benötigt. Von Geschöpfen, die auf menschliche Güte angewiesen sind, und die nicht für sich selbst sprechen können." Sie biss sich auf die Lippe und schloss die Augen. „Es tut mir leid ..."

„Was?", fragte ich verwirrt.

„Dass ich dein Geld annehme. Auch wenn es für einen guten Zweck ist, ist es mir unangenehm."

Von Sekunde zu Sekunde bezauberte mich ihre Art mehr. „Mach dir keinen Kopf. Ich kann die Ausgabe verschmerzen. Sag mir lieber: Gibt es ein Tier, welches du aus dem Heim holen würdest, wenn du es könntest?"

„Oh ...", machte sie leise und biss sich auf die Lippe. „Da gibt es einen Hund. Er ist ..." Sie schüttelte den Kopf und atmete tief durch. „Er bricht mir das Herz. Man hat ihn aus einer Scheune befreit, zusammen mit achtundzwanzig anderen Tieren. Darunter sogar zwei Affen ... Ich konnte mir die Fotos nicht ansehen, die sie dort gemacht haben. Es war grauenvoll. Doch ich war da an dem Tag, als sie die Hunde gebracht haben. Nur Haut und Knochen, manche hatten stellenweise kein Fell mehr."

Stumme Tränen rannen über ihre Wangen, während sie redete. „Vier von den dreizehn Hunden haben es nicht geschafft. Der eine, den ich besonders ins Herz geschlossen habe, ist noch immer - fast ein Vierteljahr später - traumatisiert. Er hat sich gut erholt und ist körperlich soweit gesund. Doch psychisch wird er wohl nie wieder ... Was er bräuchte, ist ein Zuhause. Jemanden, der sich liebevoll um ihn kümmert. Eine Bezugsperson, die nicht nach ein oder zwei Stunden wieder weggeht. Mittlerweile hat er keine richtige Angst mehr, doch er vertraut mir dennoch nicht. Weil ich ihn jedes Mal zurücklasse ..."

„Welchen Namen trägt er?" Erschüttert von ihren Worten fiel mir keine bessere Frage ein.

„Er hat den Name Jeffrey bekommen, doch ich nenne ihn Jumanji." Sie wischte die Tränen weg.

Mein fragender Blick ließ sie hinzufügen: „Weil er so verrückt ist wie die Tiere in dem Film. Er erinnert mich an den Löwen. Sein Fell ist sandfarben, und um die Schnauze hat er einen struppigen Bart."

Mit Erleichterung bemerkte ich ihr Lächeln. Dann überraschte sie mich mit einer Gegenfrage: „Hast du Tiere?"

„Nein. Ich halte mich zu selten in meinem Haus auf. Doch auf der Ranch haben wir Katzen. Neben den Pferden, versteht sich."

„Die Ranch ist also dein Zuhause?"

„Bevor ich mein Haus gekauft habe, war es das. Meine ganze Familie lebt dort. So oft wie möglich fliege ich hin, um sie zu besuchen."

Unsere Bestellung wurde serviert.

Schweigend griffen wir nach dem Besteck.

Ich war gespannt auf das Essen, doch um einiges mehr auf Rebeccas Reaktion.

Eine Gabel voll Hackbraten mit brauner Sauce verschwand in ihrem Mund. Anerkennend hob sie die Brauen.

„Gut?", fragte ich mit einem Lächeln.

„Verdammt gut", nuschelte sie mit vollem Mund.

Zufrieden probierte ich ebenfalls und gab ihr nickend recht. „Hm", machte ich, als ich den Wein kostete. „Der ist exzellent. Möchtest du einen Schluck probieren?" Ich hielt ihr das Glas hin.

„Nein, danke. Ich mag keinen Wein."

„Gar keinen?" Wieder war ich verblüfft. In meinem Umkreis wurde reichlich getrunken, oftmals weit über die Grenze der Vernunft hinaus.

„Ich habe es nicht so mit Alkohol. Ganz egal, welcher Art", gab sie leise zurück.

„Hat das einen religiösen Hintergrund?"

Sie schüttelte lächelnd den Kopf. „Nein. Ich bin frei von jeglicher Religion aufgewachsen, fürchte ich."

Mir fiel auf, dass sie mir dieses Mal nicht die gleiche Frage stellte.

Für eine Weile genossen wir schweigend das Essen. Ich ließ sie selten aus den Augen. Herzhaft langte sie zu. Es war eine reine Freude, ihr dabei zuzuschauen. Tatsächlich leerte sie ihren Teller, bevor ich mit meinem fertig war.

„Wie kommt es, dass du Schauspieler geworden bist?", startete sie das Gespräch erneut und blickte mich interessiert an.

„Reiner Zufall, fürchte ich. Meine Karriere begann mit einem Modelljob. Irgendwie führte eins zum anderen." Ich winkte mit der Hand ab.

„Modelljob?" Eingehend betrachtete sie mich. „Benutzt du Eyeliner?"

Zum zweiten Mal an diesem Abend war ich sprachlos.

Mein Mund klappte auf.

Ich brachte keinen Ton hervor, als sie - zu meiner Verblüffung - den Po vom Stuhl hob und sich über den Tisch lehnte, um mich besser betrachten zu können. „Du hast verboten schöne Augen."

Ein ratloses Lachen entfuhr mir.

„Weshalb schminkst du dich?"

Entsetzt schüttelte ich den Kopf. „Tue ich nicht."

Stirnrunzelnd musterte sie mich. „Ehrlich nicht?"

„Nein", rief ich etwas zu laut. „Ich sehe einfach so aus."

„Wahnsinn ...", murmelte sie und setzte sich wieder hin.

„Wie meinst du das?"

„Nur so. Ich habe nie zuvor solch außergewöhnliche Augen gesehen."

Unsicher, ob sie mich auf den Arm nahm, schüttelte ich den Kopf. „Keineswegs außergewöhnlich. Mein Bruder sieht genauso aus wie ich. Auch meine Schwestern haben die gleichen Augen. Nur meine Mutter nicht. Wir Kinder haben sie von unserem Vater geerbt."

Schweigend nickte sie.

Der Kellner trat zu uns, entfernte die leeren Teller und das Besteck. „Darf ich Ihnen noch etwas bringen?"

Rebeccas Gesicht schien aufzuleuchten. „Ich nehme ein Stück Kuchen. Oder Eis. Ganz egal, Hauptsache süß."

Mit einem verhaltenen Lächeln nickte der Kellner. „Und Sie, Sir?"

„Das Gleiche. Und einen Espresso. Für dich auch, Rebecca?"

„Nein, vielen Dank." Sie lächelte den Kellner an, der sich mit einer Verbeugung zurückzog.

„Du magst keinen Kaffee?"

„Doch, schon. Jedoch bevorzuge ich grünen Tee. Das größte Problem ist das chlorhaltige Leitungswasser. Ich filtere meines, deshalb beschränke ich das Teetrinken auf mein Zuhause." Hinreißend lächelte sie, was meinen Herzschlag beschleunigte.

„Du lebst hier in L.A.?"

„Ja. Eine Dreiviertelstunde von hier entfernt, wenn man zu Fuß geht", erwiderte sie munter.

„Warum so weit weg von deiner Familie?"

„Ich bin ..." Auf einmal sah sie traurig aus, ihr Gesicht schien sich zu verschließen.

„Zerstritten?", fragte ich mit sanfter Stimme, als sie stumm blieb.

„Nein. Komplett falsch geraten. Meine Eltern, meine Schwester und ich, wir verstehen uns super. Ich bin ..." Sie biss sich auf die Lippe. Einen langen Moment blieb sie still, ehe sie abwehrend den Kopf schüttelte.

Uns wurde warmer Apfelkuchen im Glas serviert, gekrönt von einer Kugel Vanilleeis.

Rebecca begann genussvoll zu essen. Ein flüchtiges Lächeln umspielte ihren Mund. „Wahnsinn ... Das schmeckt himmlisch", murmelte sie und nahm einen weiteren Löffel davon.

Abwartend sah ich sie an, während ich den Nachtisch verschlang, ohne es recht zu bemerken.

„Ich möchte nicht darüber reden", sagte sie leise, als sie meinen Blick bemerkte.

Ihr sichtliches Unbehagen ließ mich rasch einlenken. „In Ordnung. Worüber möchtest du stattdessen reden?"

Unschlüssig bewegte sie die Schultern. „Der Abend ist fast vorbei."

Kälte durchsickerte mich. „Er hat gerade erst begonnen. Ehrlich gesagt hoffe ich, du begleitest mich noch. Wir könnten tanzen gehen."

Entsetzt sah sie mich an, dann schüttelte sie vehement den Kopf. „Nein! Auf gar keinen Fall. Ich tanze nicht."

„Du trinkst auch keinen Alkohol, also fällt eine Bar aus." Nachdenklich verzog ich den Mund. „Möchtest du ins Kino gehen?"

„Nein. Wirklich, der Abend war angenehmer, als ich ihn mir hätte vorstellen können. Doch ich sollte nach Hause gehen. Die Rede war von einem Abendessen."

Schwer schluckend sagte ich: „Aber ich möchte nicht, dass unsere Verabredung schon vorbei ist. Ich habe noch gefühlte tausend Fragen, auf die ich eine Antwort brauche."

Ein amüsiertes Glitzern trat in ihre Augen. „Ach ja? So interessant bin ich gar nicht."

„Da muss ich entschieden widersprechen!" Fest sah ich sie an, in der Hoffnung, dass sie verstehen würde, wie ernst es mir war. „Ich weiß noch immer kaum etwas von dir."

„Dann frag mich," konterte sie grinsend. „Du hast zehn Fragen frei, dann gehe ich nach Hause." Sie schien eindeutig in Spiellaune zu sein.

Die Vorstellung, sie würde mich bald allein lassen, fühlte sich schlimm an. Doch ich schob den Gedanken zur Seite. Nachdenklich musterte ich sie.

„Überlegst du dir eine geschickte Formulierung, damit du zwei Informationen für den Preis von einer Frage bekommst?" Sie zwinkerte mir zu.

Tatsächlich rätselte ich, wie ich den Abschied hinauszögern könnte, doch das würde ich ihr nicht gestehen. In schleppendem Tonfall sagte ich: „Eine gute Idee. Lass mich nachdenken ..." Schon fiel mir etwas ein. „Verrate mir dein Geburtsdatum."

Sie grinste. „Äußerst raffiniert. Geburtstag und Alter. 11. April 1988."

Erstaunt rief ich: „Dann bist du älter als ich. Das hätte ich nie gedacht."

Amüsiert lächelte sie. „Dein Geburtsdatum?"

„8. Mai 1988. Nach deinem Sternzeichen brauche ich nicht fragen, dass kann mir Google verraten."

Heiter lachte sie.

Gefangen betrachtete ich sie. „Du bist bildschön, wenn du lachst", murmelte ich.

„Nur wenn ich lache?", neckte sie mich. Ich wollte eine Antwort geben, doch sie hob die Hand. „Lass gut sein. Ich weiß, ich bin nicht der wandelnde Männertraum. Doch ich muss mich auch nicht verstecken. So, und das reicht zu dem Thema."

„Du hast wundervolle Haare."

Sie verdrehte die Augen. „Wie ist die Reporterin nur auf diese selten dämliche Frage gekommen?"

„Wahrscheinlich *wegen* deiner schönen Haare."

„Sie wären lang nicht so hübsch, wenn ich sie nicht geglättet hätte. Von Natur aus sind sie recht lockig."

Überrascht musterte ich sie. „Das würde ich wirklich gerne sehen."

Belustigt schüttelte sie den Kopf.

„Was machst du in deiner Freizeit? Welche Hobbys hast du?"

„Zwei Fragen, eine Antwort kennst du bereits … Du lässt nach." Sanft lächelnd lehnte sie sich zurück. „Einen großen Teil meiner Freizeit verbringe ich im Tierheim, wie ich schon verraten habe. Ansonsten lese ich gerne."

„Und weil ich eine Frage verschwendet habe, hast du vielleicht Lust, das mit dem Lesen ausführlicher zu beantworten?"

„Das war noch eine Frage, auf die ich mit *Nein* antworte."

Schmollend verzog ich den Mund. „Antworten wie *Nein* oder *Ja* sind nicht fair ..."

„Sechs bleiben dir noch." In ihrer Stimme klang ein unterdrücktes Kichern mit.

„Reizend", murmelte ich verdrossen. „Die letzte Frage spare ich mir ohnehin auf. Für das zweite Date."

Hörbar stieß sie die Luft aus. „Kein zweites Date."

Ich fiel aus allen Wolken. „Weshalb nicht? Mir gefällt unser Abend bislang."

„Das war Frage Nummer fünf. Und ich antworte ..." Sie verstummte, blickte mich nachdenklich an.

„Weil es zu nichts führt. Es begann absurd, also ..."

„Stopp mal. Nichts daran ist absurd! Wie ..." Mitten im Satz brach ich ab. „Fast, aber ich habe keine Frage gestellt." Mahnend erwiderte ich ihren Blick, der buchstäblich funkelte. „Du faszinierst mich. Und ich bin überzeugt, es könnte zu ganz vielem führen."

„Das sollten aber beide Beteiligten so sehen."

Ein furchtbarer Gedanke schoss mir durch den Kopf, und mir wurde mulmig zumute. „Sag nicht, du bist vergeben ..."

„Ich bin Single, wenn das die Frage war."

„Keine Frage", grinste ich, in zweifacher Weise erleichtert. „Dieses hier ist die Frage: Seit wann bist du Single?"

Jäh wurde sie blass. „Seit etwas über einem Jahr." Sie blickte mich dabei nicht an.

„Okay, dann gehe ich jetzt volles Risiko ... Und ich hoffe, du antwortest mir ehrlich: Wenn ich dich küssen würde, würdest du den Kuss erwidern?"

Ihr Kopf ruckte hoch, aus weit aufgerissenen Augen sah sie mich an.

Antwort

Atemlos gestattete ich mir für einen Moment, seine Lippen anzustarren.

Ihn küssen?

Die Träume, die mich seit zwei Wochen Nacht für Nacht verfolgten, wahr werden lassen?

Ich schluckte und sah auf die Tischdecke. Ausweichend murmelte ich: „Das wäre keine gute Idee."

„Ich frage noch einmal, weil das keine Antwort war: Würdest du meinen Kuss erwidern? Sei ehrlich, bitte." Seine Augen schienen mich zu durchbohren. Zumindest fühlte es sich so an.

Wie von selbst legten sich meine zitternden Finger vors Gesicht, verbargen es vor seinem Blick.

Ja, ich wollte von ihm geküsst werden!

Aber das mochte ich ihm nicht verraten. Auch nicht, dass der bloße Gedanke daran mich erbeben ließ. Mutlos ließ ich die Hände sinken. „Ich weiß es nicht", hauchte ich.

Die Enttäuschung stand ihm deutlich ins Gesicht geschrieben. Lange sagte er nichts.

„Du hast noch drei Fragen frei ..."

Er schüttelte den Kopf und wandte den Blick ab.

„Ich bringe dich nach Hause."

Geschmeidig stand er auf, kam um den Tisch herum.

Damit hatte ich nicht gerechnet.

Neben mir blieb er stehen, legte die Hand auf die Rückenlehne. Als ich mich erhob, zog er den Stuhl zurück.

Forschend sah ich ihn an, doch es war, als hätte er jegliche Gefühle hinter einer Mauer versteckt.

Seine Finger berührten mich sanft am Ellenbogen, und ich ließ mich von ihm zur Tür führen.

Mir brannte die Frage auf der Zunge, warum er die Verabredung vorzeitig abbrach. Doch im Grunde kannte ich die Antwort: Er brach etwas ab, was zu nichts führen konnte. Und er tat es, weil ihm die Antwort auf seine Frage nach dem Kuss nicht gefiel.

Ich bereute sie bereits!

Es würde keinen Kuss für mich geben. Und erst recht keine zweite Verabredung. Exakt das, was ich mir gewünscht hatte.

Allerdings war der Wunsch *vor* diesem Abend entstanden. Und er hatte sich praktisch in Luft aufgelöst, da ich ihn sympathisch und anziehend fand. Nichtsdestotrotz war es eine Tatsache, dass es keine gemeinsame Zukunft für uns geben konnte.

Der Kellner reichte Taariq meine Jacke, und er hielt sie mir so hin, dass ich hineinschlüpfen konnte.

Er selbst zog einen kurzen Mantel über, die seine männliche Aura noch verstärkte. Mit einer lässigen Geste setzte er sich eine anthrazitfarbene Strickmütze auf. Das Kinn versenkte er in einem Schal.

Als er mich zur Tür dirigieren wollte, flüsterte ich ihm zu: „Du hast die Rechnung nicht bezahlt."

Ein flüchtiges Lächeln tanzte um seinen Mund. „Das ist bereits geregelt. Sie werden meine Kreditkarte belasten."

„Oh", machte ich verlegen. „Natürlich."

Seine Finger griffen nach der Tür, hielten sie weit auf, und ich trat nach draußen. Sofort zog ich fröstelnd die Schultern hoch.

„Kühl", murmelte er und sah mich prüfend an. „Ich gebe dir gerne meinen Mantel, wenn dir kalt ist."

„Passt schon. Ich gehe zu Fuß. Dabei wird mir garantiert warm."

„Welche Richtung?", fragte er in knappem Ton.

Hilflos sah ich zu ihm hoch. „Du musst mich ni..."

„Ich begleite dich. Wo entlang?"

Er klang dermaßen entschlossen, dass ich nachgab, und nach links zeigte. „Diesen Weg."

Schweigend liefen wir nebeneinander her. Hin und wieder warf ich ihm einen Blick zu, doch er schaute ausschließlich nach vorne. Seine Gesichtszüge wirkten härter und kantiger, da er die Kiefer aufeinander presste. Zudem schien er tief in Gedanken verloren, da er die Stirn runzelte.

Wir waren etwa eine Viertelstunde unterwegs, als drei junge Frauen auf uns zukamen. Kichernd drängten sie sich um Taariq.

Erschrocken blieb ich stehen. Mit großen Augen verfolgte ich, wie er geduldig ein paar Autogramme schrieb und sich mit seinen Fans fotografieren ließ. Es dauerte lediglich ein paar Minuten.

Er umfasste meinen Ellenbogen und führte mich zügig den Weg hinunter. „Entschuldige", murmelte er, blickte mich aber nicht an. „Manchmal reichen Mütze und Schal nicht aus, um sich zu verstecken."

„Kein Thema. Das gehört wohl zu deinem Leben dazu."

Er schnaubte und grinste schief. Als er mich ansah, lächelte ich erleichtert zurück.

„Ich wollte mich noch entschuldigen, dass so viel Zeit vergangen ist, bevor ich dich treffen konnte. Mein Terminkalender ist über die Maßen vollgestopft, fürchte ich."

Überrascht sah ich zu ihm auf. „Dafür musst du dich doch nicht entschuldigen."

„Gut", murmelte er fast unhörbar. „Ich hatte Sorge, du würdest vermuten ..."

„Was?", hakte ich nach, da er nicht weitersprach.

Tief einatmend wandte er mir das Gesicht zu. „Dass du denkst, mir würde nichts daran liegen."

„Oh ..." Damit kam er der Wahrheit ziemlich nahe. Abschätzend strich sein Blick über mein Gesicht.

„Manchmal wollte ich dir texten, damit du genau das eben nicht denkst. Doch ...", er verstummte für einen Moment. „Glaube es oder nicht, aber ich habe diesen Tag herbeigesehnt."

Um ein Haar wäre ich gestolpert, so unerwartet trafen mich die Worte.

Starke Finger schlossen sich um meinen Ellenbogen, halfen mir, das Gleichgewicht zu bewahren. In einer Geste, die ich als extrem liebenswert empfand, zog er meine Hand in seine Ellenbeuge, sodass ich bei ihm eingehakt war.

„Nur zu deiner Sicherheit", wisperte er lächelnd.

Ungewollt überlief mich ein Schauder, hervorgerufen durch seine Nähe.

„Dir ist noch immer kalt", schlussfolgerte er und blieb stehen. „Warte, ich gebe ..."

„Alles ist gut", fiel ich ein und zog ihn weiter. „Es ist etwas kühler, als ich es mag. Aber kalt ist mir nicht."

Statt etwas zu erwidern sah er mich bloß an. Allein davon wurde mir deutlich wärmer ...

Ein Glitzern entstand in den Tiefen seiner Augen.

„Ich sollte den Arm um dich legen", murmelte er und lächelte. „Um meine Körperwärme mit dir zu teilen."

Dieses Mal fing ich mich selbst, als ich erneut zu straucheln drohte. In meinen Kopf hörte ich mich sagen: *Ja, bitte. Das wäre himmlisch.*

Leider blieben ihm meine Gedanken verborgen. Und einen verbalen Hinweis traute ich mich nicht, ihm zu geben.

Um mich von dem Sog abzulenken, den seine Worte in mir ausgelöst hatten, sagte ich beiläufig: „In den zwei Wochen habe ich elf Einladungen zu irgendwelchen Fernsehshows erhalten." Sachte schüttelte ich den Kopf, als ich seinen zurückhaltenden Blick bemerkte. „Entspann dich, okay? Ich habe nicht die Absicht, irgendwelche Interviews zu geben."

„Sie wollen ein Statement von dir bezüglich unserer Verabredung." Seine Kiefer schienen sich zu verhaken, so fest presste er sie aufeinander.

„Wahrscheinlich."

„Wenn du ... Ich meine, sie bezahlen ..."

Aufgebracht unterbrach ich ihn: „Hey, ich sagte eben, dass ich kein ..."

Dieses Mal fiel er mir ins Wort: „Danke." Er blieb stehen und wandte sich mir zu. „Ich habe - ehrlich gesagt - genügend Bekanntschaften, die Geld aus der Tatsache herausschlagen, dass sie mich kennen. Und die Presse ... Sie machen verführerische Angebote, wie mir wohl bewusst ist. Nur ..."

Unwillkürlich legte ich eine Hand an seinen Unterarm, zog sie aber sofort wieder zurück. „Selbst wenn sie mir eine Million Dollar bieten würden, es wäre mir gleichgültig."

Lange erwiderte er stumm meinen Blick, ehe er leise: „Danke", sagte.

„Da nicht für." Eine Weile liefen wir schweigend weiter, dann murmelte ich: „Du lebst ein verrücktes Leben, wie mir scheint."

Er schnaubte. „Stimmt wohl. Allerdings gefällt mir der Kern davon. Ich stehe gerne vor der Kamera. Es ist ein faszinierender Beruf. Doch das Drumherum ... Leider muss ich es zu einem gewissen Teil mitmachen. Behauptet zumindest mein Manager. Er sagt, ohne Öffentlichkeitsarbeit ..."

„Ich kann mir denken, dass er die Wahrheit spricht. Und wenn du das alles machen kannst, ohne dabei verrückt zu werden ... Warum nicht. So wie es scheint, lohnt es sich zumindest finanziell." Ich zuckte mit den Schultern.

Mit einem intensiven Blick starrte er mich an. „Du gibst mir einiges zum Nachdenken."

Leise lachend sah ich den Fußweg hinunter. Dutzende Leute waren an diesem Abend unterwegs, keiner achtete auf uns.

„Menschen sind generell interessant. Sieh dich um. Fragst du dich nicht auch manchmal, was sich hinter dem bloßen Äußeren einer Person versteckt?" Neugierig sah ich einem älteren Mann entgegen, der noch zwanzig Meter von uns entfernt war. Er humpelte leicht, die rechte Hand umklammerte einen Gehstock. Sein Mantel wirkte schäbig.

Dezent deutete ich auf ihn, in der Hoffnung, er würde es nicht bemerken. „Der zum Beispiel." Ich versuchte mich an einer Einschätzung. „Er könnte im Krieg gedient haben. Das leichte Hinken bedingt durch ein Schrapnell-Fragment, das ihm vier Wochen Lazarett beschert hat ..."

Ein leises Lachen kam von Taariq. „Du hast eine blühende Fantasie, wie mir scheint."

Schulterzuckend gab ich ihm recht. „Die Menschen kann man fragen", murmelte ich gedankenverloren. „Tiere nicht. Ein von Fell bedecktes Gesicht verrät dir weniger. Einer der Gründe, warum ich so gerne im Tierheim helfe. Die Dankbarkeit, die sie zurückgeben ..." Meine Stimme verlor sich.

„Ich begreife allmählich, dass du mit Herz und Seele hilfst. Das beeindruckt mich."

Kopfschüttelnd erwiderte ich seinen Blick. „Deswegen sage ich es nicht."

„Wie ich bereits verriet: Du faszinierst mich."

Mein Herz klopfte verräterisch schnell. Darum bemüht, nicht darauf einzugehen, betrachtete ich die Passanten.

Den Rest des Weges legten wir schweigend zurück.

„In dem Haus wohne ich", murmelte ich und deutete mit dem Kinn in die Richtung.

„Ich bringe dich zur Tür."

„Nicht nötig."

„Ich bestehe darauf, fürchte ich."

Seufzend ging ich voran, und er folgte mir. Vor der Haustür blieb ich stehen, drehte mich zu ihm um.

Sein Blick richtete sich auf die Namensschilder über den Klingelknöpfen. „Ich werde nicht fragen, welcher Nachname deiner ist."

„Okay", murmelte ich.

„Denn ich bin noch immer nicht zufrieden mit deiner Antwort auf die letzte Frage ...", sagte er überraschend. Seine Finger griffen nach meinen Oberarmen, drückten mich sanft gegen die Tür, während sein Gesicht näher kam.

Instinktiv erfasste ich seine Absicht.

Er will mich küssen, dachte ich erstaunt. Von einer Sekunde auf die andere spielte mein Puls verrückt.

„Ich frage dich ein letztes Mal: Wirst du meinen Kuss erwidern?"

Er gab mir keine Gelegenheit, verbal darauf zu antworten, denn schon senkte sich sein Mund auf meinen.

Machtlos überließ ich mich ihm, mein Körper stand unweigerlich in Flammen.

Gewinn und Verlust

So zärtlich wie möglich strich ich liebkosend mit den Lippen über ihre, wartete mit angehaltenem Atem auf eine Reaktion.

Zwei, drei Sekunden vergingen, in denen eine hilflose Ohnmacht in mir erwachte, da sie vollkommen passiv blieb.

Unerwartet spürte ich ein Beben unter meinen Lippen. Ihre teilten sich, und ein Seufzer drang aus ihrem Mund.

Niemals zuvor in meinem Leben verspürte ich eine solch grenzenlose Erleichterung. Ohne es geplant zu haben, steigerte ich die Intensität, beließ es aber bei einem keuschen Kuss.

Geschockt atmete ich aus, als ich ihre Zungenspitze spürte, die sanft an meine Oberlippe stieß.

„Rebecca", hauchte ich in ihren Mund. Nichts hätte mich stoppen können: Ich musste herausfinden, wie sie schmeckte. Nicht zuletzt, weil ich seit so vielen Tagen davon träumte.

Mit der Zunge suchte ich nach ihrer und fand sie.

Ab der Sekunde war ich unfähig zu denken. Ihr süßer Geschmack, der eine deutliche Note von Apfel und Vanille in sich trug, berauschte mich.

Mit dem Körper drängte ich mich fester gegen sie. Ich wollte alles auf einmal, es konnte mir gar nicht schnell genug gehen.

Ich wollte ihren Mund küssen, die Hände in ihren dichten Haaren vergraben. Und ja, ich hätte keinen Einwand erhoben, wenn sie mich in ihr Bett eingeladen hätte.

Dennoch zog ich mich ganz sacht zurück. Ich suchte ihren Blick, musste wissen, wo wir standen, wie sie empfand.

Ihre Augen waren geschlossen, der Atem ging schnell und unregelmäßig, was mich glücklich lächeln ließ. Die Lider begannen zu flattern.

Als sich unsere Blicke trafen, hätte ich ihr zu gerne gesagt, dass ich in sie verliebt war, doch dazu war es viel zu früh.

Sichtlich benommen schüttelte sie den Kopf.

„Danke", flüsterte ich, beugte mich ihr etwas entgegen. Ich tauchte in ihre Augen ein. Mein Herz schlug schneller, als ich die Sehnsucht darin las.

Sie reckte sich mir entgegen, und unsere Lippen fanden sich erneut.

Von meiner Absicht, sie nicht zu bedrängen, blieb nichts übrig. Die Wärme ihres Mundes hieß mich willkommen, und ich hätte ihr nicht widerstehen können. Beglückt spürte ich, wie ihre Zunge der meinen entgegenkam, mit dem gleichen Eifer, der auch mich antrieb.

Ich verlor mich in ihrem Geschmack, dem Geruch und ihrer Wärme.

Ob sie es ahnte?

Dass sie vollkommene Macht über mich besaß?

Und dass sie alles mit mir machen konnte, ganz egal, was?

Meine Glückseligkeit endete wenige Sekunden später, als ihre Finger sich auf meine Brust legten und mich wegdrückten.

Sie schaute mich nicht an, sondern hielt den Blick auf den Boden gerichtet.

Geschockt wollte ich sie bitten, mich anzusehen, als sie leise sagte: „Danke für das Essen. Ich denke, es ist besser, wenn du jetzt gehst." Langsam wandte sie sich ab, nahm einen Schlüssel aus ihrer Handtasche.

Erstarrt stand ich da, hilflos, untätig. Mir fehlten die passenden Worte, um sie aufzuhalten.

Sie öffnete die Tür, trat in die dunkle Öffnung, und ließ mich – ohne sich ein letztes Mal umzuschauen – stehen. Hinter ihr fiel die Tür ins Schloss.

Das laute Geräusch verhöhnte meine Hoffnungen auf brutale Weise.

Noch spürte ich ihre Wärme an meinem Körper, doch sie wich viel zu schnell der Kühle der Abendluft. Ich begann zu zittern.

Innerlich verfluchte ich mich dafür, nicht nach ihrem Nachnamen gefragt zu haben.

Für einen Moment war ich in der Versuchung, sämtliche Klingelknöpfe zu drücken. Ich wollte mit ihr reden. Musste verstehen, was geschehen war, dass sie unseren Kuss beendet hatte.

Als mir bewusst wurde, wie verquer die Gedanken in meinem Kopf kreisten, drehte ich mich um und lief zurück in die Richtung, aus der wir gekommen waren.

Bald fiel ich unbewusst in einen Laufschritt, ohne mich darum zu kümmern, dass ich absolut ungeeignete Schuhe trug.

Am Hotel angekommen lief ich die Treppen hoch, anstatt den Aufzug zu nehmen. Schwer atmend erreichte ich mein Stockwerk, ließ mich Augenblicke später aufs Bett fallen.

Obwohl es - trotz des Laufens an der frischen Luft - noch nicht wieder klar war in meinen Kopf, zog ich das Handy hervor und tippte nervös eine Nachricht an sie ein.

Taariq
War das eine zweiteilige Antwort auf meine Frage? Erst erwiderst du meinen Kuss, nur um mich dann von dir zu stoßen?

Ich schickte sie ab, ohne nachzudenken. Kaum war sie weg, schrieb ich bereits die nächste.

Taariq

Das war der beste Kuss meines Lebens, um es deutlich zu sagen. Und wenn es nach mir gegangen wäre, würde ich bis zu dieser Sekunde nicht damit aufgehört haben!

Unruhig wartete ich auf eine Antwort.

Damit ich nicht vollkommen den Verstand verlor, ging ich in Gedanken den Abend noch einmal durch.

Es war nicht gelogen, als ich ihr sagte, dass ich den Tag unserer Verabredung herbeigesehnt hatte.

Allerdings hatte ich verschwiegen, dass ich seit dem Tag im Café praktisch ununterbrochen an sie dachte. Dass sie meinen Kopf ausfüllte, wie noch kein anderer Mensch zuvor.

Rückblickend betrachtet zog ich manches in Zweifel, was ich vielleicht hätte besser machen können.

War die Chance vertan, sie so zu beeindrucken, dass sie mich würde wiedersehen wollen?

Ihre Zurückhaltung war deutlich gewesen. Besonders in den Momenten, als das Gespräch sich ihrer Vergangenheit zugewandt hatte.

Dafür war sie regelrecht aufgetaut, sobald sie vom Tierheim sprach.

Das brachte mich auf eine Idee. Doch ich würde bis zum nächsten Morgen warten müssen, um den Plan in die Tat umzusetzen.

Frustriert zog ich mich aus und legte mich hin. Doch es dauerte Stunden, bis die Müdigkeit gegen meinen inneren Aufruhr siegte.

+ + +

Ich setzte mich an den Schreibtisch und klappte den Laptop auf. Google verriet mir in Sekundenschnelle die Standorte sowie Kontaktdaten aller Tierheime in Los Angeles.

Tief durchatmend rief ich vom Hoteltelefon eines nach dem anderen an, um nach Rebecca zu fragen.

Wie unter Strom stehend horchte ich auf, als endlich eine weibliche Stimme sagte: „Rebecca? Ja, sie hilft bei uns aus. Wieso fragen Sie?"

„Verzeihung, ich habe Ihren Namen nicht verstanden ..."

„Lori."

„Hallo, Lori. Mein Name ist Taariq Shaheen. Ich möchte - mit Ihrem Einverständnis - eine Spende an das Tierheim machen."

Stille.

Dann ein schwaches: „Taariq Shaheen?"

„Ja. Sie haben von mir gehört?"

„Ich habe einige Ihrer Filme gesehen. Um ehrlich zu sein, bin ich ein großer Fan von Ihnen."

Geschmeichelt lächelte ich, auch wenn sie es über das Telefon nicht sehen konnte.

„Vielen Dank. Bezüglich der Spende ...“

„Wieso wollen Sie etwas spenden? Ich verstehe das nicht ganz.“ Bevor ich es erklären konnte, sprach sie bereits weiter: „Nicht, dass unsere Organisation eine Spende, welcher Art auch immer, ablehnen würde.“

„Ich dachte an fünfhunderttausend Doll...“

Ihr lautes Nach-Luft-schnappen unterbrach mich. „Fünfhundert?“

„Tausend. Ja. Ich würde lediglich die Kontodaten benötigen, wenn Sie mir die freundlicherweise zur Verfügung stellen würden?“

„Fünfhunderttausend Dollar?“ Ihre Stimme zitterte bedenklich.

Ich hörte sie schlucken. „Ja. Oder braucht das Tierheim mehr?“

„Das ist ... Nein, das ist unfassbar großzügig.“

„Gut. Würden Sie mir die Kontodaten verraten?“

„Natürlich“, murmelte sie. „Ich sehe schnell im System nach.“

Ich hörte, wie sie auf einige Tasten drückte.

„Darf ich erfahren“, wisperte sie, „warum Sie nach Rebecca gefragt haben?“

Daraus schloss ich, dass sie nichts von unser Begegnung erzählt hatte. „Vor zwei Wochen habe ich Rebecca zufällig in einem Café kennengelernt. Sie hat so begeistert von dem Tierheim gesprochen, dass ich gerne helfen würde.“

„Das ist mehr als freundlich von Ihnen. Da werde ich mich auch bei ihr bedanken müssen."

„Bitte, sagen Sie ihr nichts. Ich möchte die Spende anonym abwickeln. Es reicht, wenn Sie Bescheid wissen. Deshalb bitte ich auch höflichst darum, dass Sie es nicht der Presse verraten."

„Oh", machte sie überrascht. „Gut, wenn das Ihr Wunsch ist, werde ich dem natürlich entsprechen. Haben Sie einen Stift?" Langsam gab sie die Bank- und Kontonummern durch, wiederholte sie zwei Mal, nur um sicher zu gehen.

„Danke, Lori", sagte ich.

„Ich danke Ihnen, Mr. Shaheen."

Ein kurzes Lachen verließ meinen Mund. „Alle Welt nennt mich beim Vornamen."

Ein sympathisches Lachen drang aus dem Hörer. „Sie sind sehr freundlich, Taariq. Im Namen des Tierheims möchte ich mich herzlich bedanken."

„Gibt es sonst noch etwas, was ich tun könnte?", fragte ich, bevor ich darüber nachdenken konnte.

Einen Moment blieb es still, was mir die Zeit gab, eine Idee im Kopf zu entwickeln.

„Ich wüsste nicht ... Außer, Sie möchten gerne zum Saubermachen vorbeikommen?" Laut lachte sie über ihren Scherz.

Grinsend konterte ich: „Verzeihung, ich fürchte, rein meiner Termine wegen kann ich damit nicht dienen. Aber etwas anderes würde mir einfallen."

„Ach ja? Schießen Sie los."

„Es muss natürlich ausgefeilt werden, und ich werde Ihre Hilfe brauchen. Aber haben Sie schon einmal die Instagram Aufrufe gesehen, die meine Kollegin Shannen Doherty ins Social Media stellt?"

„Instagram? Nein, ich fürchte, in meinem Alter ..."
Ich lachte und beeilte mich zu sagen: „Ihre Stimme klingt jung. Ich gehe jede Wette ein, dass Sie keinen Tag älter als dreißig sind."

„Die Wette würden Sie verlieren, Taariq. Aber zurück zu Instagram. Immerhin weiß ich halbwegs, was das ist."

Keine fünf Minuten später legte ich mit einem zufriedenen Gefühl auf. Grob hatten wir uns darauf geeinigt, dass ich auf meinem Account Videobeiträge teilen würde, mit dem Aufruf, das vorgestellte Tier zu adoptieren. Außerdem hatte ich Lori eine meiner E-Mail Adressen gegeben, damit wir in Kontakt bleiben konnten.

Jetzt loggte ich mich bei meiner Bank ein, um die Überweisung zu veranlassen.

Kaum fiel die Anspannung von mir ab, kehrten meine Gedanken zu Rebecca zurück.

Ein Blick aufs Handy verriet mir, dass die Nachrichten noch immer ungelesen waren.

Verwirrung

Nach einer ruhelosen Nacht erwachte ich. Sofort drehten sich meine Gedanken um Taariq.

Weshalb hatte ich ihn weggeschickt?

Die Antwort darauf lauerte glasklar in meinem Hinterkopf: *Weil ich ihn angefleht hätte, mit mir ins Bett zu gehen ...*

Was war an diesem Mann so besonders? Lag es an seiner Höflichkeit? Oder an der Art, wie er auf mich einging? An der Liebenswürdigkeit, mit der er sich auf das Spiel mit den Fragen eingelassen hatte?

Eine Weile lang ließ er mich in dem Glauben, dass er nach meinen Regeln spielte. Doch der Kuss verdeutlichte das Gegenteil.

Auf diese Weise war es überhaupt erst zu dem Date gekommen, wurde mir bewusst. Als sein Charme nicht ausreichte, wählte er einen anderen Weg, um an sein Ziel zu gelangen ...

Verwirrt schüttelte ich den Kopf.

Zugegeben, sein Interesse schmeichelte mir. Trotzdem war es mir unmöglich, mir vorzustellen, dass mehr zwischen uns entstehen könnte, als eine kurzweilige Liebelei.

Er war ein bekannter - und begehrter - Schauspieler, wie meine Freundin mir erklärt hatte. Tausende Frauen träumten davon, an seiner Seite zu sein.

Ich dagegen hatte schon lange vor dem tragischen Unfall geschworen, mich nie wieder zu verlieben.

Aufstöhnend legte ich den Kopf in den Nacken, rieb mit beiden Händen über mein Gesicht.

Mit bebenden Fingern zog ich das Handy aus meiner Tasche und drückte den Knopf, um es einzuschalten. Keine zehn Sekunden später gab es einen Laut von sich, was mein Herz zum Stolpern brachte. Ich brauchte den Code nicht einzugeben, um zu sehen, dass Taariq eine Nachricht gesendet hatte. In der Vorschau stand:

Taariq
War das eine zweiteilige Antwort auf meine Frage? Erst erwiderst du meinen Kuss ...

Kaum las ich die Worte, als eine zweite Wortblase auf dem Display erschien.

Taariq
Das war der beste Kuss meines Lebens, um es deutlich zu sagen. Und wenn es ...

Mit rasendem Herzschlag ließ ich die Hand auf das Bett sinken. Das Telefon glitt mir aus den Fingern.

Eine Gänsehaut, die einen Kälteschauder auslöste, kribbelte auf meiner Haut.

Der beste Kuss seines Lebens?

Um ehrlich zu sein, bezweifelte ich diese Worte aus tiefstem Herzen. Garantiert hatte er unzählige Frauen geküsst. Wie könnte unser Kuss der beste von allen gewesen sein?

Aus diesem Grund öffnete ich die Nachrichten nicht, auch wenn meine Fingerspitzen juckten.

Fünf Tage später las ich ungläubig einen Brief von einem bekannten Fernsehsender.

„Sehr geehrte Rebecca,

hiermit möchten wir Sie herzlich einladen zu unserer beliebten Talkshow 'Ellen'.

Ort, Datum und Uhrzeit – sowie die Liste der Gäste, die der Teilnahme bereits zugesagt haben - sind rückseitig aufgeführt.

Aus zuverlässiger Quelle haben wir erfahren, dass Sie in der Vergangenheit zahlreiche ähnliche Angebote abgelehnt haben. Wir glauben verstanden zu haben, dass Sie die übliche Aufwandsentschädigung ablehnen.

Wenn Sie erlauben, möchten wir Ihnen folgendes offerieren: In Ihrem Namen werden wir eine Spende in Höhe der Aufwandsentschädigung an eine Organisation Ihrer Wahl tätigen.

Im Gegenzug erklären Sie sich bereit, unseren Zuschauern / Zuschauerinnen eine weitere Facette Ihrer Frisur zu zeigen. Taariq Shaheen verriet uns, dass ihre Haare von Natur aus lockig sind. Er erklärte sich bereit, an der Show teilzunehmen, wenn auch Sie zusagen.

Wir würden uns sehr geehrt fühlen, wenn Sie unser Angebot wohlwollend in Erwägung ziehen.

Wir bitten Sie freundlich um zeitnahe Antwort, spätestens bis eine Woche vor dem Tag der Aufzeichnung der Sendung.

Mit herzlichen Grüßen,
gezeichnet ...

Tief atmete ich durch. Immer wieder Taariq ...
Seit dem Tag in dem Café schien ich mich nicht mehr von ihm befreien zu können.
Was sollte ich von dem Brief halten?
Taariq würde an der Show teilnehmen, wenn ich es tat? Bedeutete dies, dass er es nicht tun würde, wenn ich nicht zusagte?

Und ehrlich mal, der Sender wollte Geld zahlen, um meine Frisur vorzuführen?

Einfach lächerlich! Wohin war die Menschheit gekommen, wenn solch ein Schrott in den Medien ausgestrahlt wurde?

Das Wort *Volksverdummung* schoss mir durch den Kopf.

Im Prinzip laden sie mich ohnehin nur ein, um Taariq vor die Kamera zu bekommen, dachte ich.

Von ihm hatte ich nichts mehr gehört seit seinen Textnachrichten, die ich noch immer nicht gelesen hatte. Ohnehin erwartete ich nichts anderes.

Talkshow

Nervös verschränkte ich die Hände, bemühte mich angestrengt, mir nichts anmerken zu lassen. Innerlich hoffte ich, dass die weiße Couch, die anstelle des Sessels neben dem von Ellen stand, ein Hinweis wäre, dass Rebecca auftauchen würde.

„Taariq", holte mich Ellens Stimme in die Realität. „Schön, dass du da bist."

„Danke für die Einladung", gab ich lächelnd zurück. Ich schielte zu dem Tisch, berührte die Oberfläche. „Muss ich Angst haben, nach einem Herzanfall die Nacht im Krankenhaus zu verbringen, weil du planst, mich zu erschrecken?"

Ihr Lachen klang herzlich. „Nein, keine Sorge. Du warst mir eine Spur zu blass beim letzten Mal." Spitzbübisch zwinkerte sie.

Ein kurzes Grinsen war meine Antwort.

„Also, Taariq ... Es gibt etwas, worauf sich die Medien und deine Fans gestürzt haben. Für die Zuschauer, die keine Ahnung haben, wovon ich rede: Sehen Sie selbst."

Hinter uns wurde ein Ausschnitt gezeigt von meiner Begegnung mit Rebecca. Mein Herz klopfte schneller, als ich zusah.

Vereinzelt waren hingerissene Laute aus dem Publikum zu hören.

„War das, um deinen Bekanntheitsgrad zu erhöhen, oder was steckte hinter dem Ganzen?"

„Ganz sicher nicht. Ich fürchte aber, dass mein Management dennoch die Hand im Spiel hatte. Nichtsdestotrotz bin ich glücklich, eine wundervolle Frau kennengelernt zu haben, der ich andernfalls wohl nie begegnet wäre."

„Dann ist es zu der Verabredung mit Rebecca gekommen?"

Bestätigend nickte ich.

„Nichts davon ist an die Öffentlichkeit gelangt. Zufällig weiß ich, dass sie dutzende Einladungen von diversen TV-Shows abgelehnt hat." Ellen sah ins Publikum. „Sogar meine."

Ungläubiges Gemurmel erfüllte das Studio.

„Spuck es endlich aus, Taariq", rief eine weibliche Stimme laut.

Unverbindlich lächelte ich, während mein Herz sank. *Rebecca hat die Einladung also abgelehnt*, dachte ich enttäuscht.

Als ich weiterhin schwieg, sagte Ellen: „Manchen Gerüchte zufolge ist Rebecca ebenfalls Schauspielerin, die gebucht wurde, um dir öffentliche Aufmerksamkeit einzubringen."

„Absoluter Blödsinn", erwiderte ich ruhig.

„Hast du sie danach noch einmal wiedergesehen?"

„Mein Terminkalender ist über die Maßen voll", antwortete ich unbestimmt. „Nicht einmal mit meiner Familie habe ich mich in den letzten Wochen getroffen."

Mit einem wissenden Blick sah Ellen mich an. „Du weichst gut aus, mein Freund. Aber ...", sie machte eine künstliche Pause, blickte mich feixend an, „... *du* warst es, der den Anstoß gegeben hat, Rebecca auch zu dieser Sendung einzuladen. Wenn ich mich nicht irre, wolltest du ihre Locken sehen."

Gemurmel erklang, das Ellen sogleich unterbrach: „Nicht die Art von Locken, an die ihr denkt", sagte sie in ihrem typischen, trockenen Tonfall. Gespielt tadelnd schüttelte sie den Kopf.

Mittlerweile wünschte ich mich weit weg und hoffte, sie würde gleich das Thema wechseln.

„Mich würde das veränderte Aussehen ebenfalls interessieren", sagte sie lächelnd und stand auf. „Heißen wir Rebecca Willkommen."

Applaus wurde laut.

Perplex fuhr ich herum und sprang auf die Füße.

Mit ernstem Gesichtsausdruck kam Rebecca herein, die Zähne offenbar tief in der Unterlippe vergraben.

„Hallo, Rebecca", rief Ellen munter.

Mein Herz schlug viel zu schnell, während ich sie begierig musterte. Natürlich registrierte ich sofort die wilden Locken, die ihren Kopf umrahmten.

Sehnlichst wünschte ich mir ihren Blick.

Ein schwaches Lächeln umspielte für ein paar Sekunden ihren Mund, als sie von Ellen umarmt wurde. Erst dann sah sie mich schüchtern an. „Hey", murmelte sie.

Ich nutzte die Gunst der Stunde und zog sie in meine Arme, um sie an mich zu drücken. „Hey", wisperte ich. „Ich freue mich, dich zu sehen."

Hörbar schluckte sie, schob mich weg, und nahm rechts auf der Couch Platz.

„Welch ein Unterschied", rief Ellen und deutete auf Rebeccas Haare.

Sie zuckte lediglich mit der Schulter und verschränkte die Finger ineinander, steckte sie zwischen ihre Schenkel.

„Erinnert mich ein wenig an meine Haare, als ich fünfzehn war", sagte Ellen.

Unter lautem Gelächter wurde ein Bild eingeblendet, das sie mit dunkelblonden Locken zeigte.

„Lacht nur. Ich will mal eure Fotos sehen, als ihr so jung wart ..." Ellen verzog das Gesicht und wandte sich an Rebecca: „Vielleicht hast du es mitbekommen, dass ich Taariq keine Einzelheiten entlocken konnte, was eure Verabredung betrifft. Magst du uns etwas verraten?"

Rebecca warf mir einen flüchtigen Blick zu. „Wenn er nicht darüber sprechen will, werde ich das respektieren."

Verdutzt sah ich sie an.

War ihr nicht bewusst, dass ich wegen ihr schwieg?

„Verrate uns doch wenigstens ein paar Details. Unsere Zuschauerinnen sind sowohl neugierig als auch neidisch."

„Ist es wirklich ein Date, wenn der eine dafür bezahlt?", wich sie der Frage aus.

Tief holte ich Luft, da mich ihre Worte - trotz besseren Wissens - verletzten.

„Nun, mir erschien es, als wollte er auf Biegen und Brechen ein *richtiges* Date mit dir." Sie blickte zu den Menschen auf den Rängen.

Ein zustimmendes Gemurmel erhob sich.

Eine laute Frauenstimme rief: „Heirate mich, Taariq."

Gelächter wurde laut, und ich lächelte milde.

„Fragen wir doch mal unsere Gäste. Wer von euch hätte Taariq abgewiesen, wenn er euch um eine Verabredung gebeten hätte?" Aufmunternd sah sie ins Publikum, doch nicht eine einzige Hand hob sich.

Stattdessen war leises Gelächter zu hören.

„Sieht so aus, als wärst du die Einzige, die ihm jemals einen Korb gegeben hat oder geben würde."

„Blödsinn", entfuhr es ihr. „Niemand hat die Hand gehoben, weil alle anwesenden Frauen Fans von ihm sind."

„Und du bist keiner?"

„Nein. Ich kannte ihn bis vor fünf Wochen nicht."

„Ich muss zugeben, ich bin beeindruckt. Deine abweisende Masche funktioniert, so wie es aussieht. Du hast ihn fest am Haken. Etwas, wovon seine weiblichen Fans nur träumen können."

Rebecca presste die Kiefer zusammen. „Ich habe *niemanden* am Haken." Sichtlich verärgert schielte sie auf ihre Armbanduhr.

Für mich war es klar ersichtlich, dass sie es nicht abwarten konnte, von hier zu verschwinden.

„Okay, Rebecca. Sprechen wir stattdessen über deine Haare. Sind das Naturlocken?"

„Ja, allerdings mit einer Lockencreme bearbeitet. Ich lasse sie an der Luft trocken. Leider wurde mir verboten, sie vor der Sendung auszukämmen. Deshalb sehe ich gerade verflixt albern aus", antwortete sie und schnitt eine Grimasse.

„Du siehst toll aus", warf ich ein.

„Zufällig habe ich einen Kamm hier ...", sagte Ellen trocken. Sie beugte sich über die Armlehne, nahm ihn vom Boden hoch, und streckte ihn Rebecca entgegen.

Ein leises Lachen kam von ihr. „Danke. Aber dafür benutze ich lieber die Finger." Sie hob eine Hand und versenkte sie in der Haarfülle.

„Stopp!" Meine Stimme tönte viel zu laut durch das Studio.

Irritiert blickte Rebecca mich an.

Erklärend fügte ich hinzu: „Lass mich das machen."

„Äh ...", entfuhr es ihr, doch ihr fiel offenbar keine passende Erwiderung ein. Ihre Augen sahen mich verwirrt an, während sie den Kopf leicht zur Seite neigte.

„Bitte ..." Meine Kiefer verkrampften. „Willst du, dass ich dafür bezahle?" Ich hasste mich dafür, die bescheuerte Frage ausgesprochen zu haben. Gequält fragte ich mich, ob es immer so ablaufen würde.

Bezahlung gegen Wunscherfüllung?

Ihr Blick verriet mir, dass sie mich für durchgeknallt hielt. Wie in Zeitlupe zog sie die Hand zurück. Seufzend rutschte sie dichter heran, überbrückte den halben Meter, der zwischen uns lag. Eine Gänsehaut überlief mich, als ihr Pullover mein Hemd streifte.

Als sie Anstalten machte, mir den Rücken zuzudrehen, stieß ich ein leises: „Nein, bleib so", aus.

Sie erstarrte in der Bewegung und blickte mich verblüfft an.

Ich hob eine Hand, zögerte jedoch. „Wie viel?" Meine Stimme klang tiefer und rauer, als ich es gewohnt war. Nervös wartete ich auf ihre Antwort.

Sie sog scharf den Atem ein, schüttelte aber den Kopf. „Dein Glück, dass der Sender alle Kosten trägt", erwiderte sie augenzwinkernd.

Mit einer langsamen Bewegung neigte ich mich ihr entgegen und sah sie prüfend an. Ich war ihr so nahe, dass ich ihren Duft wahrnehmen konnte. Mühsam unterdrückte ich ein Stöhnen. „Ich darf? Einfach so?"

„Ich halte dich noch immer für einen Fetischisten. Aber ja, tu dir keinen Zwang an", erwiderte sie.

Bedächtig hob ich die andere Hand. Für einen kleinen Moment ließ ich den Blick auf ihrem Mund ruhen, dann riss ich ihn hoch zu ihren Augen. Tief in ihnen schien etwas zu lodern, auch wenn sie ausgeglichen und entspannt zu sein schien.

Mit angehaltenem Atem versenkte ich die Hände in ihren Haaren. Sie fühlten sich kühl und starr an. Vorsichtig spreizte ich die Finger, zog sie sanft nach unten. Die Locken zogen sich in die Länge, wurden weicher und schnellten zurück, als ich den Kontakt verlor.

Beim zweiten Mal berührte ich die Kopfhaut. Hingerissen beobachtete ich, wie sie die Lider schloss. Ein leiser Seufzer entschlüpfte ihrem Mund.

Als Reaktion darauf zog sich in meinem Bauch etwas zusammen.

Ohne Hast strich ich weiter, bis sich meine Fingerspitzen an ihrem Hinterkopf berührten. „Hier sind deine Haare noch nicht trocken", murmelte ich.

Sie öffnete die Augen. „Das dauert noch eine ganze Weile."

Sanft kämmte ich ihre Locken aus, genoss das zunehmend seidige Gefühl.

„Es sieht so aus, als würdest du es aus vollem Herzen genießen, Taariq." Lächelnd beobachtete Ellen uns.

Mein Blick wandte sich erneut Rebecca zu. „Zu einhundert Prozent", murmelte ich.

Zwei, drei Mal wiederholte ich die Bewegungen, dann sagte sie leise: „Das reicht, denke ich. Wenn du so weitermachst, sind gleich nur noch Wellen übrig."

Verwirrt runzelte ich die Stirn, nahm aber die Hände nicht zurück. „Eine dritte Option? Auch die möchte ich sehen …", raunte ich ihr ins Ohr. Nachdrücklich strich ich ein letztes Mal durch die weichen Haare. Als ich die Fingerspitzen über die Haut ihres Halses gleiten ließ, erschauderte sie.

Der drängende Wunsch, mit ihr - in genau diesem Moment - allein zu sein, traf mich hart. Fast verlor ich die Fassung, als sie zu ihrem Platz zurückrutschte. Am liebsten hätte ich sie angefleht, neben mir sitzen zu bleiben.

„Und, Rebecca? Wie fühlen sich die Hände von Taariq an? So wundervoll, wie tausende Frauen es vermuten?"

Unbestimmt zuckte sie die Achseln, gab aber keine Auskunft.

„Wir haben noch Zeit für einen zweiten Versuch."

Ellen sah mich an. „Vielleicht mit einer jungen Dame aus dem Publikum, die etwas redseliger ist? Taariq, bist du dabei?"

Darum bemüht, charmant zu lächeln, schüttelte ich den Kopf. „Danke, nein. Für den Moment ist mein Fetisch", ich schielte zu Rebecca hinüber und zwinkerte ihr zu, „vollauf befriedigt."

Schnaubend stieß sie die Luft aus, dann grinste sie zu meiner Verblüffung.

„Ihr zwei scheint euch um einiges näher gekommen zu sein, wie mir scheint, verglichen mit euer ersten Begegnung. Vielleicht hätte ich danach fragen sollen, wie der erste Kuss war ..."

Rebeccas Wangen erglühten in einem tiefen Rot, während sie abweisend den Kopf schüttelte.

Entschlossen strebte Rebecca den Flur entlang und öffnete die Tür zur Garderobe.

Ich blieb im Türrahmen angelehnt stehen und sah zu, wie sie ihre Jacke überzog. Mit dem Gurt der Tasche über der Schulter kam sie auf mich zu.

„Wie kommst du nach Hause? Darf ich dich fahren?", fragte ich sanft.

Erstaunt hob sie den Kopf, um mich anzusehen. „Nein, danke. Ich habe ein Ticket für den Bus."

„Mit dem Auto wärst du schneller zu Hause."

„Ich fahre gerne Bus."

„Während der Fahrt könnten wir uns unterhalten", versuchte ich erneut mein Glück. „Du hast noch immer nicht meine Nachrichten gelesen, und ich hätte gerne eine Antwort auf meine Fragen."

Laut seufzend schob sie sich an mir vorbei.

„Rebecca, bitte. Warum bist du hergekommen, wenn du nicht einmal mit mir reden willst?"

Auffällig schnell drehte sie sich zu mir um. „Wie bitte? In der Einladung vom Sender stand, du würdest der Teilnahme zur Show zustimmen, wenn ich zusage. Das klang für mich wie ein Ultimatum, verdammt."

Reglos versuchte ich, ihre Worte zu verarbeiten. Schleppend sagte ich: „Als ich dich nach Hause begleitet habe, sagtest du, du würdest keine Interviews geben. Nicht einmal für eine Million Dollar."

„Zum einen", fauchte sie aufgebracht, „bin ich allen Fragen, die dich betrafen, ausgewichen. Vielleicht ist dir das entgangen. Und zum anderen erhalte ich hierfür kein Geld. Ich hätte es nicht einmal in Erwägung gezogen, herzukommen, wenn der Sender die sogenannte Aufwandsentschädigung nicht für einen wohltätigen Zweck spenden würde." Sie trat einen Schritt näher. „Bring mich *nie wieder* in eine solche Situation." Jäh wandte sie sich ab und eilte den Gang hinunter. Dabei lief sie fast in einen jungen Mann hinein.

Er hielt sein Smartphone unmissverständlich auf sie gerichtet.

+ + +

Bereits zwei Stunden später verbreitete sich das Video rasend schnell im Internet. Hunderte Kommentare wurden geschrieben. Unter dem #gibtaariqeinechance fanden sich einige freundliche Stimmen zusammen. Doch der überwältigende Teil war mit dem #rebeccaverdientihnnicht versehen.

Genervt hielt ich das Handy ans Ohr und lauschte den Worten meines PR-Managers.

„Tolle Werbung, Taariq. Doch damit es nicht ins Negative umschlägt, solltest du von jetzt an Abstand halten zu der Kleinen. Du hast beinahe wie ein Volltrottel ausgesehen, als sie dein Angebot, sie zu fahren, abgelehnt hat. Von ihrem Auf-dich-losgehen mal ganz abgesehen."

„Das ist mir so was von egal. Ich ..."

Er unterbrach mich: „Taariq, ehrlich. Es geht nicht gut aus, wenn du so weitermachst. Wir sollten glücklich sein, dass deine Fans dich niedlich finden und neidisch sind auf die Kleine. Doch das wird nicht lange anhalten." Frustriert seufzte er laut. „Irgendwann kommen Fragen auf, warum du dich zum Deppen machst wegen einem Flittchen, dass eindeutig nicht an dir interessiert ist."

Die Worte stachen förmlich in mein Herz. „Benutze nie wieder das Schimpfwort im Zusammenhang mit Rebecca, oder du kannst dir einen anderen suchen, für den du arbeiten darfst!" Wütend ließ ich mich in einen Sessel fallen, zerrte mir mit der freien Hand die Krawatte vom Hals.

„War nicht so gemeint. Aber hast du die Botschaft verstanden? Halte dich fern von der Frau."

„Ja, ich habe es kapiert. Dennoch werde ich sie wiedersehen, sollte *sie* es wollen."

Mein Gesprächspartner brach in Lachen aus. „Prima. Dann sind wir auf der sicheren Seite." Ohne ein weiteres Wort legte er auf.

Frustriert warf ich das Smartphone auf den Couchtisch.

Nackte Tatsachen

Nervös klopfte ich an die Hotelzimmertür, kaute unbewusst auf der Unterlippe.

War ich aufgeregt, weil ich ihn wiedersehen würde?
Oder weil ich ungebeten bei ihm auftauchte und er es missverstehen könnte?

Ich war mir nicht wirklich darüber im Klaren.

Was ich aber wusste, war, dass ich am Vortag vergessen hatte, ihm den Scheck zurückzugeben.

Eine Minute wartete ich, das Stück Papier in der Hand haltend, doch niemand öffnete mir.

Unschlüssig runzelte ich die Stirn.

Sollte ich gehen?

Doch es widerstrebte mir, da ich ansonsten den Weg vergeblich gemacht hätte.

Noch einmal klopfte ich. Dieses Mal etwas kräftiger.

Waren das Schritte, die ich hörte?

Unvermittelt wurde die Tür aufgezogen, und Taariq stand vor mir.

„Hey. Entschuldige dass ich ..." Meine Augen wurden sicherlich riesengroß, als ich ungewollt den Blick an seinem Körper abwärts gleiten ließ. Heißes Blut schoss mir ins Gesicht.

74

Ich riss die leere Hand hoch, um sie mir vor die Augen zu schlagen.

Denn er war vollkommen nackt!

„Oh", hörte ich seine überraschte Stimme. „Dich hatte ich nicht erwartet."

„Offensichtlich", hauchte ich verlegen.

„Was bringt dich her?", fragte er.

Ich war mir beinahe sicher, dass er belustigt war, auch wenn der Tonfall es nicht verriet.

Was hatte er gefragt?

Klar zu denken war nicht möglich. Alles, was in meinem Kopf existierte, war das Bild seines nackten Körpers. Vor meinen inneren Augen sah ich die mit schwarzen Haaren überzogene Brust, den flachen Bauch. Und nicht zuletzt seine Männlichkeit.

Sein leises Lachen ließ mich zusammenzucken.

„Ka... Kannst du dir etwas anziehen, ginge das?", stotterte ich in höchster Not.

„Nein. Ich bin auf dem Weg in die Dusche, da wären Klamotten nur hinderlich."

„Aha", murmelte ich. Die Augen fest zusammengekniffen, streckte ich den Scheck in seine Richtung, den ich nach wie vor umklammerte.

„Ich glaube, meine Unterschrift ist da schon drauf", sagte er mit neckender Stimme.

„Verdammt nochmal. Ich bin nicht wegen einem Autogramm gekommen, wie dir klar sein dürfte. Du sollst den Scheck zurücknehmen."

„Nein", sagte er knapp.

Fast hätte ich die Augen aufgemacht.

„Bitte, nimm ihn zurück. Dann bin ich weg, bevor dein Date hier auftaucht." Meine Wangen legten mit Hitze nach, was mich noch verlegener machte.

„Nein", erwiderte er und klang dabei leicht genervt. „Es ist dein Geld."

„Mitnichten." Ärgerlich verzog ich den Mund. „Ich will das Geld nicht."

„Du wolltest es spenden."

„Ja. Bis Lori mir beim Anblick des Schecks verriet, dass du bereits gespendet hast. Und zwar verflixte fünfhunderttausend Dollar! Also nimm jetzt gefälligst den blöden Scheck zurück."

„Nein", sprach er leise, aber nachdrücklich.

Ebenso starrsinnig wie er bückte ich mich und legte ihn auf den Teppich. Kaum drehte ich mich um, zog ich die Hand von den Augen weg und ging den Flur hinunter.

„Das ist ein Barscheck", sagte er in meinem Rücken. „Jeder, der ihn findet, kann ihn einlösen. Und ich hebe ihn nicht auf."

Sprachlos fuhr ich herum.

Seine Hüfte lehnte am Türrahmen, die Arme hielt er vor der Brust verschränkt. Das Sonnenlicht, das vom Zimmer in den Flur fiel, umschmeichelte seine Statur, als würde es einem Kunstobjekt einen besonderen Rahmen geben.

Zu spät kniff ich die Augen zu.

Verdammt!

Wie sollte ich jemals den Anblick vergessen, wie er dort splitternackt in der Tür stand?

„Man könnte auf die Idee kommen, du hast noch nie einen nackten Mann gesehen", sagte er mit sanfter Stimme.

Ein schnaubender Laut entfuhr mir. In gewisser Weise hatte er recht, denn solch ein ansehnliches Exemplar hatte ich tatsächlich noch nie nackt gesehen ... „Habe ich sehr wohl", murmelte ich.

„Ach ja? Ich dachte für einen Moment, dass du dich wie eine schüchterne Jungfrau aufführst."

„Weit daneben geraten. Ich habe geheiratet und sogar eine Tochter geboren. So viel zu dem Thema." Ich biss die Zähne zusammen, als der wohlbekannte Schmerz mich kurzfristig packte.

„Du hast mir gesagt, du wärst nicht vergeben", sagte er in vorwurfsvollem Ton. „Also hast du mich angelogen?"

Verneinend schüttelte ich den Kopf. Allmählich wurde mein Arm schwer.

„Wie kannst du verheiratet und ledig sein?"

Eine unangenehme Gänsehaut rieselte über meinen Rücken. „Ich bin verwitwet ..." Ein dicker Kloß schien meinen Hals zu blockieren.

Während er hörbar Luft holte, schluckte ich schwer. „Bitte, nimm den Scheck zurück."

„Ich bleibe bei meinem *Nein*, Rebecca." Sein Seufzen war nicht zu überhören.

„Gut", stieß ich genervt hervor. „Wenn zwei sich streiten, freut sich der Dritte. Ich gehe jetzt." Mit den Worten drehte ich mich um.

Sein Schnauben klang missvergnügt, doch ich ignorierte es. Mit ausgreifenden Schritten ging ich den Flur hinunter.

Eine bildhübsche Blondine kam mir entgegen.

„Rebecca", rief Taariq mir nach. „Warte doch mal ..."

Die Augen der Frau wurden groß, als sie an mir vorbei schaute. Ohne Zweifel weidete sie sich an seinem nackten Anblick.

Als mir bewusst wurde, dass es sicherlich sie war, die mit ihm verabredet war, versetzte es mir einen Stich.

Ich eilte dem Aufzug entgegen, drückte mehrmals ungeduldig auf den Knopf. In meiner Vorstellung lagen sich beide in den Armen.

Schmolz sie gerade unter seinen Küssen dahin?

Lebhaft erinnerte ich mich an seine Lippen, wie herrlich sie sich auf meinem Mund angefühlt hatten ...

„Verdammt, nun komm schon", murmelte ich und drückte erneut mehrfach auf den Fahrstuhlknopf.

„Wieso hast du es nur immer so eilig, vor mir davonzulaufen?"

Erschrocken fuhr ich herum und kniff vollautomatisch die Augen zusammen. Sein leises Lachen drang an mein Ohr.

„Keine Sorge, ich habe eine Hose an", murmelte er dicht vor mir.

Unwillkürlich machte ich einen Schritt nach hinten. Doch ich ließ die Augen geschlossen und schüttelte abwehrend mit dem Kopf. „Du lässt dein Date warten ..." Ich hörte ihn tief durchatmen.

„Was auch immer dich auf den Gedanken gebracht hat, er ist falsch. Meine einzige Verabredung an diesem Abend ist die mit dem Fernseher und dem Bett."

„Oh", machte ich leise.

Ein leiser Glockenton ließ mich herumfahren. Erleichtert öffnete ich die Augen und trat vor.

Mit festem Griff umschlossen seine Finger meinen Unterarm, hinderten mich am einsteigen.

„Hey, lauf doch nicht weg, bitte. Warum bleibst du nicht? Du könntest mir meine Fragen beantworten. Rechne meinetwegen die aus der Nachricht auf die verbliebenen an. Ich könnte uns etwas zum Essen aufs Zimmer kommen lassen."

Drehte er jetzt total durch?

Er lud mich auf sein Hotelzimmer ein, nachdem er sich mir gerade nackt gezeigt hatte?

Aufstöhnend warf ich den Kopf in den Nacken, da ich das Bild erneut vor den inneren Augen sah.

„Nein", murmelte ich.

Tief holte er Luft. „Leiste mir Gesellschaft, bitte ... Ich würde mich freuen, wenn wir den Abend zusammen verbringen."

Mir entschlüpfte ein gequälter Laut. „Ich bin nur hergekommen, um dir den Scheck zurückzugeben."

Eine Weile blieb es still.

Dann räusperte er sich. „Wieso verweigerst du mir die Gelegenheit, dich besser kennenzulernen?"

Zögernd drehte ich mich zu ihm um.

Ernst, und zugleich bittend, tauchte sein dunkler Blick in meinen.

Sekundenlang verschlug es mir den Atem, da seine Augen mir vermittelten, was er nicht aussprach. Es lag eine Sehnsucht darin, die ich mir einbilden musste. Sie konnte nicht echt sein!

Oder doch?

Mein Herz setzte einen Schlag aus, als er die Hand ausstreckte und mein Kinn sanft anhob.

„Ich möchte dich küssen. Wirst du meinen Kuss erwidern, süße Rebecca?", fragte er leise.

Unsere Blicke ließen einander nicht los, als er sich mir entgegen neigte, so geruhsam, dass ich alle Zeit der Welt besaß, um ihm auszuweichen.

Doch ich tat es nicht. Ich sehnte seinen Kuss herbei. Erwartungsvoll schloss ich die Augen.

Dennoch zwang mich der Schock fast in die Knie, als unsere Lippen aufeinander trafen.

Süchtig

Dies ist der Himmel auf Erden, fuhr es mir durch den Kopf. Bis in alle Ewigkeit wollte ich sie küssen, ihre weichen Lippen spüren.

Undeutlich wurde mir bewusst, dass mir ein wildes Stöhnen entfuhr. Machtvoll überkam mich brennende Begierde, der ich nur mühsam Einhalt gebieten konnte.

Einzig die Erinnerung, wie sie mich bei unserem letzten Kuss von sich geschoben hatte, verhinderte, dass ich mich mit dem gesamten Körper gegen sie drückte.

Doch ich wollte es! Das Bedürfnis, sie in die Arme zu schließen, war gewaltig.

Mich eisern zurückhaltend nahm ich stattdessen ihr Gesicht zwischen die Hände, streichelte mit dem Daumen ihre Wangen, während ich den Kuss vertiefte. Mit der Zunge strich ich über ihre Unterlippe, betete innerlich darum, sie würde mir den Wunsch erfüllen, den Mund für mich zu öffnen.

Pure Seligkeit durchströmte mich, als sie die Lippen teilte und unsere Zungen sich trafen. Ein unkontrollierbares Zittern durchfuhr meinen Körper. Ich war mir sicher, dass sie es spüren konnte.

„Du schmeckst himmlisch", flüsterte ich an ihren Lippen. Erneut küsste ich sie, tauchte die Zunge in ihren Mund. „Ich bin süchtig nach deinem Geschmack, weißt du das?"

Rebecca seufzte leise, ehe sie den Kopf zurücknahm und mich mit verschleiertem Blick ansah. Ihr Zeigefinger legte sich auf meinen Mund. „Netter Versuch", murmelte sie. „Aber ich bin nicht empfänglich für Lügen."

„Was?", fuhr ich auf. Etwas sanfter fügte ich hinzu: „Weshalb sollte ich lügen?"

„Keine Ahnung. Vielleicht sind dir die einstudierten Sätze schon derart in Fleisch und Blut übergegangen, dass du sie nicht mehr in Frage stellst."

Stirnrunzelnd trat ich einen Schritt nach hinten, auch wenn ich ungern Abstand zwischen uns brachte. „Weshalb unterstellst du mir so etwas? Weil ich Schauspieler bin?" Mein gekränkter Tonfall überraschte mich selbst.

Sie zuckte mit den Schultern, sagte aber nichts.

Ich stieß einen tiefen Seufzer aus.

Wie sollte ich es ihr begreiflich machen? Ich verstand mich ja selbst kaum.

„Ich lüge dich nicht an. Bei unserem ersten Zusammentreffen habe ich dir gesagt, dass ich dich näher kennenlernen möchte. Wahrscheinlich hätte ich dich nicht küssen dürfen, aber ich wollte es unbedingt." Einen Moment lang rang ich nach Atem.

„Das hat dich verschreckt, wie ich vermute. Zumindest war es eine deutliche Ansage, dass du nie meine Nachrichten gelesen hast ..." Schwer schluckend richtete ich den Blick auf den Teppich. „An meinem Interesse an dir hat sich jedenfalls nichts geändert."

Zögernd hob ich den Kopf, um sie anzusehen. „Dir dürfte bewusst sein, dass ich dich begehre. Das weißt du doch, oder? Wenn du wüsstest, wie häufig ich von unseren Küssen träume, dann wäre dir klar, dass ich eben nicht widerstehen konnte. Dafür werde ich mich nicht entschuldigen."

Tief durchatmend zwang ich mich zu folgenden Worten: „Aber ich verspreche dir, dich nicht mehr zu berühren, wenn du mir dafür die Gelegenheit gibst, Zeit mit dir zu verbringen. Was sagst du dazu?"

Sie starrte mich an. Ihre Augen huschten zwischen meinen hin und her, schienen in mein Inneres zu dringen, wie um mich zu scannen.

Ich wünschte, sie besäße tatsächlich die Fähigkeit dazu, denn dann wäre jedes weitere Wort überflüssig. Sie würde erkennen, wie ernst es mir war. Was jedoch hinter ihrer Stirn vor sich ging, erschloss sich mir nicht.

Äußerst nervös wartete ich darauf, dass sie etwas sagen würde.

Beinahe unmerklich nickte sie.

„Ich akzeptiere dein Versprechen. Wenn wir uns das nächste Mal treffen, dann darfst du mir die verbliebenen Fragen stellen." Sie wandte sich ab und drückte auf den Fahrstuhlknopf.

Fassungslosigkeit überwältigte mich.

Nach allem, was ich ihr gestanden hatte, war das ihre Reaktion?

„Du willst jetzt gehen?" Vollkommen aus dem Gleichgewicht gebracht legte ich die Hand an die Wand, um mich abzustützen.

„Ja. Ich habe eine Verabredung, die ich nicht absagen möchte." Sie blickte auf ihre Armbanduhr und sog scharf den Atem ein. „Verflixt. So lange hatte ich nicht geplant, zu bleiben."

„Mit wem hast du ein Date?", fragte ich mit heiserer Stimme, während die schlimmsten Vorstellungen in meiner Fantasie erblühten.

Abwehrend hob sie die Hand, blieb aber stumm.

„Mit einem Mann?" Ich hasste mich dafür, doch ich musste es wissen.

„Ich treffe mich mit einem alten Freund."

Als sich die Türen des Fahrstuhls öffneten, trat sie ein. „Mach es gut, Taariq."

„Rebecca", flüsterte ich, doch schon schoben sich die Türen zusammen, trennten uns voneinander. Fassungslos starrte ich die silberne Fläche an, während es in meinem Kopf drunter und drüber ging.

Schleppend ging ich zurück zu meinem Zimmer. Wie ferngesteuert stieg ich aus der Jeans und verschwand im Bad. Während ich den Körper mit Duschgel einseifte, zuckten die furchtbarsten Bilder durch meinen Geist. Trotz des heißen Wassers fröstelte ich.

Verdammt!

Ich ärgerte mich maßlos über mich selbst. Wahrscheinlich ließ ich mir gerade die beste Nacht meines Lebens entgehen ...

Oder hatte ich zu viel in sein Angebot hineininterpretiert?

Aufgewühlt von dem Kuss trat ich ins Freie und stieß prompt mit jemandem zusammen. Wir murmelten beide eine Entschuldigung und strebten in entgegengesetzte Richtung weiter, während ich gedanklich mit Taariq und dem atemberaubenden Kuss beschäftigt war.

Mit fast fünfzehn Minuten Verspätung stürmte ich ins *California Pizza Kitchen*. Meine Augen glitten suchend durch den Raum.

Bryon erhob sich von seinem Platz und winkte mir zu. Der beste Freund meines verstorbenen Mannes küsste mich auf beide Wangen, ehe wir uns setzten.

Er griff über den Tisch nach meiner Hand und drückte sie. „Du kommst spät. Was hat dich aufgehalten? Du bist ganz rot im Gesicht."

„Ich habe gerade Taariq getroffen ...", seufzte ich.

„Ah", erwiderte er in langgezogenem Ton. „Verstehe." Taxierend ließ er die Augen zu meinem Mund gleiten. „Er hat dich geküsst." Es war eine Feststellung, keine Frage.

„Ja", seufzte ich mehr, als dass ich es sagte.

Ein amüsiertes Lächeln umspielte seinen Mund. „Unschlüssig, ob es dir gefallen hat?"

„Quatsch! Es war ein toller Kuss." Ungewollt erschauderte ich. „So gut, dass ich mich frage ..." Es war einfach gewesen, mir die Frage im Kopf zu stellen. Doch sie laut auszusprechen traute ich mich nicht.

Leise lachte er. „Ich werde dir eine Antwort geben: Dein Taariq bereut gerade bitter, dass du gegangen bist."

„Du bist ... Also ..." Sprachlos sah ich zu ihm, und er zwinkerte mir zu.

„Kleine, du weißt, dass du verdammt sexy bist. Wärst du nicht mit meinem besten Kumpel zusammen gewesen, hätte ich dir selbst nachgestellt."

Amüsiert lachte ich. „Ich frage mich, was Anne dazu gesagt hätte."

Seit dem Abschlussjahr der Highschool waren die zwei ein Paar. Sie hatten noch vor mir und Michael geheiratet, und ich war die Patentante ihrer beiden Söhne.

„Anne wer?", fragte er augenzwinkernd.

„Ich soll dich übrigens von ihr grüßen. Außerdem fragen die Jungs drei Mal am Tag, wann du mal wieder Zeit hast, auf sie aufzupassen."

„Ich vermisse euch ganz schrecklich. An meinem nächsten freien Tag komme ich vorbei, versprochen. Ich hasse euch noch immer dafür, dass ihr weggezogen seid."

„Uns geht es außerhalb der Stadt besser. Du weißt, du kannst jederzeit bei uns einziehen. Die Jungs wären im siebten Himmel."

Mich nach vorne beugend streichelte ich seine Hand. „Und ich zwei Wochen später in der Psychiatrie."

„Ach komm, das schaffen Jason und Billy in *einer* Woche. Fünf Tage, wenn sie in kreativer Stimmung sind", sagte er stolz.

Wir lachten gemeinsam, bis der Kellner nach unserer Bestellung fragte.

Zwei Stunden später schloss ich die Wohnungstür hinter mir und zog erleichtert die Schuhe aus. Nach und nach entkleidete ich mich, dann zögerte ich. Normalerweise ging ich abends duschen, doch jetzt widerstrebte mir die Vorstellung davon.

Noch konnte ich mir einbilden, Taariqs Lippen zu fühlen, sowie die Berührung seiner Hände.

Ich mochte den Eindruck nicht wegwaschen.

Kurzentschlossen stieg ich ins Bett, drehte mich auf die Seite, zog die Decke bis unter den Hals, und kuschelte das Gesicht ans Kissen.

Dir dürfte bewusst sein, dass ich dich begehre. Das weißt du doch, oder?

Seine Worte spukten mir im Kopf umher ... Doch es war mir ganz und gar nicht klar!

Wenn du wüsstest, wie häufig ich von unseren Küssen träume ...

Damit hatte er meine Realität ausgesprochen, denn seit unserem Date tauchte er fast jede Nacht in meinen Träumen auf.

Ich horchte auf, als das Smartphone einen leisen Ton von sich gab und angelte es vom Nachttisch.

Eine Gänsehaut breitete sich auf meinen Armen aus, als ich eine Nachricht von Taariq fand, die ich - ohne darüber nachzudenken - öffnete.

Taariq
Die Presse wundert sich, mit wem du mich betrügst. (Deren Worte, nicht meine.) Du bist E! sogar einen zweiminütigen Bericht wert gewesen ... Ich hoffe, dein Date war angenehm?

Ratlos und schockiert starrte ich die Worte an. Ohne Zögern schwang ich mich aus dem Bett, um ins Wohnzimmer zu gehen.

Ich schaltete den Fernseher ein. Es dauerte eine Weile, bis ich den Kanal gefunden hatte. Während ich auf den Bildschirm starrte, zog ich mir die Decke von der Couch über die nackten Beine.

Ich ließ den Beitrag über *Dance with the stars* an mir vorüber plätschern und fragte mich, warum sich Taariq die Mühe gemacht hatte, mir zu texten.

Dann wurde mir bewusst, dass ich jetzt seine alten Nachrichten lesen konnte, da sie ihm nun als gelesen angezeigt werden würden …

Rasch lief ich ins Schlafzimmer und kehrte mit dem Telefon zum Sofa zurück.

Ein Wisch mit dem Finger, schon hatte ich die ersten Nachrichten auf dem Display. Ich sah noch einmal den Namen des Restaurants, mit der Adresse und dem Datum unseres ersten Dates.

Dann starrte ich auf die Nachrichten, von denen ich mir nur die Vorschau zugemutet hatte.

Taariq
War das eine zweiteilige Antwort auf meine Frage? Erst erwiderst du meinen Kuss, nur um mich dann von dir zu stoßen?

Diese Nachricht hatte ich mir fast wörtlich vorstellen können. Doch die zweite ließ mich nach Luft schnappen.

Taariq

Das war der beste Kuss meines Lebens, um es deutlich zu sagen. Und wenn es nach mir gegangen wäre, würde ich bis zu dieser Sekunde nicht damit aufgehört haben!

Ich hatte mir immer die Frage gestellt, was er nach dem *Und wenn es ...* geschrieben haben könnte, doch seine Worte waren jenseits all meiner Vorstellungskraft.

Kurz blickte ich zum Fernseher, doch er zeigte nur eine der Reality TV Berühmtheiten.

Tief seufzte ich, ohne es recht zu bemerken. Für einen Moment verlor ich mich in der Rückblende an unseren ersten Kuss, bis sich der von diesem Abend davorschob.

Unwillkürlich schloss ich die Lider, spürte der Erinnerung von seinem Mund auf meinem nach, von seiner Zunge, die so sanft mit meiner gespielt hatte. Sofort spürte ich die Lippen prickeln.

Verdammt!

Erneut wünschte ich mir, er hätte mehr getan, als nur mein Gesicht zu streicheln ...

Vor meinen inneren Augen sah ich ihn nackt im Türrahmen stehen. Auch wenn ich lediglich den Bruchteil einer Sekunde hingesehen hatte, diesen göttlichen Anblick würde ich bis an mein Lebensende nicht vergessen.

Meine Fingerspitzen schienen zu kribbeln. Abermals überwältigte mich das Bedürfnis, sie durch die Brustbehaarung streichen zu lassen ...

Als ich Taariqs Namen hörte, riss ich die Augen auf und starrte zum Fernseher.

Sein Bild prangte viel zu groß auf dem Bildschirm. Eine übertrieben geschminkte Moderatorin sprach, während ein Foto von Bryon und mir eingeblendet wurde, auf dem ich seine Hand streichelte: *„Hier also die Frage, die wir uns - aufgrund der uns vorliegenden Fotos - stellen müssen: Wer ist der Unbekannte, mit dem Rebecca auf Tuchfühlung geht? Betrügt sie ihren Liebhaber, den begehrten Schauspieler Taariq Shaheen?"*

Ein weiteres Bild löste das erste ab, auf dem wir uns anlächelten. *„Eine Augenzeugin hat uns exklusiv verraten, dass sie Rebecca kurz zuvor im Hotel gesehen hat, in dem Taariq die heutige Nacht verbringt. Ist sie tatsächlich direkt von seinem Bett zu ihrem nächsten Verehrer gelaufen?"*

Nun zeigten sie ein Foto, dass bei unserer Verabschiedung geschossen worden sein musste, da ich Bryon auf die Wange küsste. Seine Arme umfassten meine Taille, während meine Hände auf seinen Oberarmen lagen.

„Derzeit können wir nur spekulieren. Leider hat Taariq es abgelehnt, uns ein Interview zu gewähren, nachdem wir ihm die Fotos geschickt haben."

Es folgten zwei nichtssagende Sätze, und gleich darauf wurden zwei Schauspieler interviewt, die ein Liebespaar in einer beliebten Fernsehserie spielten.

Unbehaglich griff ich zum Telefon. Es dauerte eine Weile, bis mir halbwegs vernünftige Worte einfielen.

Rebecca

Nichts als fantasielose und blödsinnige Spekulationen. Schade, dass ich für den Bericht meine Zeit verschwendet habe. Vielleicht solltest du ihnen das Interview geben, um klarzustellen, dass du nicht mein Liebhaber bist.

Das Herz klopfte viel zu schnell in meiner Brust, als ich den Text abschickte. Ich war mir nicht sicher, ob es klug war, das Wort *Liebhaber* aufgegriffen zu haben.

Binnen Sekunden konnte ich sehen, dass er meine Nachricht gelesen hatte.

Seufzend stand ich auf, faltete die Decke, um sie wieder über die Armlehne des Sofas zu legen.

Erst, als ich im Bett lag, sah ich wieder auf das Display des Smartphones. Drei kleine Punkte tanzten darauf.

Atemlos wartete ich auf seine Antwort.

Taariq

Keinen Deut interessieren mich deren Spekulationen. Doch mir fällt auf, dass du nicht geantwortet hast auf meine Frage hinsichtlich deines Dates.

Irritiert las ich die Nachricht und scrollte im Chat zurück.
Ich hoffe, dein Date war angenehm?

Rebecca

Das Wort Date hast du verwendet, nicht ich. Ich erinnere mich lebhaft, dass ich sagte, ich treffe mich mit einem alten Freund.

Taariq

Mit einem sehr vertrauten alten Freund, wenn man sich die Bilder anschaut.

Rebecca

Was soll das? Ich dachte, du gibst nichts auf Spekulationen?

Taariq

Und du weichst erstaunlich gut aus. Was auf eine gewisse Art und Weise höchst aussagekräftig ist.

Ärger kroch in mir hoch.

Was, zum Teufel ...?

Ohne nachzudenken tippte ich eine Erwiderung und drückte auf Senden.

Rebecca

Welche Worte hast du erwartet? Dass er in meinem Bett liegt und nicht die Finger von mir lassen kann, während ich mit dir texte?

Sehnsucht

Geschockt las ich die Worte. Das Gefühl in meinem Bauch verstärkte sich. Es war in den letzten Stunden unablässig gewachsen, seit sie das Treffen mit ihrem alten Freund erwähnt hatte. Den ganzen Abend malte ich mir aus, was zwischen den beiden passierten könnte. Dann hatte E! mir die Fotos zugespielt. Allein die Vorstellung, sie wäre jetzt mit ihm im Bett ...

Gequält schloss ich die Augen.

Sollte ich etwas darauf antworten? Und wenn ja, was?

Innerlich fluchend gab ich es auf, wie ein gefangener Tiger durch den Raum zu laufen. Ruckartig zog ich mir das T-Shirt über den Kopf. Die Jogginghose folgte. Umstandslos stieg ich nackt ins Bett und vergrub stöhnend das Gesicht im Kissen.

Noch einmal las ich ihre letzte Nachricht.

Meine Finger tippten wie von allein eine Antwort ein.

Taariq
Im Gegensatz zu dir liege ich allein im Bett.

War es die Eifersucht, die mich dazu verleitete?
Ich streckte den Arm hoch, schoss ein Foto von mir, und schickte es mit der Nachricht ab.
Dann verriegelte ich das Handy und warf es auf den Nachttisch, da sie garantiert nicht mehr antworten würde. Laut fluchte ich, weil ich mich selbst nicht ausstehen konnte.
Wieso machte ich mich wegen ihr zum Narren?
Gepeinigt kniff ich die Augen zu, rieb mir mit beiden Händen übers Gesicht.
Mein Herzschlag setzte aus, als das Smartphone einen Ton von sich gab. Mit bebenden Fingern griff ich danach, öffnete den Chat mit Rebecca, nur um atemlos auf ein Foto von ihr zu starren. Ihr vorwurfsvoller Blick schien mich zu strafen.
Dennoch seufzte ich erleichtert, denn sie lag allein im Bett. Die Haare flossen über ein großes Kissen, die Decke war bis zum Kinn hochgezogen.

Rebecca
Ich hasse dich! Wieso verleitest du mich, dir ein solch schreckliches Bild von mir zu schicken? Nur weil ich mich über dich ärgere ...

Taariq
Ich liebe das Foto! Und es ist nicht schrecklich, sondern zauberhaft. Du sollst mich aber weder hassen, noch dich über mich ärgern.

Rebecca

Tue ich aber!

Taariq

Du hasst mich?

Rebecca

Nein. Ich ärgere mich über dich.

Taariq

Was kann ich tun, damit du es nicht mehr tust? Soll ich dir verraten, dass ich dein Foto anstarre? Dass ich mir oft ausgemalt habe, wie deine Haare im Bett aussehen würden? Und mir gerade ganz intensiv wünsche, ich könnte es live sehen?

Rebecca

Mir war von Anfang an bewusst: Du hast einen Haarfetisch ... Von daher bin ich nicht überrascht, dass du es dir vorgestellt hast.
(Hast du das wirklich?)

Taariq

Mit der Fantasie davon schlafe ich jeden Abend ein.
(Wirklich!)

Rebecca

Hm. Immerhin eine harmlose Vorstellung ...

Taariq

Keineswegs! Du weißt ja nicht, was dieses Fantasiebild für Wünsche in mir auslöst.
(Ein kleiner Hinweis: Sie lassen mich von unseren Küssen träumen!)

Rebecca

Du hast es geschafft, gratuliere. Jetzt lache ich, statt mich über dich zu ärgern.

Taariq

Schön. Auch wenn es mich nicht zum Lachen reizt.

Rebecca

Was würde dich dazu reizen?

Taariq

Mir ist gerade nicht nach Lachen zumute. Viel lieber würde ich dich küssen.

Rebecca

Wie gut, dass ich dein Versprechen habe, dass du mich nicht mehr berührst.

Taariq

Schon ist mir noch weniger nach Lachen zumute ... Aber ich darf davon träumen!

Rebecca

Nein!

Taariq

Du kannst mich nicht daran hindern. Ich bedaure allerdings, dass du auf dem Foto die Decke so weit hochgezogen hast. Soll ich mir dich mit einem T-Shirt bekleidet vorstellen? Oder nackt?

Atemlos harrte ich auf ihre Antwort. Im Wechsel sah ich drei tanzenden Punkte, dann wieder nichts.
Löschte sie ihre Worte?
Ruhelos biss ich mir auf die Lippe, während ich ungeduldig wartete.
Keine zehn Sekunden später kam ihre Antwort.
Ein Foto, dem ersten ähnlich, die Decke eine Spur tiefer gezogen. Ich konnte die Träger eines ärmellosen Shirts erkennen. Laut stieß ich den Atem aus, als meine Fantasie sich auf die neue Nahrung stürzte.
Dann jedoch rang ich nach Luft.
Fassungslos setzte ich mich auf. Mein Blick klebte an einem zweiten Bild, das sie hinterhergeschickt hatte.

Deutlich war zu erkennen, dass sie sich bewegt hatte, denn die Haare lagen viel unordentlicher auf dem Kissen. Doch ich starrte auf die nackte Haut unterhalb ihres Halses. Die Decke war ein kleines Stück tiefer gezogen, doch das Tanktop war verschwunden ...

Heftig atmend rutschte ich ans Kopfende des Bettes hoch, lehnte mich mit dem Rücken dagegen. Ich war unfähig, die Augen davon zu lösen.

Erst verspätet fiel mir auf, dass sie mir die Zunge heraus steckte. Unerwartet brach ein Lachen aus mir heraus. Den Kopf schüttelnd studierte ich alle Einzelheiten des Fotos. Eine weitere Nachricht unterbrach mein stummes Gaffen.

Rebecca
Nun hasse ich dich noch mehr!

Sollte ich es schreiben?
Kurz zögerte ich, dann tat ich es einfach. Und fragte mich bang, ob sie darauf eingehen würde.

Taariq
Und ich liebe dich noch mehr!

Rebecca
Schön, dass du deinen Humor wiedergefunden hast.

Taariq
Tatsächlich hast du mich zum Lachen gebracht.
Daran ist deine Zunge Schuld. Es tut mir leid,
aber ich nehme mein Versprechen zurück! Denn
genau diese Zunge würde ich jetzt liebend gerne
spüren ...

Ein weiteres Mal war ich davon überzeugt, dass sie
nicht mehr antworten würde. Ich war mir selbst
nicht darüber im Klaren, warum ich so aggressiv
vorpreschte. Doch ich kam nicht dagegen an.

Rebecca
Für einen weiteren, halb-keuschen Kuss?

Sprachlos schüttelte ich den Kopf.

Taariq
Höre ich da eine gewisse Unzufriedenheit heraus?

Kurz sah ich zum Wecker hinüber. Es war erst elf
Uhr. Wenn ich mir etwas wünschen dürfte, dann,
dass unsere Unterhaltung die ganze Nacht lang an-
dauern würde.
Viel lieber jedoch hätte ich sie in diesem Bett, um
die Hände in ihren Haaren und die Zunge in ihrem
Mund zu versenken ...

Mein Körper reagierte auf die Vorstellung. Gequält stöhnend verdrängte ich sie.

Rebecca
Sagen wir es mal so: Ich habe schon wesentlich leidenschaftlichere Küsse bekommen.

Für eine Sekunde war ich zornig auf sie, denn ihre Worte weckten meine Eifersucht. Doch damit wollte ich mich jetzt nicht befassen.

Taariq
Hast du eine Vorstellung davon, wie intensiv ich mir leidenschaftliche Küsse von dir wünsche? Doch dein Zurückschubsen nach unserem ersten Kuss hat mich gelehrt, es etwas langsamer anzugehen.

Rebecca
Ach ja? Hm. Du liegst übrigens 3:1 zurück …

Ich brauchte eine Sekunde, um zu verstehen, dann breitete sich ein Lächeln um meinen Mund aus.
Schnell nahm ich ein weiteres Foto auf und schickte es ihr. Als ich es mir anschaute, verzog ich den Mund. Meine nackten Schultern machten nicht viel her, und das dämliche Grinsen war mir etwas peinlich.

Darum bemüht, es besser zu machen, aktivierte ich den Selbstauslöser, und lehnte das Smartphone gegen den Wecker. Ich zog mir das dünnere Laken über meine Blöße, hielt es dort mit den Fingern fest. Kurz vor dem Auslösen streckte ich ebenfalls die Zunge heraus.

Zwei Sekunden später drückte ich auf Senden.

Nervös trommelte ich mit den Fingern gegen den nackten Oberschenkel. Dabei versuchte ich zu ignorieren, dass mein Herz viel zu schnell schlug.

Rebecca
Netter Versuch, Grinsebacke.

Verdrossen verzog ich das Gesicht. Bevor ich etwas schreiben konnte, kam eine weitere Nachricht von ihr. Unbewusst hielt ich die Luft an.

Rebecca
Damit kann und werde ich nicht mithalten ...
Verschickst du öfter solch freizügige Bilder?

Taariq
Schade! Jetzt bin ich ganz geknickt ...

Rebecca
Kein Grund, den Kopf hängen zu lassen ...

Verdammt!

Weshalb hatte ich das Gefühl, sie würde direkt mit meinem Unterleib sprechen?

Da sie mir die ganze Zeit schon freimütige Antworten geschickt hatte, wagte ich es zu schreiben, auch wenn ich einige Sekunden Mut sammeln musste, um die Nachricht abzuschicken:

Taariq
Hängen tut bei mir gar nichts.

Es war nicht gelogen. Die ganze Unterhaltung war frustrierend und anregend zugleich für meine Libido.

Rebecca
Hört, hört. Da hilft wohl nur Hand anlegen. Du hast meine Frage nicht beantwortet.

Taariq
Hast du gerade angedeutet, ich soll mir ... Ich bin sprachlos! Brauchst du ein Foto als Beweis?

Rebecca
Die Frage deute ich mal als die Antwort auf meine Frage: Du scheinst reichlich Übung zu haben.

Taariq

Nein! Da ich meine Privatsphäre / mein Image wahren muss, habe ich null Erfahrung mit dem Verschicken von freizügigen Bilder. Du darfst dich rühmen, die Erste zu sein.

Und ich meinte ein Bild von meinem offen stehenden Mund, da du mich mit deinen Worten sprachlos gemacht hast. Nicht davon, wie ich es mir selbst mache.

Seltsamerweise bin ich versucht, dich noch einmal auf mein Hotelzimmer einzuladen. Oder ich komme zu dir.

Tief durchatmend schickte ich den Text ab. Nun war ich mir zu einhundert Prozent sicher, dass unsere Unterhaltung beendet war.

Das Handy blieb stumm, und ich las noch einmal unseren Chat durch, staunte über ihre offene Art, mit mir zu schreiben.

Ich schaffte es nicht bis zum Ende, da eine weitere Nachricht von ihr eintraf.

Rebecca

So viele Worte. Und, wie ich vermute, nichts dahinter. Nichtsdestotrotz liegt mir ebenfalls daran, deine Privatsphäre / dein Image zu wahren. Deswegen bleibe ich jetzt still, und du kannst tun, was immer dir beliebt.

Taariq

Mir beliebt, zu dir zu fahren ...

Rebecca

Ich meinte deine Hand. Muss ich dennoch Danke sagen für dein Angebot?

Taariq

Ich verzichte auf ein Danke. Um ehrlich zu sein, graut mir vor dem Ende dieses Gesprächs. Schockiert es dich, wenn ich sage: Ich wünschte, ich dürfte dich in die Arme schließen? Mit all den Folgehandlungen, die ich mir gleich ausmalen werde, und die mich frustrieren werden, da sie bloße Luftschlösser sind. Und nein, ich habe keine Lust, es mir selbst zu machen.

Rebecca

Tu mir einen Gefallen: Träum von einer Anderen. Rein deiner Frustration wegen. Dafür will ich nicht Verantwortung übernehmen.

Taariq

Du bist es, die meine Träume beherrscht. Und ich hoffe schwer, dass sie eines Tages Realität werden.
Rebecca, vielleicht willst du es nicht hören, aber ich will dich in meinem Bett haben!

Ich will dich lieben, bis du laut seufzend zum Höhepunkt kommst. Mit den Händen möchte ich deinen Körper erforschen, mit dem Mund deine Haut schmecken. Und dich ein weiteres Mal lieben, weil ich weiß, dass ein Mal nicht ausreicht. Dann möchte ich mit dir Arm in Arm einschlafen, um als erstes dein hübsches Gesicht zu sehen, wenn ich aufwache.

Lange blieb das Handy stumm. Doch einmal mehr überraschte sie mich mit einer Antwort.

Rebecca
Träum schön ...

Riskant

Tief seufzend legte ich das Smartphone auf den Nachttisch. Ich schloss die Augen, um über seine Worte nachzudenken.

Das ganze Gespräch war vollkommen aus dem Ruder gelaufen. Mir war schleierhaft, weshalb ich auf diese Weise mit ihm geschrieben hatte. Außerdem war mir bewusst, dass ich es morgen früh bereuen würde.

Jetzt hingegen wünschte ich mich zurück in den Hotelflur. Der verlockende Gedanke, ihn noch einmal nackt zu sehen, war machtvoll. Die Vorstellung, ihn zu berühren ... Ich dachte an die schwarzen Haare auf seiner Brust, und wie gerne ich sie berühren würde.

Stöhnend warf ich den Kopf nach hinten.

Für einen einzigen Kuss würde ich beinahe meine Seele verkaufen, dachte ich sehnsuchtsvoll.

Mich zur Seite drehend versuchte ich ewig lange, in den Schlaf zu finden. Doch es schien unmöglich zu sein. All meine Gedanken kreisten um Taariq und das, was er zuletzt geschrieben hatte ...

Mein Handy gab einen leisen Ton von sich.

Erschrocken setzte ich mich auf.

Ich nahm es und aktivierte das Display. Eine Viertelstunde vor Mitternacht!

Taariq

Keine Ahnung, warum ich es riskiere ... Ich vermute, es ist die Sehnsucht, die nicht schweigen will ... Ich stehe unten vor der Tür, kann aber nicht klingeln, da ich deinen Nachnamen nicht kenne. Bekomme ich einen Kuss? Nur einen einzigen, bitte? Ich verspreche auch, danach brav zurück ins Hotel zu gehen.

Mir klappte der Mund auf.
Fassungslos las ich die Worte erneut, dann noch einmal.
Er stand vor der Tür? Und bat um einen Kuss ...?
Bevor ich meinen streitenden Gefühlen und Gedanken Raum geben konnte, schrieb ich ihm eine Antwort.

Rebecca

Carney

O Gott, ich musste verrückt sein!
An allen Gliedern zitternd stand ich auf, zog mir das Oberteil wieder an, und wickelte die Decke um mich. Rasch lief ich die wenigen Schritte zur Tür. Noch bevor ich sie erreichte, klingelte es kurz.

Meine bebenden Finger verharrten vor dem Schalter des Türöffners. Unentschlossen biss ich auf die Unterlippe. Heftig zuckte ich zusammen, als es noch einmal klingelte. Jeglicher Mut verließ mich. Ich konnte den Knopf nicht drücken.

Verzweiflung wallte in mir hoch. Ich wollte ihn küssen, sehnte mich danach.

Doch konnte ein einziger Kuss genügen?

Taariq
Verstehe.

Entsetzt las ich das eine Wort. Bis es bei mir einrastete, dauerte es einige Sekunden. „Nein!", rief ich laut, von Angst gepackt, er könnte schon gegangen sein. Ich hieb die Faust auf den Schalter, hielt ihn gedrückt, und betete lautlos, es möge noch nicht zu spät sein.

Mein Herz raste, als ich Schritte hörte, die sich näherten. Ein leises Klopfen ertönte.

„Mir ist bewusst, es ist Wahnsinn", hörte ich ihn von der anderen Seite der Tür flüstern. „Doch nie zuvor habe ich mir dringlicher einen Kuss gewünscht. Bitte ..."

Mir ging es nicht anders. Allerdings war da auch der Drang, ins Schlafzimmer zu rennen und mich unter der Decke zu verstecken ...

„Rebecca", murmelte er.

Deutlich hörte ich die Sehnsucht in seiner Stimme. Als wäre ich seine Marionette, zog die Klangfarbe an einem meiner Fäden. Ohne lange nachzudenken zog ich die Tür auf.

Ich begann am ganzen Körper zu zittern, als er auf mich zukam, die Hände ausstreckte, um damit mein Gesicht zu umrahmen.

„Du sollst wissen, dass ich sofort aufhöre und dich loslasse, wenn du es möchtest. Ein Wort genügt, okay?" Die schwarzen Augen bohrten sich förmlich in meine.

Verwirrt nickte ich, da ich weniger mit Worten, als mit Taten gerechnet hatte.

Ein Stöhnen, dass aus den Tiefen seiner Kehle zu kommen schien, ließ mich erbeben. Er zwang mich nach hinten, bis ich mit dem Rücken gegen die Wand stieß. Schon pressten sich seine Lippen auf meine. Leidenschaftlich und wild. Mit dem Körper drängte er sich an mich.

Die Decke rutschte unbeachtet zu Boden.

Erbebend öffnete ich den Mund.

Sofort tauchte seine Zunge hinein, begegnete meiner mit einer Gier, die mich nach Atem ringen ließ.

Mit den Händen suchte ich nach Halt, da meine Beine nachzugeben schienen. Meine Finger fanden kräftige Schultern, gruben sich buchstäblich hinein, während mein Denken erlahmte. Ich konnte nur noch *fühlen*.

Sein Geschmack berauschte mich, verlockte mich dazu, ihm begieriger entgegenzukommen. Unser Speichel vermischte sich, ebenso wie unsere Körperwärme, während wir uns heißblütig küssten.

Mit seinem harten Körper presste er mich an die Wand. Selbst, wenn ich es wollte, ich hätte mich nicht bewegen können.

Meine Finger schienen ein Eigenleben zu entwickeln, sie strichen seinen Hals hinauf. Beglückt bemerkte ich sein Erschaudern.

Erst in den Haaren vergraben stoppten sie, und unterbewusst registrierte ich, wie seidig weich sie waren. Ich hegte nicht die Absicht, sie jemals wieder loszulassen ...

Dunkel stöhnend vertiefte er den Kuss, murmelte Worte in meinen Mund, die ich nicht verstand.

Jetzt versenkten sich die Hände in meinen Haaren, zogen meinen Kopf noch dichter zu ihm heran.

Schwach vor Erregung rutschte ich eine Spur die Wand herunter.

Taariq riss die Finger weg, umfasste meine Taille und hob mich hoch, sodass ich mit den Beinen automatisch seine Hüften umschlang. Beglückt fühlte ich die Erektion, die sich durch die Hose meinem Unterleib entgegen drängte.

Ein seliger Schauder durchfuhr mich. Unbewusst spürte ich die Feuchtigkeit, die seine Begierde in meinem Schoß auslöste.

Ohne Unterlass küsste er mich, seine Zunge reizte meine, spielte mit ihr, vertiefte die Lust, die jetzt ungehemmt in mir loderte.

Ich stand in Flammen, es wäre sinnlos, es zu bestreiten.

Mit dem Becken drängte ich mich gegen ihn, um ihn deutlicher zu spüren, während ich mir wünschte, er würde mich endlich zum Bett tragen, um meine Sehnsucht zu stillen. Nackt wollte ich ihn an der Haut spüren, seinen Duft einatmen, seine Lust in mich aufnehmen.

„Du machst mich wahnsinnig", murmelte er rau, und die Worte erstarben in meinem Mund, da er die Berührung unserer Lippen nicht unterbrach.

Meine Antwort bestand aus einem verhaltenen Kreisen des Beckens, um ihn zu mehr zu verleiten.

„Mach das nicht", stöhnte er heiser.

Der entsetzte Unterton ließ mich erstarren. Ich riss die Augen auf, um seinen Blick zu suchen.

„Sieh mich nicht so erschrocken an. Küss mich lieber." Seine Lippen eroberten meinen Mund.

Ich vergaß meine Verwirrung, als sein feuchter Atem sich mit meinem vereinte.

„Du schmeckst herrlich. Ich möchte niemals hiermit aufhören", flüsterte er zwischen zwei Küssen, ohne den Hautkontakt zu unterbrechen.

Stöhnend kam ich ihm noch stürmischer entgegen, trank förmlich von seinen Lippen.

Ein heftiger Schauder durchfuhr seinen Körper, der sogar meinen erschütterte. Jäh presste er die Lippen auf meinen Hals. Mit der Zunge strich er darüber, und mir schwanden fast die Sinne.

Er hob den Kopf, die dunklen Augen musterten mein Gesicht, als würde er mich zum allerersten Mal sehen. „Du bist bildschön, Rebecca. Und ich kann nicht ausdrücken, wie heiß mein Verlangen nach dir ist. Doch ich muss jetzt gehen."

Vollkommen perplex klappte mir der Mund auf, als er mich vorsichtig auf die Füße stellte. Schwer atmend sah er mich an, die Fingerspitzen strichen über meine Wange.

Als der Daumen über meine geschwollene Unterlippe strich, sie liebkoste, stieß ich ein ersticktes Schluchzen aus.

Ungläubig sah ich zu, wie er einen Schritt nach hinten machte und rückwärts zur Tür ging. „Was ...?" Meine Stimme erstarb, als er in den Flur hinaustrat. Ich begriff nicht, weshalb er ging.

„Danke für den Kuss, Rebecca", murmelte er, ehe er den Blick abwandte. Die Schritte verhallten im Treppenhaus. Ich hörte die Haustür zuschlagen.

Wie vor den Kopf gestoßen stand ich da. Zunehmende Kälte verdrängte die Hitze, die noch vor wenigen Sekunden meinen Körper beherrschte.

Ein Zittern ergriff Besitz von meinem Leib, und es gab nichts, was ich dem entgegensetzen konnte.

Es dauerte jedoch nur wenige Sekunden, bis die Verwirrung in glühende Wut umschlug.

Machtvoll strömten heiße Tränen aus meinen Augen, ein lautes Schluchzen brach aus mir heraus.

Allein stand ich in dem verdammten Vorflur, die offene Wohnungstür schien mich schadenfroh auszulachen.

Dennoch brauchte ich etliche Minuten, bevor ich mich bewegen konnte. Leise schloss ich die Tür, auch wenn ich sie gerne zugeknallt hätte. Meine Nachbarn würden sich garantiert nicht dafür bedanken, wenn ich zu dieser späten Stunde einen solchen Lärm veranstalten würde.

Mein Fuß stieß gegen etwas Hartes, als ich mich umdrehte, um ins Schlafzimmer zu gehen. Es schlitterte über den Boden, prallte gegen die Wand.

Natürlich, mein Handy ...

Ich hob es auf und nahm es mit ins Bett, obgleich ich es am liebsten aus dem Fenster werfen wollte. Irgendwie hasste ich das vermaledeite Ding, denn ohne es würde ich jetzt nicht so aufgerieben und unbefriedigt im Bett liegen.

Grimmig entsperrte ich es, starrte finster auf die Worte, die Taariq zuvor geschrieben hatte.

Ohne es bewusst zu steuern flogen meine Finger über das Display, tippten eine Nachricht an ihn, die ich wütend abschickte.

Verbittert drückte ich den Knopf, bis sich das Telefon komplett ausschaltete. Achtlos warf ich es auf den Nachttisch, zog mir die Decke bis unters Kinn, und wartete stundenlang vergeblich auf den Schlaf.

Stunden, in denen ich Taariq gedanklich erwürgte, erschoss und zu Tode quälte. Doch die unerfüllte Sehnsucht in meinem Herzen war stärker als alle Wut der Welt.

Erst, als vor dem Fenster die Morgendämmerung heraufzog, versank ich in gnädigem Schlaf.

Verlust

Mich selbst hassend verließ ich das Gebäude, obwohl mich alles dazu drängte, zu ihr zurückzulaufen, um sie anzubetteln, mich bleiben zu lassen.

Doch ich hatte ihr mein Versprechen gegeben, es bei einem Kuss zu belassen.

Verdammt!

Dass aus dem einen Kuss gefühlte eintausend geworden waren ... Ich wäre der Letzte, der sich darüber beschweren würde. Doch insgeheim trieb mich die Angst um, dass sie es mir zum Vorwurf machen würde.

Während mein Körper wütend protestierte, ihre Wärme schmerzlichst vermisste, fuhr ich die Strecke zum Hotel zurück. Mein Kopf war mit nichts anderem beschäftigt, als mit der Erinnerung an eben.

Ich flehte den Himmel um Beistand an, denn es ging fast über meine Kräfte, weiter auf Kurs zu bleiben. Alles in mir drängte zum Umdrehen. Ich wollte ihren herrlichen Körper erneut in die Arme raffen, und so viel mehr mit ihr tun, als sie bloß zu küssen.

Ungesehen betrat ich das Hotel.

Meine Finger zitterten massiv, als ich den Fahrstuhlknopf drückte. Laut stöhnend lehnte ich den Hinterkopf an die metallene Wand, während tausend Eindrücke mich bei ihr festzuhalten schienen. Noch immer glaubte ich ihre Wärme zu fühlen, die Finger in meinen Haaren zu spüren.

Ich bereute das Versprechen zutiefst, und zum hundertsten Mal beschimpfte ich mich innerlich selbst. Einen Arm würde ich hergeben, könnte ich jetzt in ihrem Bett sein, um sie zärtlich zu lieben.

Kurz bevor ich das Zimmer erreichte, gab mein Telefon einen leisen Laut von sich. Mit der Plastikkarte öffnete ich die Tür, während ich zeitgleich in der Hosentasche nach dem Handy angelte.

Laut fiel die Tür ins Schloss, doch ich hörte es nicht. Fassungslos starrte ich das Display.

Rebecca

Hat sich der Spaß für dich gelohnt, du Arschloch? Ich schwöre dir: Komm noch einmal in meine Nähe, und ich bringe dich um! Hast du das verstanden? Ich will dich nie mehr wiedersehen!

Wie bitte?

Weshalb war sie so fuchsteufelswild? Und warum, zum Teufel, weshalb wollte sie mich nicht wiedersehen?

Ich dachte nicht gerne von mir, unwiderstehlich zu sein, doch ich war mir sicher, sie hatte die Küsse genauso genossen, wie ich.

Ein Irrtum war vollkommen ausgeschlossen!

Sie hatte mich geküsst, wie ich es mir in meinen kühnsten Träumen nicht hätte vorstellen können.

Ich hatte ihre Leidenschaft mit allen Sinnen wahrgenommen.

Gerade deswegen verstand ich nicht, warum sie mir diese wütenden Worte geschrieben hatte.

Ich setzte mich aufs Bett, um eine Antwort einzutippen.

Taariq

Spaß? Entschuldige, du verwirrst mich! Wie kannst du denken, es war ein Spaß? Es ist mir nicht leicht gefallen, das dir gegebene Versprechen zu halten, nach einem Kuss zu gehen. Wenn dein Vorwurf dem Umstand geschuldet ist, dass ich nicht aufhören konnte, dich zu küssen, dann ist er berechtigt. Möchtest du meine Entschuldigung dafür? Ich gestehe aber, dass ich es nicht bereue. Ich habe mich verloren in unseren Küssen. Und du auch! Wenn auch die Sehnsucht nach dir meinen Verstand benebelt: Ich irre nicht darin, dass du unsere Küsse genauso intensiv genossen hast, wie ich.

Doch die Worte reichten mir nicht, sie schienen mir unvollständig. Deshalb schrieb ich ihr eine weitere Nachricht.

Taariq

In meinem Kopf schwirrt es. Ich frage mich, was ich falsch gemacht habe, dass du so wütend auf mich bist? Möchtest du mein Wort, es beim nächsten Mal tatsächlich nach einem einzigen Kuss zu beenden? Du bekommst es, auch wenn ich es gar nicht geben möchte. Ich bereue mein letztes Versprechen an dich viel zu heftig, weil es mich dazu gezwungen hat, dich zu verlassen, obwohl ich es nicht wollte. Hast du eine Vorstellung davon, wie schmerzlich ich dich begehre? Wie heiß der Wunsch in mir brennt, mehr tun zu dürfen, als dich nur zu küssen? Ich will mit dir schlafen, Rebecca. Es bringt mich um, es nicht zu dürfen!

Taariq

Verdammt, bitte, nimm deine Worte zurück! Ich flehe dich an! Ich verspreche dir alles, was du willst. Ich werde dich nie wieder berühren, wenn du es von mir verlangst. Doch schließe mich nicht aus deinem Leben aus, bitte. Du schickst mich hier gerade durch die Hölle, ist dir das bewusst?

Mein Körper verlangt so hart nach dir, meine Gedanken kreisen einzig um dich. Ich bemühe mich redlich, alles richtig zu machen. Ich möchte dir alle Zeit der Welt geben, die du brauchst. Auch wenn es mir unsagbar schwer fällt, da ich dich eigentlich nur in die Arme nehmen möchte. Doch bitte, nimm deine Worte wieder zurück!

Seelisch ausgelaugt zwang ich mich zum Ausziehen und kroch ins Bett.
Erst jetzt fiel es mir wieder ein, und hastig schickte ich ihr eine weitere Nachricht.

Taariq
Ich habe vergessen, dass ich in ein paar Stunden zum Flughafen muss. Du bringst mich so durcheinander, dass mein Verstand nicht mehr zu funktionieren scheint ... Leider werde ich erst am Freitag für zwei Nächte nach L.A. zurückkommen können, bevor ich wieder zum Dreh muss. Ich hoffe, wir können uns dann sehen, um zu reden.

Kurz nahm ich mir die Zeit, den Wecker zu stellen. Bis zum Einschlafen starrte ich auf das Handy, welches mir verriet, dass sie meine Nachrichten bislang nicht gelesen hatte.

New York

Als ich erwachte, fühlte ich mich wie gerädert. Es dauerte einige Sekunden, bis mir alles wieder in den Kopf schoss. Sofort sehnte ich mich zurück in den Schlaf, um erneut in das Vergessen zu tauchen. Doch meine Gedanken verfolgten ihre eigenen Pläne. Sie strömten zahlreich auf mich ein, reizten mich, verärgerten mich, machten mich traurig. Stöhnend drückte ich mir das Kissen aufs Gesicht. Als mir die Erinnerung an meine bitterböse Nachricht durch den Kopf schoss, war ich in der Versuchung, das Handy einzuschalten. Doch in gleichem Maße kehrte der Nachgeschmack der Wut zurück, gemeinsam mit der Rückblende auf die Küsse ...

Ein tiefes Sehnen stieg in mir empor. Es wuchs und dehnte sich aus, bis ich an nichts anderes als die himmlischen Küsse denken konnte. Mein verräterischer Körper erbebte, die Lippen begannen zu prickeln.

Entschlossen, dem nicht nachzugeben, schwang ich mich aus dem Bett. Ich stieg unter die Dusche, und eine knappe Stunde später saß ich vor meinem Rechner im Büro. Angestrengt versuchte, mich auf die Arbeit zu konzentrieren.

In der Mittagspause griff ich zum Telefonhörer.

„Hey, Christina. Wie geht es dir?", fragte ich, nachdem meine Schwester abnahm.

„Rebecca? Ist etwas passiert?" Die besorgte Stimme brachte mich zum Lächeln, auch wenn die Gesichtsmuskeln dagegen protestierten.

„Nichts schlimmes. Ich wollte eigentlich hören, ob du Lust hättest, mich außer der Reihe wiederzusehen? Ich brauche einen Tapetenwechsel."

„Du kommst nach New York? Ehrlich?", quietschte es aus dem Telefon.

„Wenn ich bei dir übernachten darf, ja. Und wenn ich dir nicht bei irgendetwas in die Quere komme."

„Selbst wenn, dann wird alles andere warten müssen. Dennoch muss ich zur Arbeit gehen. Ich kann mir keine Auszeit gönnen, wenn ich den Praktikantenjob behalten will."

Leise lachte ich. „Das verstehe ich doch. Ich überfalle dich auch nicht gerne, aber ich muss unbedingt für ein paar Tage raus aus der Stadt."

„Verstehe ich vollkommen", erwiderte sie ironisch. „Raus aus dem sonnigen L.A., um es gegen das nasse und kühle New York einzutauschen." Sie kicherte. „Du, ich muss weiter. Texte mir, wann du kommst, ja?"

„Geht klar. Rechne morgen oder übermorgen mit mir. Wir treffen uns direkt zum Abendessen in unserem Stammrestaurant, ja? Ich lade dich ein."

„Klingt spitze, ich freue mich schon!"
Ich konnte ihr Lächeln förmlich hören, ehe die Verbindung unterbrochen wurde. Ohne Zögern stand ich auf und klopfte bei meinem Chef an die Tür.

+ + +

Verhalten fluchte ich und drehte mich geschockt um. Da war ich unplanmäßig in New York, nur um Taariq an einem Tisch sitzen zu sehen ... Natürlich in Begleitung einer Frau.
Ich fühlte mich vom Schicksal verarscht, weil ich ihm tausende Meilen von zu Hause entfernt über den Weg laufen musste.
„Guten Abend. Wie kann ich Ihnen helfen?"
Zitternd drehte ich mich zu dem Platzanweiser um, darum bemüht, den Körper von Taariq abgewandt zu halten. „Wir haben eine Tischreservierung auf den Namen Christina McCarthy", sagte ich leise.
„Selbstverständlich. Darf ich Sie zu ihrem Tisch führen, oder möchten Sie noch auf ihre Begleitung warten?"
Unsicher kaute ich auf der Lippe. „Ich warte am Tisch, wenn es keine Umstände macht."
„Wenn Sie mir, bitte, folgen wollen?"
Mit gesenktem Kopf lief ich hinter dem jungen Mann her. Mein Herz schlug immer schneller, je dichter wir an Taariqs Tisch kamen.

Ich wandte das Gesicht zur Seite, als wir an ihm vorbeigingen.

Zwei Tische weiter bot mir der Mann einen Stuhl an. Mit einem schwachen Lächeln setzte ich mich hin, den Rücken Taariq zugewandt.

„Darf ich Ihnen etwas zu trinken bringen, solange Sie warten?"

„Stilles Wasser, bitte."

„Kommt sofort." Er platzierte zwei Speisekarten auf dem Tisch und eilte davon.

Es bereitete mir erhebliche Mühe, zu atmen. Inständig wünschte ich mir, Christina würde endlich erscheinen. Noch lieber wäre ich gegangen …

Eine Kellnerin trat an den Tisch, nannte ihren Namen und servierte mir das Wasser, sowie ein Körbchen mit kleinen Brötchen nebst salziger Butter.

Zähflüssig verging die Zeit. Erst eine Viertelstunde später tauchte Christina auf, breit lächelnd und viel zu laut redend. „Entschuldige die Verspätung. Der Verkehr …" Zappelig blieb sie vor dem Tisch stehen und sagte deutlich vernehmbar: „Bekomme ich eine Umarmung?"

Lächelnd stand ich auf und schloss meine Schwester in die Arme. „Es ist schön, dich zu sehen."

Christina quietschte vergnügt, als sie die Umarmung erwiderte.

Darum bemüht, nicht zu Taariq zu schauen, setzte ich mich rasch wieder.

„Hast du schon bestellt?"

„Nein, doch nicht ohne dich."

„Ich sterbe vor Hunger. Hast du schon gewählt?" Bevor ich antworten konnte, sagte sie: „Hackbraten. Du brauchst es nicht erst zu sagen. Ich kenne dich zu gut."

Als die Kellnerin erschien, gab meine Schwester im Eiltempo unsere Bestellung auf. Sie selbst entschied sich für den gebackenen Lachs mit Pistazienkruste.

„Erzähl, was treibt dich fort aus Los Angeles?" Neugier stand deutlich in ihrem Blick.

„Nichts, was ich hier in der Öffentlichkeit besprechen möchte …"

Vor allem nicht, wenn der Grund dazu zwei Tische hinter mir saß!

„Okay, verstehe. Doch nachher erzählst du es mir?"

Ich nickte schwach, da die unterschiedlichsten Gefühle in mir tobten und mich vollkommen verwirrten.

„Wann ziehst du endlich nach New York? Ich vermisse dich wirklich", seufzte Christina. „Jedes Mal, wenn du mich besuchen kommst, fehlst du mir danach umso mehr."

Abwehrend schüttelte ich den Kopf und biss mir auf die Lippen, derweil Tränen in meine Augen schossen.

Christinas zarte Hand legte sich auf meinen Arm, streichelte ihn. „Wir reden ein anderes Mal darüber, okay? Ich möchte nicht, dass du jetzt weinst."

Ich nickte zustimmend. Um mich abzulenken, blickte ich aus dem Fenster, bewunderte die vielen Lichter des atemberaubenden Panoramas.

Während Christina ohne Punkt und Komma zu plappern begann, mit Begeisterung von ihrem Job als Praktikantin bei einem bekannten Modelabel berichtete, wandten sich meine Gedanken Taariq zu. Insgeheim bedauerte ich es, ihn nicht beobachten zu können.

Dann schalt ich mich innerlich eine Idiotin. Ich empfand wenig Vergnügen bei der Vorstellung, ihm beim Flirten mit einer anderen Frau zuzusehen.

Verdammt!

Ehrlich gesagt, hasste ich den Gedanken daran!

Vorgestern Abend hatte er mich geküsst, und jetzt saß er hier mit der Nächsten ...

Kurz fragte ich mich, ob er mir zurückgeschrieben hatte. Noch immer war mein Telefon ausgeschaltet, da ich nicht die Kraft besaß, es wieder einzuschalten.

Ich verlor mich in der Erinnerung an die Küsse, die mir nicht mehr als dem Kopf gehen wollten. Unbewusst seufzte ich tief.

„Rebecca", rief Christina mit einem Mal erzürnt. „Du hörst mir überhaupt nicht zu!"

Schuldbewusst sah ich auf. „Verzeih mir, bitte."

„Was soll ich nur mit dir machen?", seufzte sie.

Ein Schatten fiel auf den Tisch. In synchroner Bewegung hoben wir beide den Kopf. Jäh spürte ich, wie mir sämtliches Blut aus dem Gesicht wich.

Taariq blickte auf mich herunter, die Lippen leicht geöffnet.

Sprachlos starrten wir einander an.

Christina hingegen gab einen quietschenden Laut von sich und fing förmlich an zu hecheln.

„Rebecca ..." Seine Stimme ließ den Namen seidenweich klingen. „Was machst du hier? Ich habe so gehofft, du würdest dich bei mir melden."

Ich musste sich räuspern, bevor ich einen Ton hervorbringen konnte. „Ach ja?"

„Ja! Darf ich mich setzen?"

Christinas schwerer Atem machte es fast unmöglich, das Wort zu verstehen, welches sie hervor presste: „Selbstverständlich!"

Ich hingegen schüttelte abwehrend den Kopf. „Nein. Ich habe dir nichts zu sagen. Außerdem wartet deine hübsche Begleitung sicherlich schon ungeduldig auf deine Rückkehr."

Taariq ruckte mit dem Kopf nach hinten. „Du hast uns gesehen?"

Ich nickte.

„Und du hast mich nicht angesprochen?" Er klang fassungslos, wenn ich den Ton richtig einschätzte.

„Nein. Weshalb sollte ich?", fragte ich abwehrend.

„Rebecca", zischte Christina. „Willst du mich nicht mal vorstellen?"

Ich verdrehte die Augen, um zu verbergen, wie überfordert ich von der absurden Situation war.

„Hallo, ich bin Taariq", sagte er mit dunkler Stimme und reichte ihr die Hand.

Mit einem schwachen Seufzen ergriff Christina sie.

„Wahnsinn", murmelte sie.

Das entlockte ihm ein Lachen. „Ein ungewöhnlicher Name", neckte er und zwinkerte ihr zu.

„Oh", hauchte sie und errötete tief. „Mein Name ist Christina."

„Sehr erfreut." Sein Blick schweifte zurück zu mir. „Ihr zwei seid Freundinnen?"

„Schwestern", erwiderte sie.

Kurz musterte er sie, um mich dann umso intensiver anzublicken. „Kaum zu glauben. Ihr seht euch überhaupt nicht ähnlich."

„Ich komme nach unserer Mutter, Rebecca ist unleugbar das Abbild unseres Vaters."

„Taariq?" Die laute Stimme klang ungeduldig.

Er wandte sich geschmeidig zu seinem Tisch um.

„Ich bin gleich wieder da. Einen Moment noch." An Christina gewandt fragte er: „Möchtet ihr euch zu uns setzen?"

Wir sprachen gleichzeitig.

Sie sagte: „Ja, gerne."

Wohingegen ich ein lautes: „Nein, danke", aus-stieß. Eine Sekunde später stieß ich ein schmerz-volles Keuchen aus, da Christina mir hart gegen das Schienbein trat.

Ohne zu zögern stand sie auf und hakte sich bei Taariq unter, sah bewundernd zu ihm auf.

„Rebecca?" Bittend sah er mich an.

„Was soll das?", fragte ich erbost und sah zu ihm hoch. „Ich ..."

Die laute Stimme seiner Begleitung schnitt mir das Wort ab. „Also wirklich, Liebling. Wie lange soll ich noch warten? Du weißt doch, wie ich es hasse, wenn du mich vernachlässigst."

Liebling?

Ohne ein weiteres Wort zu verlieren, führte er Christina hinüber. Er borgte sich höflich fragend zwei Stühle vom Nachbartisch und bot ihr seinen Platz an, ehe er zurück zu mir kam.

„Bitte, leiste uns Gesellschaft", bat er leise und sah mich beschwörend an.

„Das ist doch völlig daneben. Deine Freundin ..."

„Meine Kollegin. Wir spielen gemeinsam in einem Film, der hier in New York gedreht wird."

„Haarspalterei. Weder sie, noch ich möchte zu viert an einem Tisch sitzen."

Deutlich hörbar stieß er den Atem aus.

Dann nahm er mir gegenüber Platz. „Ich weiß, du hast meine Nachrichten nicht gelesen. Doch ich muss unbedingt mit dir reden ...“

„Tatsächlich? Ich dachte, ich hätte meine Meinung klar zum Ausdruck gebracht.“ Sein fassungsloser Blick ließ mich befriedigt lächeln.

Er lehnte sich zurück und verschränkte die Arme. „Rebecca, ich muss ...“

Bevor er weitersprechen konnte, kamen Christina und seine Begleiterin an unseren Tisch.

„Was fällt dir eigentlich ein, Taariq?“ Die Stimme der Platinblonden war klirrend kalt und drückte deutlich ihre Wut aus.

An seinem Kiefer zuckte ein Muskel. „Entschuldige, Veola. Darf ich dir ...“

„Denkst du, ich bin dumm? Ich erinnere mich an sie und die absurden Schlagzeilen, die über dich geschrieben wurden, weil du ihr hinterher gehechelt bist.“ Sie wandte sich zu mir um. „Du bist Rebecca.“ Sie sagte es in einem wissenden Tonfall, der dennoch herablassend klang.

Ich begnügte mich mit einem Nicken.

Veola musterte mich von Kopf bis Fuß. Der abschließende Blick verhieß nichts Positives.

„Keine Ahnung, was du an ihr gefunden hast, Taariq.“

Ich schnappte nach Luft.

„Veola! Also wirkl...

„Zum einen", fiel ich ihm verärgert ins Wort, „hat er rein gar nichts an mir gefunden. Er hat kein Interesse an mir und ich nicht an ihm, um es deutlich zu sagen. Zum anderen möchte ich jetzt gehen. Christina?"

„Nein, bitte. Ich möchte bleiben. Wir haben noch nichts gegessen."

„Mir ist der Appetit vergangen, danke. Wenn du bleiben willst, dann gib mir, bitte, deinen Wohnungsschlüssel."

Christina verzog das Gesicht und kramte in ihrer Tasche.

„Rebecca, bitte, bleib. Ich muss unbedingt mit dir sprechen." Taariq verstummte, als mein wütender Blick ihn traf.

Ich griff nach dem Schlüssel und stand auf.

„Warte doch. Kann ich dich wenigstens nachher anrufen?"

„Warum?", fragte Veola dazwischen. „Damit du einen neuen Anlauf nehmen kannst, sie ins Bett zu zerren? Mach dich doch nicht lächerlich."

Sein Blick schien vor Wut zu brennen, als er die Platinblonde ansah. „Sei nicht so verdammt vulgär", fuhr er sie an.

„Vulgär wären die Worte: Um sie zu ficken. Aber da hast du die Rechnung ohne mich gemacht, Liebling." An mich gewandt zischte sie: „Schade für dich, denn Taariq ist grandios im Bett."

Ein Lächeln entstand um meinen Mund, zwei Sekunden später platzte ein lautes Lachen aus mir heraus. „Keine Sorge. Das Letzte, was ich will, ist, in seinem Bett zu landen." Wütend wandte ich mich um und strebte dem Ausgang entgegen.

Taariq eilte mir nach. „Rebecca! Warte, bitte."

Zielstrebig ging ich weiter. Erst vor dem Aufzug holte er mich ein.

„Warte einen Moment. Ich kann dich nicht so gehen lassen. Wir müssen reden. Bitte."

Seufzend drehte ich mich zu ihm um. „Geh zu deiner Geliebten. Du ..."

Ich wollte noch etwas sagen, doch in diesem Moment bemerkte ich die Stille im Raum. Sah die vielen Gesichter, die uns zugewandt waren. Und die Handys, die offenbar die ganze Szene mitschnitten.

„Na toll", rief ich laut. „Noch mehr unpassende Videos, die ohne meine Zustimmung verbreitet werden? Herzlichen Dank an euch alle. Als hätte das letzte noch nicht gereicht."

Zu Taariq sagte ich: „Brauchst du solche Art von Werbung? Ansonsten würde ich dich bitten, mal mit den Anwesenden zu reden ..."

Die Türen öffneten sich mit einem leisen Glockenton. Tief durchatmend betrat ich den Lift.

Wortlos starrten wir uns an, bis die schließenden Türen uns voneinander trennten.

Flehen

Geschafft ließ ich mich auf die Chaiselongue sinken, die im Hotelzimmer stand. Fast eine ganze Stunde hatte es gedauert, mit den Restaurantbesuchern und Veola zu reden.

Halblaut hatte ich ihr meine Meinung gesagt, was ich davon hielt, dass sie Lügen aussprach, um mich von Rebecca zu trennen. Mit weit aufgerissenen Augen hatte Christina gelauscht.

Müde zog ich das Telefon aus der Hosentasche. Mit einem mulmigen Gefühl klickte ich mich in meinen Twitter Account. Ein Blick reichte aus, um zu sehen, dass bislang kein Video online gestellt worden war. Erleichtert atmete ich aus.

Entschlossen öffnete ich den Chat, um Rebecca zu schreiben. Auch wenn mir die Nachrichten von vorgestern noch immer als ungelesen angezeigt wurden, tippte ich eine weitere an sie ein.

Taariq
Bitte, ich muss dringend mit dir sprechen. Jetzt, oder morgen Nachmittag? Du findest mich im Hotel Novotel am Times Square. Wenn es dir lieber ist, komme ich gerne zu dir. Bitte ...

Ich blickte zur Uhr. Es war erst halb neun. Wie lange würde es dauern, bis sie die Nachrichten las? Würde sie es jetzt endlich tun, nach der unverhofften Begegnung im Restaurant?

Weshalb war sie in New York? Hatte sie gewusst, dass ich zum Dreh hierher geflogen war?

Ein kurzes Lachen entfuhr mir.

Natürlich nicht!

Was zu Anfang noch seltsam angemutet hatte, war mittlerweile eine – durchaus angenehme – Tatsache: Sie war kein Fan von mir.

Nervös stand ich auf, um durch das Zimmer zu laufen. Ich hasste es, in New York zu sein. Wären wir in L.A., dann wäre ich jetzt zu ihr gefahren, um sie dazu zu zwingen, mir zuzuhören. Doch leider war mir die Adresse ihrer Schwester unbekannt.

Verdammt!

Um mich abzulenken, rief ich an der Rezeption an, und bat darum, den Fitnessraum für mich sperren zu lassen. Ich brauchte unbedingt Bewegung, und mir war nicht nach gaffenden Leuten, die heimlich Fotos von mir machten.

Keine Viertelstunde später rief der Hotelmanager zurück, um mir mitzuteilen, dass der Raum für mich bereit stand.

Gedankenaustausch

Christina schilderte mir, wie Taariq mit Veola ge-
stritten hatte, nachdem ich gegangen war. Auffor-
dernd sah sie mich an: „Nun erzähl schon … Ich
kann mir denken, dass du wegen ihm aus L.A. verschwunden bist, stimmts?"

Als ich nickte, sagte sie leise: „Ich behalte für
mich, was immer du mir erzählen möchtest. Das
weißt du, nicht wahr?"

Wieder nickte ich, dieses Mal mit einem Lächeln.
Es dauerte fast eine halbe Stunde, bis ich verstummte. Ich staunte, wie gut es tat, es auszusprechen.

Christinas Blick schien zu lächeln. „Ich bin sprachlos. Ehrlich. Meine Schwester ist verliebt. Nach
dem ganzen Drama um die bevorstehende Scheidung, dem Unfall …" Sie unterbrach sich, als sie
die Tränen bemerkte, die mir in die Augen schossen. „Entschuldige. Ich weiß, die Lücke, die Isabella hinterlassen hat, wird sich nie schließen. Und es
tut mir leid, wenn es dich verletzt, dass ich über
sie spreche. Doch endlich, nach mehr als einem
Jahr, sehe und hoffe ich, dass sich dein Leben wieder zum Positiven wendet." Sie lächelte entzückt.

„Du ahnst nicht, wie glücklich ich darüber bin."

„Ich bin nicht verletzt, wenn du über Isabella sprichst. Ich vermisse sie nur so furchtbar. Aber du missverstehst da etwas anderes: Das mit Taariq kann zu nichts führen. Auch wenn ich mich zu ihm hingezogen fühle."

„Wieso denn nicht? Seinen Blicken zufolge ist er verrückt nach dir! Außerdem habe ich gehört, wie er dich angefleht hat, mit ihm zu reden. Ganz ehrlich, so führt sich niemand auf, der jemanden lediglich ins Bett bekommen will. Und da wir gerade beim Thema Bett sind: Ich gehe schlafen. Ich muss früh hoch. Und du wirst gefälligst seine Nachrichten lesen, sonst bin ich ernsthaft böse mit dir." Sie stand auf, hauchte mir einen Kuss auf den Scheitel, und verschwand im Zimmer nebenan.

Mehrmals tief durchatmend saß ich auf der Couch. Wie von selbst zogen meine Finger das Handy hervor, dass seit dem Zusammentreffen mit Taariq in der Hosentasche zu glühen schien. Lange starrte ich es an.

War ich wirklich bereit, seine Worte zu lesen?

Dann sprach ich mir selbst Mut zu und drückte den Knopf, bis das Smartphone zum Leben erwachte.

Endlose fünfzehn Sekunden dauerte es, dann gab es leise Töne von sich. Mit schwer hämmerndem Herzen klickte ich auf die Nachrichten, las die älteste als erstes.

Taariq

Spaß? Entschuldige, du verwirrst mich! Wie kannst du denken, es war ein Spaß? Es ist mir nicht leicht gefallen es zu halten, doch ich habe dir das Versprechen gegeben, nach einem Kuss zu gehen. Wenn dein Vorwurf dem Umstand geschuldet ist, dass ich nicht aufhören konnte, dich zu küssen, dann ist er berechtigt. Möchtest du meine Entschuldigung dafür? Ich gestehe aber, dass ich es nicht bereue. Ich habe mich verloren in unseren Küssen. Und du auch! Wenn auch die Sehnsucht nach dir meinen Verstand benebelt: Ich irre nicht darin, dass du unsere Küsse genauso intensiv genossen hast, wie ich.

Taariq

In meinem Kopf schwirrt es. Ich frage mich, was ich falsch gemacht habe, dass du so wütend auf mich bist? Möchtest du mein Wort, es beim nächsten Mal tatsächlich nach einem einzigen Kuss zu beenden? Du bekommst es, auch wenn ich es gar nicht geben möchte. Ich bereue mein letztes Versprechen an dich viel zu heftig, weil es mich dazu gezwungen hat, dich zu verlassen, obwohl ich es nicht wollte. Hast du eine Vorstellung davon, wie schmerzlich ich dich begehre? Wie heiß der Wunsch in mir brennt, mehr tun zu dürfen, als dich nur zu küssen?

Ich will mit dir schlafen, Rebecca. Es bringt mich um, es nicht zu dürfen!

Taariq

Verdammt, bitte, nimm deine Worte zurück! Ich flehe dich an! Ich verspreche dir alles, was du willst. Ich werde dich nie wieder berühren, wenn du es von mir verlangst. Doch schließe mich nicht aus deinem Leben aus, bitte. Du schickst mich hier gerade durch die Hölle, ist dir das bewusst?
Mein Körper verlangt so hart nach dir, meine Gedanken kreisen einzig um dich. Ich bemühe mich redlich, alles richtig zu machen. Ich möchte dir alle Zeit der Welt geben, die du brauchst, auch wenn es mir unsagbar schwer fällt, da ich dich eigentlich nur in die Arme nehmen möchte. Doch, bitte, nimm deine Worte wieder zurück!

Taariq

Ich habe vergessen, dass ich in ein paar Stunden zum Flughafen muss. Du bringst mich so durcheinander, dass mein Verstand nicht mehr zu funktionieren scheint ... Leider werde ich erst am Freitag für zwei Nächte nach L.A. zurückkommen können, bevor ich wieder zum Dreh muss. Ich hoffe, wir können uns dann sehen, um zu reden.

Taariq

Bitte, ich muss dringend mit dir sprechen. Jetzt, oder morgen Nachmittag? Du findest mich im Hotel Novotel am Times Square. Wenn es dir lieber ist, komme ich gerne zu dir. Bitte ...

O Gott!
Fassungslos ließ ich die Hand sinken, das Telefon glitt mir aus den Fingern. Der brennende Wunsch, die Nachrichten schon eher gelesen zu haben, entflammte in mir.

Die Gedanken schienen sich in meinem Kopf zu jagen, doch mir wurde klar, dass ich nichts sehnlicher wollte, als mit ihm zu reden.

„Christina?", rief ich laut und sprang vom Sofa hoch. „Ich muss noch mal weg. Hast du einen Zweitschlüssel, nur für den Fall der Fälle?"

Die Tür ging auf, und meine breit grinsende Schwester kam herein. „Du willst also zu ihm? Bravo! Beeil dich, deinen Superstar zu angeln. Ich werde eines Tages jede Einzelheit hören wollen, das nur am Rande erwähnt. Nimm meinen Schlüssel. Ich hole mir den Ersatzschlüssel vom Nachbarn, falls du länger wegbleibst. Und jetzt raus mit dir!" Sie machte eine wischende Geste mit der Hand in Richtung Tür.

„Danke", murmelte ich, bevor ich samt Schlüsselbund die winzige Wohnung verließ.

Mit hoffnungsvollem Herzen betrat ich das Hotel, um an der Rezeption nach Taariqs Zimmernummer zu fragen.

Ernüchtert lauschte ich den Worten der freundlichen Dame: „Es tut mir leid, diesbezüglich darf ich keine Auskunft geben."

Ich biss mir auf die Lippen, ehe ich dankend nickte. Ich setzte mich auf eine der braunen, mit Schaumstoff gepolsterten Bänke, welche die Stahlträger umschlossen, die die Decke stützten.

Rebecca
Die Frau an der Rezeption will mir deine Zimmernummer nicht verraten.

Mein Herz schlug schneller, während ich atemlos auf seine Antwort wartete. Sie kam nur Sekunden später.

Taariq
Triff mich am Fitness Center.

Eilig stand ich auf und lief an der Mosaikwand entlang zu einem Durchgang, auf deren Wand das Wort *Renew* zu lesen war. Die Richtung erschien mir vielversprechend. Noch einmal fragen mochte ich nicht. Zu meiner Überraschung fand ich den Trainingsraum verschlossen.

Zaghaft klopfte ich an.

„Rebecca, bist du das?"

„Ja."

Die Tür ging auf. Zögerlich trat er vor, schaute rechts und links den Gang hinunter.

Verblüfft beobachtete ich ihn, registrierte die durchgeschwitzte Sportbekleidung.

„Entschuldige", murmelte er, als er meinen Blick bemerkte. „Ich musste die Tür verschließen. Da war auf einmal ein Haufen kichernder Mädchen ..." Ich bemühte mich, mein Grinsen zu unterdrücken, aber es gelang mir nicht.

Stirnrunzelnd sah er mich an. „Es freut mich, wenn dich das amüsiert", sagte er mit konsternierter Stimme. Sein Mund verzog sich, dann wurde er unvermittelt ernst. „Verstehe die Formulierung nicht falsch, aber magst du mich auf mein Zimmer begleiten? Ich möchte ungern hier mit dir reden." Abwartend sah er mich an, und ich nickte zustimmend, wenn auch nervös.

Erst, als sich die Zimmertür hinter ihm schloss, entspannte er sich etwas.

Während er an der Tür stehenblieb und sich dagegen lehnte, ging ich ein paar Schritte in den Raum hinein. Um Worte verlegen sah ich mich in dem modern eingerichteten Zimmer um. Unter dem Fenster stand eine Chaiselongue, der Raum jedoch wurde von einem riesigen Bett dominiert.

Ich brach die Betrachtung ab, als er zum Sprechen ansetzte: „Danke, dass du gekommen bist."

Als unsere Augen sich trafen, schluckte ich schwer.

„Würde es dich stören, wenn ich rasch dusche?"

Davon überrascht hob ich die Brauen. „N... Nein."

Verunsichert biss ich mir auf die Lippe. „Ich ... Ich warte hier. Oder soll ich in der Lobby warten?"

„Mach es dir bequem. Und lauf mir nicht weg, könntest du mir das versprechen?" Bittend schaute er mich an.

„Okay."

„Ich beeile mich. Gib mir drei Minuten." Schon verschwand er durch eine Tür. Sekunden später hörte ich Wasser rauschen.

Ungewollt sah ich ihn splitternackt vor meinen inneren Augen. Ich fragte mich, wie wohl das schwarze Haar auf seiner Brust aussah, wenn es nass war ...

Seufzend legte ich den Kopf in den Nacken. Doch das Bild ließ sich nicht verdrängen.

Um mich abzulenken trat ich vor das Fenster. Staunend blickte ich auf die Lichter des Times Squares hinunter.

Erschreckt fuhr ich herum, als ich ein Geräusch hinter mir hörte.

Mein Mund wurde unvermittelt knochentrocken. Gerade noch rechtzeitig biss ich mir auf die Lippen, ansonsten wäre er mir aufgeklappt.

Bekleidet mit lediglich einem Handtuch um die Hüften ging Taariq zum Kleiderschrank, schob die Tür auf, und griff nach einer Sporthose und einem T-Shirt. „Bin gleich zurück", murmelte er, ohne mich anzusehen, und verschwand erneut im Bad.

Verflixt, dieser Mann besaß einen göttlichen Körper!

Und jetzt wusste ich auch, wie seine Brusthaare in nassem Zustand aussahen ... Ich rang nach Atem.

Angezogen kam er zurück, blieb vier Meter von mir entfernt stehen. Unsere Blicke trafen sich.

„Möchtest du dich setzen?", fragte er und deutete auf die Liege.

Einen Augenblick zögerte ich, tat ihm aber den Gefallen.

Mit einem schiefen Blick setzte er sich auf das Bett, ein Bein unter dem anderen verschränkt.

„Verrätst du mir, warum du die wütende Nachricht geschickt hast?", fragte er sanft, ohne sich lange mit Vorreden aufzuhalten.

Ich verzog den Mund und ließ einige Sekunden verstreichen, bevor ich antwortete. „Ist das nicht klar?"

„Nein, ist es nicht. Sonst würde ich nicht fragen. Wenn du meine Nachrichten gelesen hättest, d..."

„Ich habe sie vorhin gelesen." Seufzend schloss ich die Augen. „Ich war sauer, weil ... weil ich das Gefühl nicht mochte, abgewiesen zu werden."

„Abgewiesen?" Das Entsetzen in seiner Stimme war unüberhörbar. „Wie kommst du auf ...?" Ihm stand der Mund offen, als er den Kopf schüttelte.

„Wie denn nicht?", fuhr ich ihn an. „Du kommst an meine Tür, nach den ganzen zweideutigen Nachrichten, und küsst mich bis zum Wahnsinn. Nur um dann zu sagen, dass du gehen musst!"

Die Wut war für einen Moment zurück. Sofort fielen mir seine Worte ein, die ich viel zu spät gelesen hatte. Verlegen sah ich ihn an. „Nun, da ich deine Nachrichten gelesen habe, ist mir klar, dass du gegangen bist, um dein Versprechen zu halten."

Mit verengten Augen sah er mich an. „Ich habe dir vor den Küssen geschrieben, was ich gerne mit dir machen würde. Wie kannst du glauben, ich würde dich abweisen?" Mit der Handfläche rieb er über sein Kinn.

Zu meiner Überraschung sagte er leise: „Es tut mir leid. Ich wollte dich nicht enttäuschen oder verärgern. Frag mich nicht, wieso, aber mit dir ... Ich möchte alles richtig machen. Ich fürchte, wenn ich mir einen Fehler erlaube ..." Er verstummte.

Irritiert runzelte ich die Stirn. Als ein Lächeln um seinen Mund herum aufflackerte, erwiderte ich misstrauisch seinen Blick, denn es sah verboten sexy und mutwillig aus.

„Du wolltest also nicht, dass ich gehe?" Mehrere Nuancen dunkler klang seine Stimme.

Tief rang ich nach Luft, die mir knapp zu werden schien. Wortlos hielt ich den Blickkontakt, auch wenn es mir schwer fiel.

„Hätte ich dich weiter küssen sollen? Oder hast du dir *mehr* gewünscht als heiße Küsse?", raunte er.

Die plötzliche Glut in seinen Augen ließ einen Schwall Feuchtigkeit zwischen meinen Beinen explodieren. Ein Schauder überlief meinen Rücken, den er bemerkte, wie ich an seinem Grinsen erkannte.

„Komm her", forderte er. Seine Stimme strich wie flüssige Seide über meine Haut, die unvermittelt zu kribbeln begann.

Ich wollte es. Aber ich konnte es nicht.

Noch immer schüchterte er mich ein. Überdeutlich sah ich ihn vor meinen inneren Augen. Nackt. Sexy. Göttlich.

„Rebecca", flüsterte er.

Deutlich hörte ich die Sehnsucht, die in seiner Bitte lag. Doch ich war außerstande, mich zu bewegen.

Ich schnappte nach Luft, als er aufstand und zu mir kam. Seine geschmeidigen Bewegungen erweckten meine Bewunderung. Doch das war es nicht, was mich fesselte.

Es war der Glanz in seinen Augen, der mir ein warmes Versprechen zu geben schien. Dieses Mal eines, das ich wirklich von ihm haben wollte.

Als er es aussprach, erbebte mein Körper erwartungsvoll. Die Wärme zwischen meinen Beinen nahm zu, ein Pulsieren begann, den Takt einer unhörbaren Symphonie anzugeben.

„Ich begehre dich, Rebecca. In dieser Nacht werde ich dich zu meiner Geliebten machen. Ich möchte dich küssen, liebkosen, streicheln, dich in Besitz nehmen, bis wir gemeinsam zu den Sternen fliegen. Was immer du dir wünscht: Ich will es dir geben. Das ist mein Versprechen an dich."

Meine Lippen teilten sich, als ich nach Luft rang.

Vor mir ging er in die Knie, fesselte mich mit seinem Blick. Mit den Händen drückte er meine Schenkel auseinander und schob den Körper dazwischen. Die Finger legten sich an den oberen Ansatz meines Pos, um mich mit einem Ruck dichter zu sich zu ziehen.

Ein ungewolltes Keuchen entfuhr mir, und das Auflodern in seinen Augen verriet, dass ihm der Laut gefiel.

Die rechte Hand strich meinen Rücken hinauf, über den Hals, um sich in meinen Haaren zu vergraben. Doch sie blieb nicht reglos, sie drückte meinen Kopf nach unten, wo seine Lippen meine erwarteten. Als sie aufeinandertrafen, glaubte ich bereits die Sterne zu sehen, die er mir versprochen hatte. Geblendet schloss ich die Augen, um das beginnende Feuerwerk zu genießen.

Sternschnuppen

Wie machtvoll kann das Begehren nach einer Frau sein?

Bei jeder anderen als ihr hätte ich es vorhersagen können. *Gib mir eine Skala, und ich zeige es dir,* hätte ich auf die Frage geantwortet.

Bei Rebecca reichte eine Skala nicht aus. Ich hätte es nicht mit den Händen veranschaulichen können. Selbst Formulierungen wie *Haushoch* waren lausig.

Ich war mir nicht mal sicher, ob es ausreichte, es zu beschreiben als so gewaltig, wie die Distanz zwischen der Erde und den Sternen.

Als sich ihre Hände auf meinen Brustkorb legten, schnellte mein Begehren wie eine Rakete in unerforschte Gebiete. „Spürst du, wie mein Herz rast bei deiner bloßen Berührung?", murmelte ich an ihren Lippen.

„W... Was?", stammelte sie.

Ich nahm den Kopf zurück, um sie anzusehen.

Ihre Augen waren geschlossen, die Lippen geöffnet und feucht schimmernd.

Nicht zuletzt die schnelle Atmung, die ihre Brüste erbeben ließ, überzeugte mich davon, dass sie ebenso empfand, wie ich.

Als ihre Lider sich hoben, traf mich ihr verwirrter Blick. „Willst du mich nicht küssen?", fragte sie leise und klang dabei verunsichert.

Ein Lachen entschlüpfte mir. „Selbstverständlich möchte ich das. Ich musste mich kurz davon überzeugen, dass du wirklich hier bist, dass ich dich nicht nur träume."

Ihre Wangen überzogen sich mit einer bezaubernden Röte.

Hingerissen lauschte ich ihrem Seufzer. „Du bist betörend, weißt du das? Du machst Dinge mit mir, die mir nie zuvor passiert sind. Ich bin begierig darauf, dich zu erobern. Gleichzeitig fürchte ich, am Ende der Nacht aufzuwachen, nur um festzustellen, dass alles ein Traum war. Ich wage es kaum, dich zu berühren. Dennoch will ich nichts sehnlicher als das."

Ihr Gesicht neigte sich mir entgegen. Der Blick ihrer Augen erschütterte mich, denn ich sah Verlangen darin, pur und heiß. „Küss mich endlich, Taariq. Lass mich dich schmecken." Es waren *ihre* warmen Lippen, die sich gegen meine drückten. Ohne mich zu rühren genoss ich die Weichheit, die sich herrlich und verlockend zugleich anfühlte.

Ein leiser Schock durchfuhr meinen Körper, als ihre Zunge sich vorschob, über den Spalt meines Mundes strich. Mehr als willig öffnete ich ihn, ließ sie passieren.

Doch ich verlangte nach Zoll, kaum das unsere Zungen sich berührten. Meine übernahm die Führung, verlockte ihre zu einem Tanz, dessen Melodie unsere Oberkörper zueinander trieb.

Ich keuchte auf, als die Spitzen ihrer Brüste, durch ihre Bluse und mein T-Shirt hindurch, über meinen Brustkorb strichen. Hitze schoss in mir hoch. Sofort wollte ich sie berühren, ihr den Stoff vom Leib reißen. Dennoch wollte ich es langsam angehen, es genießen, die Zeit mit ihr auskosten.

Fest drückte ich sie gegen mich, genoss ihre Nähe, während ich einen Kuss nach dem anderen von ihren Lippen trank.

Sie war es, die den Kopf hob, unseren Kuss unterbrach. „Ich will mehr", murmelte sie, während ihre Finger nach dem Saum meines Shirts griffen. Ohne Zögern zog sie es hoch, und ich hob die Arme. Lautlos sank es zu Boden, doch von ihren Lippen fiel ein Seufzer, der sehnsüchtig klang. „Ich möchte dich berühren. Hier." Sie deutete auf meine Brust.

Als würde sich eine Schlinge um meinen Hals zusammenziehen, wurde mir der Atem knapp. „Das würde mir gefallen", raunte ich, die Augen unverwandt auf sie gerichtet, während ich vergeblich nach Luft rang.

Ihr Blick lag auf meinem Brustkorb. Ihre feuchte, vorwitzige Zungenspitze leckte über die Oberlippe.

Die Finger hoben sich und strichen hauchzart quer über meine Brust. „Weicher, als ich vermutet hätte", murmelte sie, ehe sie die Handfläche fester darüber gleiten ließ.

Die Wärme der Finger sandte einen Schauder durch meinen Körper.

„Wahrscheinlich sollte ich es dir nicht sagen. Garantiert hast du es schon unzählige Male gehört. Doch hiervon habe ich geträumt, seit dem Tag, an dem du im Hotel die Tür geöffnet hast ..." Noch tiefer als zuvor errötete sie, sah mir jedoch mutig in die Augen.

Ein Grinsen konnte ich nicht unterdrücken. „Als ich dir *nackt* die Tür geöffnet habe, meinst du?"

Verlegen wandte sie den Blick zur Seite.

Um sie dazu zu bringen, mich wieder anzusehen, griff ich nach ihrem Kinn. Behutsam drückte ich dagegen, bis unsere Augen sich trafen. „Schockiert es dich, wenn ich gestehe, dass ich durch den Spion geschaut habe, bevor ich die Tür öffnete?"

Fassungslosigkeit zeigte sich sowohl in ihrem Gesicht, als auch in ihrem Blick.

„Verzeih mir, bitte", murmelte ich. „Mein Charme und meine offenbar lausigen Überredungskünste haben nicht ausgereicht, um dich zu einem zweiten Date zu bewegen. In mir schwelte das Gefühl, ich müsste etwas mehr in die Waagschale werfen."

Sie krauste die Nase.

„Ich war auf dem Weg unter die Dusche. Erst nach dem zweiten Klopfen erreichte ich die Tür. Ich befürchtete, du könntest weg sein, wenn ich mir die Zeit genommen hätte, vorher etwas überzuziehen."

„Du hättest durch die Tür rufen können, dass ich eine Minute warten soll ...", erwiderte sie vorwurfsvoll.

Betroffen verzog ich den Mund. „Wenn ich klar hätte denken können, dann wäre es mir vielleicht eingefallen." Um Verzeihung heischend sah ich sie an. „Bitte, sei mir nicht böse."

Leise seufzte sie. „Ich habe mit der Unterhaltung angefangen, also ..." Sie ließ den Satz verklingen.

Bevor ich etwas tun konnte, neigte sie sich mir ein weiteres Mal entgegen und strich mit den Lippen über meine. „Küss mich, Taariq", wisperte sie. „Lass mich die Welt vergessen, bis ich nur noch dich im Kopf habe."

Mit einem heiß aufwallenden Gefühl küsste ich sie. Es erschreckte mich beinahe, wie heftig ich sie begehrte. „Rebecca", murmelte ich, ließ all die Gefühle in den Kuss fließen, die ich nicht wagte, auszusprechen.

Ihr erschrockener Blick wühlte mich auf, als ich sie von mir schob.

Bevor sie etwas sagen konnte, schüttelte ich verhalten lächelnd den Kopf. „Du hast eindeutig zu viel an. Ich plädiere auf gleiches Recht für alle."

Meine Finger hasteten über die Knopfleiste ihrer Bluse, streiften eilig den Stoff von den Schultern. Ich lehnte den Oberkörper nach hinten, um sie anzusehen.

Die vollen Brüste wurden von schwarzer Spitze verhüllt, ein dramatischer Kontrast zu der cremeweißen Haut. Der Anblick raubte mir jeden Atem. „Bei allem, was mir heilig ist ... Noch nie habe ich eine schönere Frau gesehen."

Ihr Lachen klang heiter. „Ja, klar ... Du hattest geschätzte Wie-viele-auch-immer Frauen in deinem Bett. Da muss ich natürlich die Schönste sein."

Ernst sah ich zu ihr hoch. „Ich sage die reine Wahrheit. Wenn du mir nackt die Tür geöffnet hättest, hätte ich weder die Augen verschlossen, noch wäre ich gegangen."

Abermals lachte sie. „Du hast mich noch gar nicht nackt gesehen."

„Stimmt", murmelte ich, schob die Hände über ihren Rücken, und öffnete entschlossen den BH. „Es ist an der Zeit, das zu ändern." Meine Augen suchten ihre. Ohne den Blickkontakt zu unterbrechen, zog ich die Träger nach unten, streichelte dabei mit den Fingerspitzen über die samtige Haut ihrer Arme.

Ein Schauder durchrieselte sie, was mir erneut den Atem stocken ließ. Erst, als das Stück Spitze zu Boden fiel, senkte ich den Blick.

Sprachlos nahm ich ihre Schönheit in mich auf. Seufzend neigte ich ihr das Gesicht entgegen und murmelte: „Zweifelsohne die Schönste von allen." Mein Mund presste sich wie von allein auf die zarte Haut oberhalb ihres Brustansatzes. Küssend ließ ich ihn zur Seite wandern, erst danach den kurzen Pfad nach unten.

Beglückt hörte ich sie nach Luft schnappen, als ich eine Brustspitze zwischen die Lippen nahm.

Ihre Finger vergruben sich in meinen Haaren, *und verdammt*, ich genoss die Berührung mit allen Fasern!

Beide Hände legte ich um ihre Brüste, umschmiegte sie, um sie meinem Mund entgegen zu drücken, der abwechselnd beide Brustwarzen küsste. Mein Atem beschleunigte sich rasant, als ich mit der Zunge von ihr kostete, und sie ein zittriges Keuchen ausstieß.

Seufzend drückte sie das Kreuz durch, hob sich so meinem gierigen Mund entgegen.

Mit breiter Zunge leckte ich über die harten Knospen, um anschließend meinen Atem gegen sie zu pusten.

Fasziniert sah ich zu, wie sie sich noch härter zusammenzogen. „Ich möchte dich stundenlang auf diese Weise liebkosen. Doch ich will noch so viel mehr ...", hauchte ich, nur um noch einmal eine Knospe mit der Zungenspitze zu umkreisen.

Ich hob den Blick zu ihr und versank in den Tiefen ihrer Augen. Unablässig reizte ich den Nippel, ehe ich dem Drang nachgab, an ihm zu saugen.

Ein lautes Stöhnen entfuhr ihr.

Der Laut fand sein Echo in mir, ließ meine Erektion schmerzhaft hart werden. Ganz sanft biss ich hinein, entlockte ihr ein Keuchen.

Abrupt stand ich auf, zog sie auf die Füße, um sie hochzuheben und auf das Bett zu legen. Der Länge nach drückte ich mich an sie, die linke Hand spielte mit ihrer Brust, während ich verlangend den Mund auf ihren drückte.

Sofort gab sie meinem Drängen nach, öffnete die Lippen. Unsere Zungen fanden sich erneut in einem heißen Tanz.

„Ich will mehr", flüsterte ich in ihr Ohr, ehe ich mich nach unten schob.

Rocky

Atemlos nahm ich die Ungeduld wahr, die er ausstrahlte. Sie spiegelte meine eigene wieder.

Mit beiden Händen zog er den Rock nach unten.
Sein Blick blieb an meinem Slip kleben.

Fest rechnete ich damit, dass er ihn mir auszog,
doch als er die Hand hob, legte er sie lediglich
flach auf den Venushügel. Bedächtig rieb er darüber, ließ meine Sehnsucht nach seiner Berührung
ins Unermessliche steigen.

Keuchend lag ich da und bemühte mich, meine Atmung unter Kontrolle zu bekommen, doch es schi-
en vollkommen aussichtslos. Mittlerweile war ich
buchstäblich nass zwischen den Beinen. „Mehr ...
Ich will mehr", murmelte ich und sah ihn bittend
an.

„Gleich. Ich möchte deinen Anblick aufsaugen, um
ihn für immer vor meinen inneren Augen sehen zu
können. Erst danach will ich dir den Slip ausziehen, deine Beine spreizen und die Zunge in dir vergraben."

Ein Beben der ungeduldigen Erwartung durchlief
meinen Bauch.

Wissend lächelte er mich an.

Nach unten rutschend senkte er den Kopf und hauchte einen Kuss auf die Stelle, die noch die Wärme seiner Hand abstrahlte.

Ungewollt schnappte ich laut nach Luft, als er zu mir aufsah, während er mit den Zähnen nach dem Bund griff.

„Was ...?", hauchte ich verzweifelt.

Unbeirrt zog er den Kopf nach unten, seine Finger streiften den Slip seitlich an den Hüften hinunter.

Er ließ los, und seine Hände zogen ihn mir ganz aus. Die Arme rechts und links von mir aufgestützt, schob er sich eine Winzigkeit über mich, sah mir tief in die Augen, nur um einen festen Kuss auf den Venushügel zu drücken.

Ich hörte, wie er tief einatmete.

„Dein Duft ist herrlich", murmelte er und drängte sich zwischen meine Beine.

Begierig und verlegen zugleich spreizte ich die Schenkel für ihn, bis er mit dem Oberkörper vollständig dazwischen lag.

Sein Blick hielt meinen fest, als er leise sagte: „Ich muss dich schmecken ... Davon träume ich seit Wochen ..."

Meine Zähne bohrten sich in die Unterlippe, als er den Kopf neigte, um einen weiteren Kuss auf meine empfindliche Haut zu hauchen. Seine Zunge zog einen nassen Kreis darüber, der mich japsen ließ.

Zitternd warte ich, ungeduldig und zutiefst erregt.

Er schob beide Hände unter meine Schenkel, umfasste sie, die Finger in meinen Leisten vergraben. Als sich sein Gesicht meiner intimsten Stelle näherte, stieß ich einen Laut aus, der wie ein Wimmern klang. Vor lauter Verlegenheit schoss mir heißes Blut in den Kopf.

Sein Mund drückte sich auf meine feuchten Falten, die Zunge zog darüber, und ein animalisches Stöhnen drang erstickt aus seiner Kehle.

„Bei allem, was mir heilig ist ...", hauchte er mit rauer Stimme. „Du schmeckst besser als der teuerste Honig Arabiens." Mit der Zunge begann er, mich zu erforschen und zu liebkosen.

Stöhnend gab ich mich ihm hin, getrieben in immer tiefere Empfindungen. Ausdauernd und beharrlich leckte er an Stellen, denen noch nie zuvor so gehuldigt worden war. Zeitweise hatte ich das Gefühl, er tränke von mir, und mein Brunnen war unerschöpflich. Ich war nicht feucht, sondern triefend nass vor Lust.

Mein Kopf bewegte sich wie ferngesteuert von einer Seite zur anderen, während ich das Becken leicht anhob, um ihm näherzukommen. Die Finger schob ich in seine Haare, und ich hätte ihn gerne näher an mich gedrückt. Doch ich war verunsichert, ob ich ihm noch Luft zum Atmen ließ.

Die hingerissenen Laute, die er von sich gab, vermittelten mir das Gefühl, dass er es genoss.

Laut stieß ich die Luft aus, als er an meinem sensibelsten Punkt zu saugen begann. Ich riss die Lider auf, hob den Kopf an, und versank in seinem Blick. Die Augen glühten pechschwarz, brennende Lust flackerte in ihnen, und ich fühlte mich einer Ohnmacht nahe.

Es war, als würde ein Damm unter mir wegbrechen. Ich stürzte in bodenlose Tiefe. Wild schäumende Fluten spülten mich mit sich fort.

Schluchzend warf ich den Kopf in den Nacken, das Kreuz weit durchgebogen, bevor ich haltlos zitternd auf die Matratze zurücksank.

Keuchender Atem entströmte mir, vermischte sich mit seinem, als er sich über mich schob und den Mund auf meine Lippen presste. Stürmisch tauchte seine Zunge in die Höhle, wie Sekunden zuvor in tieferen Gefilden.

Mein eigener Geschmack tanzte mir auf der Zunge, als er den Kuss vertiefte.

Laut stöhnend hob er den Kopf. Unsere Blicke hielten einander fest, derweil seine linke Hand meine Wange streichelte. „Soll ich dir eine Pause gönnen, Asaal?"

„Ich heiße Rebecca, falls dir mein Name entfallen ist", fauchte ich zutiefst verletzt.

Er lachte leise. „Du bist wirklich süß. Asaal bedeutet *Honig* auf Arabisch, oder auch *süße Frau* ..." Er zwinkerte mir zu, und mein Ärger verpuffte.

Unvermittelt wurde sein Gesicht ernst. „Ich ersehne nichts mehr, als mich in dir zu vergraben, Rebecca. Doch du musst mir sagen, wenn ich es zu hastig ange…"

Ich fiel ihm ins Wort, da die Gier in seinem Blick unübersehbar war: „Ich will dich in mir spüren." Wie zum Beweis hob ich das Becken, um den Unterleib gegen seine Härte zu pressen, die ich seit dem Kuss spüren konnte. „Soll ich mich revanchieren und dich ausziehen?" Fragend sah ich zu ihm auf.

„Nicht dieses Mal", murmelte er.

Mein Herzschlag beschleunigte sich bei der Andeutung auf mehr Sex.

Geschmeidig stemmte er sich hoch und ging zum Schrank.

Verwirrt blickte ich ihm hinterher.

Eine Schachtel in der Hand haltend kam er zum Bett zurück. Er warf sie mir zu, und sein Lächeln ließ mich schwach werden. Als mein Blick über seinen Körper glitt, bewundernd den muskulösen Bauch musterte, biss ich mir nervös - und zugleich voller Vorfreude - auf die Lippe.

Mir stockte der Atem, als er die Jogginghose nach unten zerrte.

Ja, ich hatte ihn bereits nackt gesehen.

Für den Bruchteil einer Sekunde.

Doch dieser Anblick war unvergesslich anders.

Seine Männlichkeit reckte sich mir begierig entgegen. Und dieses Mal sah ich nicht weg.

Einladend hob ich beide Arme. „Komm zu mir."

Schon kauerte er über mir, sein Mund suchte hungrig meinen. Stöhnend kam ich ihm entgegen. In mir erwachte eine tiefere Lust, die mich regelrecht nach ihm verzehren ließ.

Mit beiden Händen drückte ich gegen seinen Oberkörper, der sich fast *zu gut* anfühlte unter meiner Berührung, und schob ihn von mir weg.

Fragend sah er mich an.

Mir fiel eine gewisse Unsicherheit in seinem Blick auf, die mich tief im Inneren anrührte. Lächelnd reichte ich ihm die Schachtel und wisperte: „Ich mag nicht mehr warten."

Ein Ausdruck von Erleichterung floss über sein Gesicht. Schon zog er ein Folienpäckchen aus der Schachtel, riss es auf und streifte sich das Kondom mit geübter Geste über.

Sein rechtes Bein drückte sich zwischen meine Knie, begehrte nach ausreichend Platz. Kaum passte es dazwischen, schob sich sein anderes Bein hinterher.

Überraschend umfasste er meine Schenkel, drückte sie weit nach oben, bis ich voll entblößt seinem Blick ausgeliefert war. Er neigte sich vor, legte seinen Mund auf meine begierig pulsierende Mitte, und drängte die Zunge hinein.

„*Grundgütiger*", entfuhr es mir, als zeitgleich all meine Atemluft aus der Lunge gepresst wurde.

Sanft stellte er meine Füße zurück auf die Matratze. „Ich will dich noch öfter schmecken, Asaal. Jetzt jedoch ist die Zeit gekommen, die ich seit Wochen ersehne." Der Atem ging stoßweise, sein dunkler Blick sank tief in meinen.

Ich keuchte auf, als ich seine Hitze an meiner willigen Öffnung spürte. Zu jedem anderen Zeitpunkt hätte ich die Lider geschlossen, aber ich wollte, nein, ich *musste* sein Gesicht sehen, wenn er in mich kam.

Zitternd wartete ich, meine Brust hob und senkte sich in viel zu raschem Wechsel.

Doch er schaute mich nur an. Ein Ausdruck stand in seinen Augen, der warm schimmerte und viel mehr auszudrücken schien, als ich zu erfassen vermochte.

Atemlos erwiderte ich den Blick, sah, wie er die Zähne in die Lippe grub. Wir keuchten beide auf, als er in mich glitt, mich ausfüllte, auf eine Weise, wie ich nie zuvor einen Mann gespürt hatte.

Natürlich war mir nicht entgangen, wie groß er war im Vergleich zu meinem Ehemann.

Er dehnte mich bis zum Äußersten. Ich atmete mühsam, als er bis zum Anschlag vordrang und dann verharrte.

Mit ihm war es gänzlich anders, als ich es kannte.

Begierig stöhnte ich auf und flüsterte: „Taariq, bitte ...“

Etwas erglühte in seinen Augen, sprach zu mir in einer Weise, die ich intuitiv begriff, und dennoch nicht verstand. „Du bist ... *Roohy* ...“ Er schüttelte den Kopf, als könnte er nicht mehr klar denken.

„Noch ein arabisches Wort?“, hauchte ich abgelenkt, da ich voller Lust darauf wartete, er würde sich in mir bewegen.

„Ja“, murmelte er und seufzte. „Ich ...“ Er ließ sich auf den Ellenbogen nieder, umrahmte mein Gesicht mit den Händen, während das Leuchten seiner Augen mich gefangen nahm. Es entzündete etwas in mir. Nicht in meinem Schoß, sondern in meinem Herzen.

Es überwältigte mich, intensiver, als der Höhepunkt, den ich eben noch durchlebt hatte. Ich schluchzte auf, als es mir klar wurde.

Als wenn ein Schleier von meinen Augen weggerissen würde, wusste ich urplötzlich, dass ihm mein Herz gehörte. Ohne Rückholschein.

Mein Mund teilte sich, um es auszusprechen. In letzter Sekunde biss ich mir auf die Lippen.

Schwerelos

„Rebecca", hauchte ich, verloren in dem plötzlichen Strahlen ihrer Augen.

Ihre Lider schlossen sich, verschluckten das Licht. Für einen schrecklichen Moment fühlte ich mich meiner Seele beraubt.

Doch das Pulsieren meines Schaftes erinnerte mich daran, dass ich tief in ihrem Schoß vergraben war. Machtvoll kehrte das Verlangen zurück.

Sanft kippte ich das Becken, um einen Deut tiefer in sie zu kommen, und ihr Keuchen spornte meine Gier an. Ich zog mich fast komplett heraus, um ohne Verzögerung in sie zurückzudrängen.

Der Laut, der ihr entschlüpfte, klang matt und zufrieden gleichzeitig. Wieder und wieder wollte ich ihn hören. Das Verlangen danach war mächtig, und ähnlich wurden meine Stöße, die ich kraftvoll in sie pumpte.

Außerstande, es langsam zu machen, gierte ich nur noch nach dem Höhepunkt. Insgeheim betete ich, sie würde mir folgen können, da ich in einem Egoismus gefangen war, von dem mich nur ein Orgasmus befreien konnte.

Mit einem satten Stöhnen kam sie mir entgegen.

Ihr Aufschrei, als ich wie getrieben in sie stieß, überraschte mich ebenso wie das Verkrampfen ihrer Muskeln, die mich unvorbereitet umschlossen.

Ihre Kontraktionen waren mein Startschluss. Laut stöhnend ergoss ich mich in sie, das Becken starr nach vorne gedrückt.

Holprig atmend, schwer auf die zitternden Arme gestützt, ließ ich den Kopf hängen.

Ihre weichen Hände strichen über meine Seiten, glitten weiter hoch zum Rücken.

Erschöpft belastete ich sie sukzessive mit meinem Gewicht, rieb die Nasenspitze an ihrem Ohr, und flüsterte: „Nur für einen Augenblick ... Sag rechtzeitig Bescheid, falls dir die Luft ausgeht, okay? Mir fehlt gerade die Kraft, um mich zu bewegen."

Belustigt kicherte sie. „Ach ja? Ich denke, du bist recht begabt, was kraftvolle Bewegungen angeht."

Ich besaß nicht die Energie, den Kopf zu heben, um sie anzusehen. Dabei brannte ich darauf, ihre Augen zu sehen, weil ich wissen wollte, wie sie die Worte meinte.

Tief schob ich die Frage in den Hinterkopf, hauchte stattdessen einen winzigen Kuss auf das verlockende Ohrläppchen. „Du hast niedliche Ohren", murmelte ich kurzatmig. „Ob sie so süß schmecken, wie sie aussehen?" Mit der Zunge umfuhr die Kontur. Ein Schaudern durchrieselte ihren Leib, der mich lächeln ließ.

Ganz sanft drang ich tiefer, was sie kichern lief. Behutsam nahm ich das Läppchen zwischen die Zähne, rieb mit ihnen an der weichen Haut entlang, und wurde mit einem weiteren Beben ihres Körpers belohnt. Als sie einen kleinen Seufzer von sich gab, biss ich zärtlich zu.

„Ah", keuchte sie auf.

Unwillkürlich reagierte ich darauf. Noch immer in ihr wurde ich härter.

„Ich muss das Kondom loswerden", wisperte ich ihr ins Ohr.

„Aber ich möchte dich noch spüren", protestierte sie und klang unzufrieden.

Ein leises Lachen später hauchte ich: „Du wirst mich gleich noch einmal spüren, Asaal. Denn ein Seufzer von dir reicht aus, und ich bin auf dem besten Weg, um erneut für dich bereit zu sein." Ich hob den Kopf und bemerkte entzückt, wie ihr die Röte in die Wangen stieg. „Du bist bezaubernd, Rebecca."

Seufzend stemmte ich mich hoch, entfernte das Kondom, und warf es verknotet auf den Boden. Neben ihr kniend sog ich ihren Anblick ein.

Wie herrlich sie aussah!

Ihre Haare flossen über das Laken, der Mund feucht von ihrer Zunge. Mein Blick strich weiter nach unten, liebkoste ihre Brüste, um an ihrem Venushügel hängen zu bleiben.

Meine Hand schoss vor, hinderte sie daran, die Beine zusammenzudrücken. „Nicht, bitte. Ich bekomme nicht genug von dir. Lass mich dich anschauen."

„Ich ... Ich fühle mich nicht ganz wohl dabei", flüsterte sie mit einen Unterton, der verdächtig nach Scham klang.

Stirnrunzelnd beugte ich mich vor, um ihre Augen näher zu betrachten.

Ja, eindeutig.

Doch ich verstand es nicht.

„Du bist wunderschön, Rebecca. Ich schwöre, noch keine Frau hat mich jemals so gefesselt, wie du. Es gibt keinen Grund, sich vor mir zu verstecken, Asaal." Mit der Hand strich ich über ihre Wange, beugte mich vor und presste den Mund auf ihren Hals.

Ein zittriges Seufzen entschlüpfte ihr, das mich lächeln ließ.

„Kannst du lernen, dich wohler zu fühlen? Vielleicht, wenn ich dir verdeutliche, wie schön du in meinen Augen bist?" Ein weiterer Kuss landete auf der zarten Haut ihres Halses, mit der Zunge zog ich eine feuchte Spur darüber.

Ich bekam keine Antwort, doch einen weiteren Seufzer. Küssend setzte ich den Weg fort, der mich unweigerlich nach unten führte, über ihre Schulter, ihre Brust, die Rippen ...

An jedem Halt raunte ich: „Diese Stelle hier ist schön." Die Zunge in ihren Bauchnabel tauchend hob ich den Kopf. „Bildschön. Die Aussicht von hier ist überwältigend." Mit den Händen bedeckte ich ihre Brüste, deren Nippel fest waren. Ich strich über ihre Mitte nach unten, umfasste ihre Taille. „Rein von Gefühl her möchte ich zu deinen Füßen sinken, sie küssen, und dir huldigen."

Sie blieb stumm, biss sich aber auf die Lippe. In ihren Augen lag Verwunderung.

Als ich den Kopf zwischen ihre Schenkel senkte, einen Kuss auf den Hügel drückte, sah ich erneut zu ihr auf. „Verdammt, du machst mich verrückt", stöhnte ich. „Ich wünschte, du könntest dich durch meine Augen sehen. Spüren, was ich spüre. Empfinden, was ich empfinde. Dann müsstest du mir glauben."

Ein winziges Lachen entschlüpfte ihr. „Du bist ..." Sie schüttelte den Kopf, stöhnte aber unvermittelt dunkel auf. „Wenn mein Körper so schön für dich ist, könntest du dich vielleicht dazu überwinden, weiterzumachen?" Ihre Zunge leckte über ihre Lippen.

„Mit dem größtem Vergnügen", murmelte ich und schob mich an ihr hoch. Der Länge nach drückte ich meinen Körper gegen ihren. Ihr Beben, als meine steinharte Erektion sich an ihren Bauch drückte, war köstlich. „Spürst du mich? Gefällt dir das?"

„Ja", hauchte sie, während unsere Blicke ineinander tauchten. „Noch mehr würde mir gefallen, wenn ich dich in mir spüren dürfte."

„Dürfte?" Überrascht zog ich den Kopf zurück, starrte sie an. „Du darfst mich so oft in dir spüren, wie du möchtest. Bedeutet das, ich muss dich nicht überreden oder dich anbetteln ...?" Mein Grinsen fühlte sich diabolisch an.

„Du ... " Sie rang nach Atem. „Ich dachte, ich war diejenige, die sagte: Ich mag nicht mehr warten. Da kannst du wahrlich nicht behaupten, du musstest mich anbetteln."

Leise lachend schüttelte ich den Kopf. „Stimmt." Umso ernster fuhr ich fort: „Doch ich erinnere mich, wie du meine Bitte nach einem Date abgeschmettert hast. Das wirkt nach, weißt du?"

Unruhig bewegte sie sich unter mir. „Taariq?"

„Ja, Asaal?"

„Komm zu mir. Ich möchte dich wieder in mir spüren, bitte."

Hart schluckte ich. „Nirgendwo sonst bin ich lieber als in deinen Armen, Roohy."

Als ich mich in Position brachte, streckte sie die Hand aus, und rief mit leiser Panik in der Stimme: „Nein! Nicht ohne Kondom!"

Betroffen sah ich auf sie herunter. „Entschuldige", stammelte ich erschrocken. „Ich habe ... Verdammt, ich habe nicht daran gedacht. Verzeih."

„Schon okay. Ich möchte nur nichts riskieren."

„Ich bin gesund, Rebecca. Es ist nicht lange her, da wurde ich routinemäßig durchgecheckt."

Ihre Wangen verfärbten tiefrot. „Das war es nicht, weshalb ... Ich möchte nicht noch einmal ungewollt schwanger werden." Sie hielt meinen Blick fest, obwohl sie sichtlich verlegen war.

Bilder stürmten auf mich ein, und ich schloss hilflos die Augen. Es war mir schleierhaft, warum ich es mir so detailliert vorstellen konnte, doch ich sah sie vor mir mit dickem Bauch, strahlend und wunderschön. Schwanger mit meinem Baby!

Erfüllung

„Taariq", fragte ich zaghaft, als er reglos über mir verharrte.

Doch er kniff weiterhin die Augen zusammen.

Ich hob die Hand, berührte mit den Fingerspitzen sein Gesicht.

Er zuckte zusammen, öffnete verflixt langsam die Lider. Wortlos blickte er mich an.

„Ich ..." Verunsichert biss ich mir auf die Lippe. „Soll ich ... Möchtest du, dass ich gehe?"

„Nein", rief er laut. „Um Himmels Willen ... Alles, nur das nicht! Rebecca ..." Er schüttelte den Kopf, sein Atem ging stockend. „Ich denke, wir sollten dringend reden. Doch ... Noch immer will ich dich. Habe ich es vermasselt?"

Ich reckte mich hoch, um ihn zärtlich zu küssen. Als ich ihn ansah, wirkte er gehemmt. Das ließ mich lächeln. „Brauchst du eventuell Hilfe mit dem Kondom?"

Weit riss er die Augen auf, der Mund öffnete sich, doch nicht ein Wort kam heraus.

Tief nach Luft ringend machte ich mir selbst Mut. Dieses hier war ungewohntes Terrain für mich, und es kostete Überwindung.

Ich stemmte die Hände gegen seine Brust, schob ihn von mir, bis ich Raum genug hatte, um mich aufzurichten.

„Nicht! Bitte, bleib ...", wisperte er, die Augen trugen einen flehenden Ausdruck, der mich betroffen machte.

„Keine Sorge, ich gehe nicht", murmelte ich besänftigend. Bestimmt drückte ich gegen ihn, bis er ausgestreckt vor mir lag.

Ohne es zu steuern, wanderte mein Blick seinen Körper entlang. Nur mit Mühe war ich in der Lage, zu atmen, da er einfach göttlich aussah. Ich nahm mir Zeit, ihn ausgiebig zu bewundern. Seine breiten Schultern, die muskulösen Arme. Die Bauchmuskeln unter den schwarzen Haaren, deren Pfad nach unten hin schmaler wurde. Unterhalb des Nabels - der ein perfektes, rundes Loch bildete - verlief nur noch ein dünne Linie. Sie schien einzig zu bestehen, um den Blick weiterzuleiten auf seine Männlichkeit, die hoch aufgerichtet unter meinem Blick zu erzittern schien.

„*Grundgütiger*", murmelte ich, in Bewunderung erstarrt. „Darf ich ...?" Langsam näherte ich meine Hände seinem Oberkörper, sah ihn fragend an.

„Ich gehöre ganz dir, Rebecca. Du darfst mich anfassen, wo immer du möchtest. Um ehrlich zu sein, wünsche ich mir gerade nichts intensiver als deine Berührung."

Ein Lächeln stahl sich um meinen Mund, doch schon drängte wie von selbst die Zunge hervor, um die trockenen Lippen zu benetzen.

Ein dunkles Stöhnen kam von ihm, und sein schwarzer Blick klebte an eben dieser Stelle.

Liebkosend ließ ich die Fingerspitzen über seine Schultern fahren. Erkundete die Muskeln, genoss die Wärme der Haut. Mit dem Daumen der linken Hand rieb ich über die Brustwarze, und wieder gab er ein heiseres Stöhnen von sich.

Davon ermutigt beugte ich mich vor, ließ meine Zunge die warme Haut erkunden.

„Du machst mich verrückt vor Begehren", wisperte er fast unhörbar, während sein Atem rascher ging.

Ich wagte einen Blick nach unten, sah einen Tropfen an seinem Schaft nach unten rollen.

Wie von einem Magnet angezogen streckte ich eine Hand aus, fing ihn mit der Fingerspitze auf.

Das laute Grollen aus Taariqs Kehle erschreckte mich, doch gleichzeitig steigerte es meine Lust.

Mit bebenden Fingern erkundete ich die Beschaffenheit, spürte dem Pulsieren nach, das unter meinen Fingerspitzen deutlich zu fühlen war.

Ich wollte mehr.

Beinahe schockierte es mich, wie heftig das Begehren war. Nervös leckte ich über die Lippen. „Ich sollte dich vorwarnen ... Das ... Das ist das erste Mal für mich, also erwarte nicht zu viel, okay?"

Sein atemloses: „Was ...?“, verklang, als ich mit der Zunge an dem festen Fleisch leckte.

Eine neue Welt öffnete sich mir, tat sich auf wie das Tor zum Paradies, als sein heiserer Aufschrei an mein Ohr drang. „*Rebecca* ...“

Nur mein Name. Doch so lustvoll ausgestoßen, dass ich um ein Haar einen Orgasmus bekam.

Ohne lange nachzudenken nahm ich ihn in den Mund, kostete das unbekannte Gefühl aus. Meine Lider schlossen sich, als ich ihn mit allen Sinnen erfasste. Ich konnte den würzigen Geruch fast schmecken, während der leicht salzige Geschmack auf meiner Zunge prickelte. Außerdem fühlte ich die Wärme, die er ausstrahlte, spürte das Pulsieren in seinen Adern.

Ich zog den Kopf hoch, um mit der Zunge intensiver seine faszinierende Andersartigkeit zu erforschen, ließ sie über den Spalt an der Spitze gleiten, umrundete mit ihr den Eichelrand.

„Rebecca, bitte ... Ich explodiere gleich, doch ich will nicht in deinem Mund kommen.“

Ich hob den Kopf. „Oh ...“ Sofort befielen mich Zweifel.

„Roohy, ich würde für mein Leben gerne in deinem Mund bleiben, der sich himmlisch anfühlt. Ich bete darum, dass du es noch einmal für mich tun wirst. Wahrscheinlich wirst du mich dann betteln hören. Doch jetzt brauche ich dich!“ Schwer atmete er.

„Noch dringender als vorhin. Ich fürchte, ich bin nicht weit entfernt von einem Herzanfall, wenn du mich noch länger hinhältst."

Mit offenem Mund lauschte ich den Worten. Sie machten mich sprachlos. Doch unbewusst reagierte ich auf das Drängen in seiner Stimme. Meine Finger fanden die Pappschachtel, zogen zitternd eine Packung heraus.

Sein Blick leuchtete auf, als ich sie ihm entgegenstreckte. Mit den Zähnen hielt er sie fest, riss sie auf, und streckte mir die offene Hülle entgegen. „Lass mich noch einmal deine Hände spüren", bat er leise. Deutlich schwang die Lust in seiner Stimme mit.

Seufzend nahm ich das Kondom heraus, und er warf die Folie achtlos zu Boden.

„Sag mir, wie", forderte ich ihn auf und leckte unbewusst an der Lippe, erregt und nervös zugleich.

Er schluckte hörbar, während er mich nicht aus den Augen ließ. „Setze es oben an."

Ich legte es oben an die Spitze, während er eine Hand um die Wurzel seinen Schafts schloss.

„Gut", hauchte er. „Halt es oben fest und roll es mit der anderen Hand nach unten."

Sein stockender Atem trieb mich tiefer in die Begierde, die meinen Unterleib mit heißen Flammen durchströmte. Deutlich zitterten meine Finger, als ich seinen Worten Folge leistete.

„Leg dich hin", forderte er sanft. „Spreiz die Beine für mich, Roohy."

Ich tat es. Voller Sehnsucht hob ich die Arme, als er sich über mich schob, berührte seine Brust.

„Bereit?", fragte er mit rauer Stimme, ließ aber keine Sekunde vergehen. Schon rammte er sich in mich.

Laut keuchte ich unter dem Ansturm. Mein Fleisch war heiß und feucht, aber unverkennbar geschwollen. Beinahe schmerzhaft dehnte er mich, und ich schnappte nach Luft.

„Verzeih, tue ich dir weh?" Sein Blick bohrte sich in meinen, der Körper verharrte unbeweglich.

„Nein, du tust mir nicht weh. Ich brauche nur eine Sekunde, um mich an dich zu gewöhnen." Mein Becken drängte sich ihm entgegen. Ich warf den Kopf in den Nacken, so köstlich war das Gefühl, ihn in mir zu spüren.

Erschaudernd presste er sich gegen meinen Schoß. „Wahnsinn", murmelte er, als er sich langsam zurückzog. „Du bist so eng. So verdammt eng. Das reine Paradies." Behutsam schob er sich hinein. „Roohy? Ich würde dich gerne fester nehmen."

„Ja", seufzte ich.

„Du machst mich so verdammt heiß", murmelte er mir ins Ohr, während er fester zustieß.

In seinem Rhythmus gefangen stöhnte ich leise bei jedem Stoß.

„Ich möchte noch tiefer in dich kommen, Rebecca", sagte er drängend.

Mühsam öffnete ich die Lider, um ihn anzusehen.

„Ich will dich von hinten", sagte er mit einer Stimme, die vor Begierde zitterte.

„Du ...? Aber du redest jetzt nicht von ...?", stammelte ich.

Sekundenlang starrte er mich ratlos an, bis er begriff. „Nein! Ich wünsche mir nur ..."

„Okay", murmelte ich erleichtert und drückte einmal mehr gegen seinen Brustkorb. Tief durchatmend stand ich auf und kniete mich auf den Boden. Mit den Händen stützte ich mich ab und wandte den Kopf nach hinten, um ihn anzusehen. „Wieder ein erstes Mal. Aber lass mich nicht warten, bitte, ich brauche dich in mir."

Sein intensiver Blick war verwirrend.

Schon spürte ich ihn hinter mir, hart drängte er sich in mich. Ich keuchte auf, begriff kaum, wie anders sich unsere Vereinigung mit einem Mal anfühlte.

„Wir müssen unbedingt gleich reden, aber jetzt muss ich dich nehmen." Entschlossen tat er es, die Hände umklammerten nahezu grob meine Hüften. Mit jedem Stoß gegen mein Hinterteil zog er mich kraftvoll gegen sich. Deutlich hörbar klatschte unsere Haut aufeinander, ein unglaublich erregender Laut.

„Verdammt, das ist so heiß", raunte er atemlos.

Ich atmete hechelnd unter den heftigen Stößen. Über die Schulter hinweg sah ich ihn an, fassungslos, weil der Anblick so unverschämt sexy war.

Seine Augen nahmen meine gefangen, verdrängten für einen Moment die Wahrnehmung der Bewegungen, die uns wieder und wieder zusammentrieben.

„Rebecca ...", hauchte er kurzatmig. Das Glühen in seinem Blick sprach beredet.

Ja, er wollte mich.

Ich war mir ganz sicher, dass er in diesem Moment an keine andere als mich dachte.

Das ließ mich glücklich lächeln. „Taariq ... Mehr, ich will mehr."

„Verdammt, ja!", rief er laut. Seine Finger taten mir jetzt beinahe weh, so fest griff er zu, um mich noch härter gegen sich zu ziehen, während er mich nahm. Es fühlte sich an, als würde er mich erobern, in Besitz nehmen, mich für immer als sein Eigentum brandmarken.

Und es gefiel mir!

Tief stöhnte ich. „Taariq ...", flehte ich, als ich das Brodeln in mir spürte. Das Meer der Erregung köchelte, und als der Dampf in Spiralen aufzusteigen begann, ertrank ich darin. Laut schrie ich auf, mein Körper geschüttelt von dem intensivsten Orgasmus, den ich je erlebt hatte.

Wie ein Schmiedehammer rammte er gegen und in mich, unaufhaltsam, verweigerte meinem Höhepunkt ein Ende.

„Ja, ja ... Ja! Oh ja ...", rief ich, ohne zu wissen, dass ich es tat. Atemlos spürte ich das Beben, das seinen Leib erfasste.

In dieser Sekunde erstarrte er, ein Stöhnen – wild und animalisch – brach aus ihm hervor. Tief in mich gepresst kam er zum Höhepunkt. Seine Finger bohrten sich so schmerzhaft in mein Fleisch, dass es morgen garantiert grün und blau schimmern würde.

Schwer sank er auf meinen Rücken, zitternd, der Atem stolperte unregelmäßig aus seinem Mund. „Rebecca", seufzte er und lockerte die Finger. Schlaff glitt er aus mir heraus.

Unregelmäßig atmend stand er auf, ein weiteres Kondom landete auf dem Boden, nicht weit von meiner rechten Hand entfernt.

Ein Schauder durchlief mich, als er nach meinem Arm griff, mir aufhalf.

„Komm mit mir ins Bett, Roohy. Bitte, ich möchte deine Haut spüren." Sich nicht lange aufhaltend zog er mich mit sich, umschlang mich mit den Armen.

Trauer

Ausgelaugt und kraftlos lag ich neben ihr, zog sie dichter an mich, um sie intensiver zu spüren. In mir breitete sich das Gefühl aus, ohne ihre Nähe nicht überleben zu können.

Mein Körper verlangte nach Schlaf, unleugbar wurden meine Lider schwer. Doch ich musste sie anschauen. Um zu begreifen, dass sie wirklich da war. In meinen Armen lag. Genauso erschöpft und befriedigt, wie ich ...

Staunend bewunderte ich den Schwung ihrer Lippen, die leicht geteilt waren, und mich dazu verführten, meine darauf zu pressen.

Ihr Seufzer schlüpfte in meinen Mund, vereinigte sich mit meinem Atem.

„Du bist unglaublich ...", murmelte ich, den Hautkontakt nicht unterbrechend.

Sie zog den Kopf zurück, um mich anzusehen. Ein helles Leuchten strahlte aus ihren Augen. „Danke. Du bist auch nicht übel", murmelte sie neckend.

„Ich möchte dir tausend Komplimente machen, dir sagen, wie glücklich du mich machst." Unbewusst hob ich die Hand, strich mit dem Zeigefinger über ihre Augenbraue, den Wangenknochen hinunter.

„Da ich aber fürchte, nur allzu bald einzuschlafen, und mir einige Fragen auf der Zunge brennen ..."

Überrascht sah sie mich an.

Ein flüchtiges Grinsen bereitete meinen trockenen Lippen ein unangenehmes Spannungsgefühl. „Ich gestehe meine Unsicherheit, mit Details über dein früheres Liebesleben klarzukommen. Du hast mir verraten, dass du Witwe bist. Doch vorhin hast du zwei Mal gesagt ..." Der verstehende Blick ließ mich verstummen.

Sie senkte die Lider zur Hälfte, versteckte sich so vor meinem Blick. „Ich rede nicht gerne darüber. Wenn es okay ist, dann begnüge ich mich mit der Kurzversion?" Fragend sah sie auf.

„Natürlich."

Tief schöpfte sie nach Atem, bevor sie zum Sprechen ansetzte: „Ich war siebzehn, als ich Michael kennenlernte. Er kam neu an unsere Schule. Hals über Kopf verliebte ich mich in ihn. Ein Jahr lang habe ich beobachtet, wie er eine Freundin nach der anderen hatte. Eines Tages kam er auf mich zu. Es führte zu einer gemeinsamen Nacht. Und seiner Weigerung, ein Kondom zu benutzen. Ich habe *Nein* gesagt, doch er hat sich durchgesetzt."

Zischend stieß ich den Atem aus.

„Keine Sorge, er hat mich nicht vergewaltigt. Ich wollte mit ihm schlafen. Also habe ich das Risiko bewusst in Kauf genommen. Tja ... Danach ..."

Sie seufzte. „Er hat mich fallengelassen, sich die Nächste gesucht und natürlich auch gefunden."

„Doch du warst schwanger?", fragte ich.

„Ja", seufzte sie. „Und so seltsam es war, er hat mir einen Antrag gemacht. Ich ...", sie schüttelte den Kopf. „Ich versuchte, es ihm auszureden. Schließlich liebte er mich nicht. Er ging zu meinem Vater und bat um meine Hand." Zitternd stieß sie den Atem aus. „Vier Monate später waren wir verheiratet. Eine Zeit lang lebten wir im Haus meiner Eltern, bis sie für uns eine Wohnung angemietet haben. Unsere Tochter kam an meinem achtzehnten Geburtstag zur Welt."

„Am elften April", murmelte ich.

„Ja", sagte sie mit überraschter Stimme. „Du hast dir das Datum gemerkt?"

„Natürlich."

Ihre Zähne gruben sich in die Unterlippe, während sie lächelte. „Du bist ziemlich süß."

Jetzt war es an mir, sie erstaunt anzusehen.

„Lass mich die Geschichte zu Ende erzählen, bitte. Isabella war mein Lebenslicht. Das einzig Gute, was ich hatte. Mein Mann hasste mich nach einer Weile, weil unser Kind ihn zur Heirat gezwungen hatte, wie er nie müde wurde, mir zu sagen. Nach außen hin spielte er den Ehemann, den jeder sehen wollte. Zu Hause war es grauenvoll. Er begann zu trinken." Seufzend stieß sie den Atem aus.

„Ich kann nicht sagen, wie oft er mich betrogen hat, wenn man es so nennen kann. Denn es machte mir nicht das Geringste aus. Doch schätzungsweise mit jeder Frau, die seinen Weg kreuzte. Als Isabella sieben wurde, veränderte er sich. Ich brauchte nicht lange, um herauszufinden, dass er angefangen hatte, Drogen zu nehmen."

Ihre Lider schlossen sich, doch sie sprach weiter.

„Das war der Tropfen, der zuvor fehlte. Endlich besaß ich genügend Kraft, um ihn zu verlassen. Michael hat nicht begriffen, warum ich ging, doch er war mir dankbar. Denn endlich war er frei. Am nächsten Tag habe ich die Scheidung eingereicht. Michael hat Isabella regelmäßig besucht, doch ich habe es nach einiger Zeit nicht mehr geduldet, da er immer öfter zugedröhnt ankam. Es war am vierten Oktober ... Er hat sie einfach mitgenommen, obwohl sie weinte und ich versuchte, ihn daran zu hindern. Er schrie etwas von wegen: Ich hätte sein Leben zerstört, und dass ich kein Recht hätte, seine Tochter von ihm fernzuhalten."

Erschüttert sah ich die Tränen, die auf das Kissen tropften, doch ich unterbrach sie nicht.

„Gute zwei Stunden später stand die Polizei vor meiner Tür. Mein Bald-Ex-Mann und meine geliebte Tochter ..." Sie schluchzte auf, und es zerriss mein Herz. „Beide waren sofort tot, wie mir gesagt wurde." Dicke Tränen rannen über ihre Wangen.

„Michael hat den Unfall verursacht, er ist in ein anderes Auto gekracht. Der andere Fahrer hat ebenfalls nicht überlebt. Doch Isabella ..." Erneut schluchzte sie, wischte sich mit der Hand die endlosen Tränen vom Gesicht. „Sie hätte überleben können. Doch er hatte sie nicht angeschnallt! Dieser verfluchte Mistkerl hat in seinem Drogenrausch vergessen, sie anzuschnallen ..."

Ich raffte sie dichter an mich, hielt sie fest, während sie weinte. Ihr Körper wurde erschüttert von heftigen Schluchzern. Währenddessen spielten meine Gedanken verrückt.

Was sollte man zu solch einem Schicksal sagen?

Zu gerne wollte ich sie trösten, doch mir war klar, es gab keine passenden Worte dafür. Ich konnte sie lediglich halten, für sie da sein.

Sie war es, die meine Nähe suchte. Sie hob den Kopf, bettete ihn an meiner Wange, ihre Arme schlangen sich um meinen Nacken, und ihr Bein drückte sich zwischen meine.

Kommentarlos nahm ich es hin, dass ihre Tränen in mein Ohr tropften und im Kissen versickerten. Die Augen geschlossen drückte ich sie enger an meinen Leib.

Wie lange wir uns aneinander festhielten, weiß ich nicht. Doch irgendwann endeten ihre Tränen.

Eine Weile später sprach sie leise weiter: „Sie war acht, als sie starb. Seitdem ist meine Welt leer."

Sie atmete tief ein und rückte von mir ab, doch ich ließ sie nicht gänzlich los. „Nun, nicht ganz. Ich habe zwei Patensöhne, die ich von Herzen liebe. Ich sehe sie zu selten, da sie umgezogen sind, raus aus der Stadt. Zu gerne würde ich ebenfalls umziehen, doch ich schaffe es nicht. Der Friedhof ... Meine Schwester drängt mich oft, nach New York zu ziehen. Aber ich bin noch nicht so weit, mein Baby allein zu lassen. Wer würde ihr Grab besuchen? Meine Eltern sind seit vier Jahren tot. Und seine Eltern ... Nun ja."

Meine Müdigkeit war längst vergessen. Ich war gefangen in ihrer Geschichte, entsetzt und traurig. Erneut zog ich sie in meine Arme.

Lange blieb es still zwischen uns. Mit dem Daumen streichelte ich wieder und wieder über ihre Wange.

Ihr Blick, warm und dennoch verletzlich, traf meinen. „Ich danke dir."

„Wofür?", fragte ich ratlos.

„Für dein Festhalten, dein Zuhören. Es bedeutet mir viel. Und ich bin froh, dass du es jetzt weißt."

„Gerne würde ich dir mehr bieten als Zuhören und Festhalten. Doch es gibt nichts, nicht wahr?"

Ein zittriges Lächeln umflackerte ihren Mund. „Nein, nichts. Doch was du mir gibst, ist schön. Es lindert den Schmerz eine Winzigkeit. Deine Wärme tut mir gut, deine Umarmung fühlt sich an wie ..."

„Wie was, Roohy?", hakte ich sanft nach.

Sie schnappte nach Luft und überwand sich sichtlich, es auszusprechen: „Wie das Zuhause, nach dem ich mich immer gesehnt habe."

Der Atem stockte mir. Ergriffen lag ich neben ihr, während warmes Glück durch meine Adern floss.

„Du brauchst nichts sagen", murmelte sie. Ihr Gesicht schien sich zu verschließen.

„Rebecca, zieh dich nicht zurück, bitte", beeilte ich mich zu sagen. „Deine Worte waren wundervoll. Sie haben mich um Längen glücklicher gemacht als unser Versuch, die Sterne zu erreichen. Um ehrlich zu sein, würde ich dir gerne viel mehr sagen, aber ich habe Angst. Das mit uns ist noch so frisch. Wir stehen erst am Anfang, und ich möchte keinen Fehler begehen, weil ich ihn bis an mein Lebensende bereuen würde, wenn ich dich damit vertreibe." Sachte hob ich mit dem Finger ihr Kinn an, um deutlich zu machen, dass ich ihre Augen sehen wollte.

Sie schlug die Lider auf.

Alles, was ich nicht aussprechen mochte, legte ich in meinen Blick, und hoffte, sie würde verstehen.

Je länger wir uns ansahen, desto heller glänzten ihre Augen, was mich atemlos machte. Als sie mich strahlend anlächelte, setzte mein Herz einen Schlag aus.

„Welche Antworten hättest du sonst noch gerne?"

„Alle, die du mir freiwillig geben möchtest."

„Okay", murmelte sie. „Frag mich."

„Du sagtest, es wäre das erste Mal für dich, als du mich berührt hast." In der angedeuteten Region fand eine eindeutige Reaktion statt.

Sie lächelte, obwohl ihre Wangen rot wurden. „Mir ist dein Erstaunen nicht entgangen ... Ich versuche mich an der kürzesten Version der Langfassung, die ich zustande bringe. Einverstanden?"

Zustimmend nickte ich, betrachtete sie gespannt.

„Die Nacht mit Michael, in der ich meine Jungfräulichkeit verlor ... Hm ... Sie war enttäuschend. Daran hat die Ehe nichts geändert. Das nächste Mal, als er mich wieder berührt hat, sexuell gesehen, war ungefähr einen Monat nach Isabellas Geburt. Aber ich habe ihn nicht gelassen, da ich körperlich noch nicht so weit war. Nach der Geburt musste ich genäht werden, was zwar abgeheilt war, doch der Bereich fühlte sich noch zu empfindlich an. Etwa drei Monate später hat er auf Sex bestanden. Es war ..." Sie zuckte mit der Schulter.

„Er hat sich mit schmutzigen Wörtern in Stimmung gebracht und es durchgezogen, bis er gekommen ist. Danach ist er in die Küche gegangen, um ein Bier zu trinken." Ein tiefer Seufzer entfuhr ihr. „Es war nichts, worüber man viele Worte verlieren möchte."

„Hat er dir weh getan?"

„Nein. Ich halte mich nicht für besonders leidenschaftlich, doch ich war nicht abgeneigt. Es war eine Spur netter als unsere erste gemeinsame Nacht. Bis ich die Scheidung eingereicht habe, haben wir ganze acht Mal miteinander geschlafen."

„Und danach? Du sagtest, du bist seit …"

„Michael war der Einzige."

„Also hattest du seit über einem Jahr keinen Sex mehr?", staunte ich.

„Seit über sechs Jahren, um es genauer zu sagen."

Meine Augen waren sicherlich riesengroß als ich sie anstarrte. „Und in deiner Ehe hast du ihn niemals …?"

Sie verstand, wie ich an ihrem Blick erkannte. „Nein. Weder mit der Hand, noch mit dem Mund. Keine Ahnung, ich denke, er hat sich das bei den anderen Frauen geholt."

„Was hast du nur für ein Leben gelebt?" Fassungslos und traurig zugleich sah ich sie an.

„So schlimm, wie es dir erscheint, war es nicht. Ich habe … Ich hatte meine Tochter."

„Es tut mir so leid, dass sie nicht mehr da ist. Zu gerne hätte ich sie kennengelernt. Aber ich bin überzeugt, sie lebt in deinem Herzen weiter."

Tränen schossen in ihre Augen.

Bevor ich mich auch nur rühren konnte, presste sie den Mund auf meinen, küsste mich stürmisch.

Als sie von mir abließ, lächelte sie unter Tränen.

„Das war ... *Danke!*"

„Rebecca, ich wünschte ..."

Sie legte den Finger auf meinen Mund. „Alles ist gut. Und ich möchte dir danken. Du hast mir die schönste Nacht geschenkt, die ich mir hätte wünschen können. Du ahnst nicht, wie viel mir deine Freundlichkeit bedeutet."

Verblüfft lachte ich auf. „Mit meinen Freunden gehe ich nicht ins Bett, um das einmal zu betonen. Und ich bin weit davon entfernt, nur freundlich zu dir sein zu wollen ..." Vielsagend presste ich den Unterleib gegen ihren Bauch.

Ein Kichern platzte aus ihr heraus. „Noch einmal? Verdammt, du sprengst in einer einzigen Nacht beinahe den Rekord, den ich in meinem ganzen Leben angehäuft habe."

Ihre Heiterkeit war gewinnend, ihr Lächeln überwältigend. Die Worte *Ich liebe dich* drängten in mir herauf, wollten raus. Doch es erschien mir viel zu früh, um ihr meine Liebe zu gestehen.

Nachschlag

Er tat nichts weiter, als mich sein Begehren spüren zu lassen, doch das war mehr als ausreichend für mich. Eine Flut an Feuchtigkeit machte sich zwischen meinen Schenkeln breit.

Sein warmer Blick sandte mir Schauder über den Rücken, doch er rührte sich nicht.

Entschlossen, an dem Zustand etwas zu ändern, setzte ich mich auf. „Darf ich ... Darf ich noch etwas Neues ausprobieren? Ich meine", fügte ich hastig hinzu, „etwas *für mich* Neues."

„Roohy, zusammen mit dir ist auch für mich alles neu. Und ich flehe dich an, was immer du machen möchtest: Bitte, tu es." Das dunkle Timbre seiner Stimme ließ mein Herz schmelzen. Schüchtern lächelte ich ihn an und bemerkte voller Staunen sein trockenes Schlucken.

„Du bist so schön", murmelte er mit fassungslosem Unterton.

„Sag das ein paar Mal öfter, dann glaube ich dir eines Tages noch", murmelte ich.

„Jeden weiteren Tag, den du mich an deiner Seite haben möchtest, werde ich es dir sagen. Das verspreche ich dir."

Meine Lippen teilten sich, so sprachlos machten mich seine Worte. Doch ich verdrängte das Verlangen, seine Worte im Kopf zu hinterfragen.

Stattdessen konzentrierte ich mich auf mein körperliches Begehren. Und seines, dass sich stolz aufgerichtet meinem Blick präsentierte.

„Ist da noch ein Kondom in der Packung?", fragte ich mit einer Stimme, die mir nicht wie meine vorkam.

Er brauchte keine zehn Sekunden, um sich eins überzustreifen.

Tief Luft holend schwang ich ein Bein über ihn, den Blick tief in seinen getaucht.

Seine Augen schien sich zu entzünden. Ein verzehrendes, schwarzes Feuer loderte in ihnen, setzte vorsätzlich meinen Schoß in Brand.

Mit der Hand hielt ich ihn fest, ehe ich mich auf ihn hinabsenkte.

Wie aus einem Mund stöhnten wir auf, als wären wir nicht nur an der einen Stelle eins geworden. Einige Sekunden brauchte ich, um meinen geschwollenen Körper seiner Dicke anzupassen. Ein weiterer Ausbruch Feuchtigkeit war meine unbewusste Antwort auf seine Präsenz in mir, die mich atemlos machte. Gespannt begann ich mich zu bewegen. Wieder ein anderes Gefühl, und es mutete seltsam an, dass ich jetzt diejenige war, die den Takt angab.

„Mehr, Rebecca. Ich will mehr", murmelte er erstickt, während sein Blick an der Stelle unserer Vereinigung klebte.

Darum bemüht, seinen Wunsch zu erfüllen, wurden meine Bewegungen schneller. Schwerer ließ ich mich auf ihn fallen.

„Ja, das fühlt sich fantastisch an", wisperte er.

Erfreut nahm ich die Worte in mich auf.

„Weiter, Roohy. Wenn du müde wirst, übernehme ich", klang seine Stimme wie ein Hauch.

Die Herausforderung annehmend beschleunigte ich das Tempo, bis ich spürte, wie ich der Ziellinie näher kam. Ich verharrte, er tief in mir vergraben, und rollte das Becken, um seinen Schaft deutlicher in mir zu spüren.

„Verdammt", keuchte er hitzig. „Das nennst du ein erstes Mal?"

Zu erregt, um zu lachen, ignorierte ich seine Worte.

„Rebecca", flehte er. „Ich bin fast so weit. Lass mich übernehmen, bitte."

„Ich glaube nicht, dass ich jetzt aufstehen kann", wisperte ich.

„Hebe dich etwas an, und beweg dich nicht. Ich stütze dein Becken."

Verwirrt folgte ich, und er begann, von unten in mich zu stoßen, hart und fordernd, während kräftige Hände mich hielten.

Selbst ich hörte, wie unterschiedlich mein Stöhnen jetzt klang, viel tiefer und wollüstiger.

Innerhalb weniger Augenblicke rief er laut meinen Namen, und ich folgte ihm kopflos.

Matt brach ich über ihm zusammen, landete in starken Armen, die mich an seinen Oberkörper drückten. Ich bekam noch mit, wie er das Kondom verschwinden ließ, und mir einen Kuss auf die Stirn hauchte. Doch ab der Sekunde riss mich die aushöhlende Erschöpfung in den Schlaf.

Die Arbeit ruft

Aus vollem Herzen genoss ich es, ihr Gewicht auf mir zu spüren. Doch allzu lange konnte ich sie nicht halten, da meine Arme spürbar bleiern wurden. Ich rollte uns zur Seite, umarmte sie aber weiterhin.

Lächelnd betrachtete ich ihr Gesicht. Im Schlaf sah sie aus wie ein blutjunges Mädchen. Ein Seufzer entschlüpfte ihrem Mund, und ich musste sie einfach küssen. So sanft wie möglich tat ich es, um sie nicht zu wecken. „Ich liebe dich, Rebecca", flüsterte ich gegen ihre Lippen. Intensiv hoffte ich, ihr Herz würde die Worte aufnehmen und ihnen gestatten, darin zu wachsen.

Ich erwachte und riss umgehend die Augen auf. Voller Erleichterung fiel mein Blick auf das Gesicht, welches ich für den Rest meinen Lebens sehen wollte. Nicht nur beim Aufwachen.

Von Glück erfüllt hauchte ich einen Kuss auf ihren Mund, bevor ich mich aus ihren Armen befreite.

Gerne hätte ich sie aufgeweckt, doch sie musste nicht zur Arbeit.

Ganz im Gegensatz zu mir.

Ein Blick auf die Uhr beschleunigte meinen Puls. In zwanzig Minuten wurde ich am Drehort erwartet!

Ich hastete in die Dusche, kleidete mich in Windeseile an, und kehrte ans Bett zurück. „Rebecca? Ich muss los, Roohy."

Sie grummelte etwas Unverständliches und drehte sich auf die andere Seite.

Leise lachend griff ich nach dem Handy und steckte es ein. Doch ich konnte nicht ohne Nachricht gehen.

Auf dem Schreibtisch sah ich keinen Block, also zog ich einen alten Kassenzettel aus meinem Portemonnaie, der am Rand zerfleddert war.

Ein anderes Papier segelte zu Boden. Ich bückte mich danach und erkannte den Scheck, den ich vor Wochen für Rebecca ausgeschrieben hatte. Ich warf ihn auf den Tisch, da mir die Zeit allmählich knapp wurde. Eilig zog ich den Tintenfüller - den ich routinemäßig mit mir führte - aus der Innentasche meiner Jacke. Ich schrieb ein paar Zeilen auf den Kassenbon und ließ ihn dort für sie liegen.

Ein schneller Blick zurück zeigte mir, dass sie noch immer tief und fest schlief. Mit einem Lächeln im Gesicht bemühte ich mich, die Tür so leise wie möglich hinter mir zuzuziehen.

Ausgeträumt

Ganz allmählich tauchte ich aus tiefem Schlaf auf.
Die Augen fest geschlossen streckte ich mich wohlig.

Ich riss die Lider auf, als ein wunder Schmerz meinen Unterleib durchschoss und mich daran erinnerte, was in der Nacht geschehen war.

Das Bett neben mir war leer.

Auch aus dem angrenzenden Bad war kein Laut zu hören. Irritiert runzelte ich die Stirn. „Taariq?", rief ich halblaut in das leere Zimmer hinein. Doch es kam keine Antwort.

Meine Hand strich über die knittrigen Falten des Lakens, welches sich kalt anfühlte. Ich biss mir auf die Lippen und sah mich verloren um.

Ein Zettel auf dem Schreibtisch erregte meine Aufmerksamkeit. Rasch stand ich auf, wobei ich ein schmerzliches Keuchen nicht unterdrücken konnte, und ging die wenigen Schritte zum Tisch hinüber.

Verblüfft sah ich sogar zwei Zettel darauf liegen. Den Größeren, den ich vom Bett aus gesehen hatte, nahm ich als erstes hoch. Es stand nichts darauf, und als ich ihn umdrehte, erkannte ich den Zweihunderttausend-Dollar-Scheck.

Hoffnungsvoll griff ich nach dem anderen Zettel und las die Worte, die in kühner, nach rechts geneigter Schrift, darauf geschrieben standen.

> Guten Morgen, Rebecca,
> ich bin spät dran für die
> Arbeit. Bitte, warte nicht auf
> mich, da es sicher spät wird.
> Ich melde mich morgen bei Dir.
> Danke für die Nacht, Roohy!
> Taariq x

Wie bitte?
Abwechselnd sah ich von dem Zettel zum Scheck und wieder zurück.
Bitte, warte nicht auf mich?
Mit hart hämmerndem Herzen grübelte ich über die Worte. Doch je länger ich sie hinterfragte, desto klarer wurden sie, man brauchte nur das Wort *Bitte* weglassen.
Ich nagte an der Lippe.
Vielleicht würde ich die Worte besser aufnehmen, wenn nicht dieser dumme Scheck daneben gelegen hätte ...

Ich sah mich nach meiner Kleidung um, die auf dem Teppich lag. Mit bebenden Fingern hob ich sie hoch, als mein Blick auf die drei verknoteten Kondome fiel. Die Vorstellung, ein Zimmermädchen könnte sie finden, war mir unangenehm. Rasch wickelte ich sie in einen Streifen Toilettenpaper und warf das Knäuel im Badezimmer in den Mülleimer.

Während meine Gedanken sich mit seiner Nachricht beschäftigten, zog ich mich an.

Die kühlen, flüchtigen Worte standen im krassen Gegensatz zu seinem Verhalten der vergangenen Nacht. Vor wenigen Stunden noch gab er mir das Gefühl, begehrenswert und – ich traute mich kaum, es zu denken – kostbar für ihn zu sein.

Doch die Worte auf dem Papier ... Sie fühlten sich falsch an.

Mein Blick flog zum Bett, das für mich jetzt keine Wärme mehr bot.

Tief in Gedanken versunken steckte ich den Zettel und den Scheck in meine Tasche und verließ das Hotel.

Den ganzen Tag saß ich wie auf Kohlen.

Irgendwann gab ich es auf, den Zettel wieder und wieder zu lesen.

Dennoch hoffte ich, Taariq würde sich zwischendurch melden.

Er stand doch garantiert nicht pausenlos vor der Kamera, oder?

Lange Stunden schwelgte ich in der Erinnerung an unsere Nacht, die mir das Glück zurückbrachte, das ich in seinen Armen verspürt hatte.

Ja, er hatte mir Glück geschenkt.

Pure, berauschende Seligkeit!

Und ich liebte ihn!

Der Moment, als es mir bewusst geworden war, kam mir in den Sinn. Fast war mir, als würde ich von neuem in das strahlende Leuchten seiner Augen blicken.

Fast schmerzhaft wallte das intensive Gefühl in meinem Herzen. Eines war glasklar: Ein Zurück gab es nicht mehr für mich. Mein Herz gehörte ihm. Es war einfach gewesen, es ihm zu schenken.

Auch wenn es zu früh war, es ihm zu gestehen, lauerte der Wunsch dazu dicht unter meiner emotionalen Oberfläche, als wäre er mit einem Brennmomentzünder ausgestattet.

Der Tag verrann.

Je mehr Zeit verging, desto enttäuschter fühlte ich mich.

Am frühen Abend war meine Geduld aufgebraucht.

Ich beschloss, dass ich nicht länger warten mochte.

Rebecca

Hey Fremder, muss ich deinen Zettel wörtlich nehmen, dass du dich erst morgen meldest?

Es gab noch gefühlte tausend Dinge, die ich schreiben wollte. Doch ich verkniff sie mir, falls er wirklich zu beschäftigt war.

Keine zwei Minuten später kam eine Nachricht zurück. Wie wild begann mein Herz zu klopfen.

Taariq

Sorry, keine Zeit. Melde mich morgen.

Verdammt!

Jetzt wünschte ich mir, ihm nicht getextet zu haben. Diese Antwort war noch kürzer angebunden, als die auf dem Zettel ...

Ich horchte auf, als sich ein Schlüssel ins Schloss schob und die Tür aufgestoßen wurde.

„Hey", rief Christina fröhlich und ließ ihre Sachen achtlos zu Boden fallen. Mit einem Grinsen im Gesicht kam sie zum Sofa, ließ sich neben mir aufs Polster fallen. „Wie war die Nacht?", fragte sie, kaum dass sie mich aus der Umarmung entließ.

Tief durchatmend setzte ich zu einer Antwort an: „Traumhaft, um ehrlich zu sein. Aber ..."

Alarmiert blickte sie mich an. „Aber?", wiederholte sie fragend.

Kommentarlos reichte ich ihr den Zettel mit seiner Nachricht.

Flugs las sie die Worte.

Mit offenstehendem Mund starrte sie mich an. „Tja", sagte sie und zog das Wort in die Länge.

Eine kurze Pause entstand, während ich wartete.

„Klingt irgendwie ..."

„Du denkst also das Gleiche wie ich?"

Sie blies die Wangen auf und stieß den Atem wie ein Seufzen aus. „Es klingt wie in großer Hast geschrieben. Bestimmt hat er nicht nachgedacht. Ich meine, sieh dir die Schrift an. Das sieht mir verdächtig nach flüchtiger Krakelschrift aus ..."

Entschlossen zog ich den Zettel aus ihrem Griff, um ihr mein Telefon in die Hand zu drücken.

Stirnrunzelnd beugte sie sich darüber, dann stieß sie laut die Luft aus. „Mistkerl", murmelte sie unterdrückt.

Das Wort ließ meine Augen feucht werden. „Ich verstehe es einfach nicht. Die Nacht war unglaublich. Er war ..." Mir fehlte ein passendes Wort.

„Okay, erzähl mir alles. Schmutzige Details inklusive. Vielleicht missdeuten wir etwas an seinen Nachrichten." Aufmunternd blickte sie mich an und lächelte dabei.

Auch wenn ich eine lange Zeit sprach, die intimen Details ließ ich aus. Sie würden für immer zwischen ihm und mir bleiben.

Als ich verstummte, runzelte Christina die Stirn. „Dann verstehe ich jetzt gar nichts mehr. In deiner Schilderung klingt er wie der Märchenprinz, der er optisch ohnehin ist. Doch die Nachrichten ...“

„Völlig anders, nicht wahr? Ich weiß überhaupt nicht, was ich davon halten soll. Und dann noch dieser beschissene Scheck ...“

„Scheck?“

„Ja, du weißt schon. Die zweihunderttausend Dollar, die er mir für unser erstes Date gegeben hat.“

„Du hast ihn nicht eingelöst?“

„Nein!“ Empört sah ich sie an. „Du hättest es auch nicht getan.“

„Wolltest du es nicht sp...“

„Ja, ich wollte es spenden“, unterbrach ich sie lautstark. „Doch Lori wollte den Scheck nicht annehmen. Sie verriet mir, dass Taariq bereits eine halbe Million Dollar gespendet hat.“

„Wow“, entschlüpfte es meiner Schwester verblüfft. „Verstehe. Wieso hast du das Geld nicht einer anderen Organisation gespendet?“

Verständnislos sah ich sie an. „Weil er eine halbe Million verschenkt hat. Daraus kann ich doch nicht eigenmächtig siebenhunderttausend machen. Es ist und bleibt sein Geld, nicht meines.“

„Deine Logik möchte ich haben. Du klingst wie eine Gerechtigkeitsverfechterin ... Aber weshalb war der Scheck bei ihm?“

„Ich wollte ihn zurückgeben, doch er nahm ihn nicht an. Deswegen habe ich ihn auf den Boden gelegt, um Taariq dazu zu zwingen."

„*Das* klingt ganz nach dir." Ein glockenhelles Lachen platzte aus ihr heraus.

„Hey, lach nicht. Du hättest nicht anders gehandelt."

„Da bin ich mir nicht so sicher. Ich meine, es ist beinahe eine Viertel-verdammte-Million!"

„Eben. Und es ist nicht mein Geld. Wenn er mich morgen sehen will, gebe ich den Scheck zurück."

„Natürlich", murmelte sie gleichmütig, allerdings mit einem amüsierten Unterton. Gleich darauf wurde sie ernst. „Du, ich sterbe vor Hunger. Hast du Lust mit mir essen zu gehen? Das wird dich bestimmt ablenken. Ich kenne ein Restaurant, das die weltbesten Steaks serviert. Mal etwas anderes als der ewige Hackbraten ..."

„Haben die gebackene Kartoffeln?", fragte ich augenzwinkernd. Selbst wenn nicht, würde ich mitgehen. Jede Art von Ablenkung war mir willkommen. Hauptsache, ich bekam Taariq aus dem Kopf.

Früh am nächsten Morgen weckte mich ein leiser Ton. Das Herz schlug mir bis zum Hals. Ich setzte mich im Bett auf und tastete nach dem Handy.

Taariq

Guten Morgen, Roohy. Ich hoffe, deine Nacht war angenehmer als meine. Bis um fünf haben wir sämtliche Nachtaufnahmen abgedreht, einschließlich zweier Szenen, die nachgedreht werden mussten. Zwischendurch konnte ich drei Stunden Schlaf nachholen, die ich lieber mit dir verbracht hätte. Doch ich konnte das Filmgelände nicht verlassen. Jetzt bin ich auf dem Weg ins Hotel und falle gedanklich schon ins Bett. Ich hoffe, dein Duft wird noch da sein. Entschuldige, dass ich zuerst schlafen muss. Wenn ich nicht das Gefühl hätte, im Sitzen einzuschlafen, dann käme ich direkt zu dir, sofern du mir die Adresse verraten würdest. Sehen wir uns später? Ich hoffe es, mehr als du ahnen kannst!

Grenzenlose Erleichterung durchströmte mein Herz, erfüllte gleich darauf meinen gesamten Körper.
Mit einem glücklichen Lächeln schrieb ich zurück.

Rebecca

Hey, natürlich würde ich mich freuen, dich nachher zu sehen. Nenn mich nicht Groupie, aber ich komme lieber zu dir. In der Wohnung meiner Schwester schlafe ich auf der Couch.

Ungestört wären wir garantiert nicht. Wenn du dich aber der Inquisition (aka meine Schwester) stellen willst, verrate ich dir die Adresse.

Taariq
Danke, das Lachen hat mir gut getan! Doch ich fühle mich nicht mutig genug, um mich von deiner (durchaus reizenden) Schwester auseinandernehmen zu lassen.
Ich texte dir, sobald ich aufwache. Ist das in Ordnung?

Rebecca
Reizend hin oder her, sie weiß mittlerweile alles von letzter Nacht ... Daran kannst du erkennen, wie gut sie ist. (Keine Sorge, die intimeren Details habe ich verschwiegen. Darin bin ich gut!)

Taariq
Ich gerate hier ins Schwitzen. Muss ich mit einer Enthüllungsstory rechnen?

Rebecca
Wenn du das auch nur eine Sekunde annimmst, dann beweist du damit, wie schlecht du mich einschätzen kannst. Und das beleidigt mich!

Taariq

Ach, Roohy ... Muss ich diese leidigen Smileys benutzen, damit deutlicher wird, dass ich lediglich einen Spaß gemacht habe?

Rebecca

Okay, verstanden. Ich schalte den Beleidigt-Modus wieder aus. Und zu den Smileys: Du benutzt sie häufiger als ich!

Taariq

Selbst während ich gähne (weil ich müde bin, nicht, weil du mich langweilst) verwirrst du mich. Wann habe ich je einen Smiley benutzt? Ich scrolle jetzt zurück, um nachzusehen.

Rebecca

Auf dem Kassenbon. Ich glaube, da stand ein x hinter deinem Namen ...

Taariq

Und wieder hast du mich zum Schwitzen gebracht! Dabei bevorzuge ich eindeutig die Art von letzter Nacht ...
Und ja, ich bin mir ziemlich sicher, da war ein x. Da es für einen Kuss steht, fühle ich mich entschuldigt!

Rebecca

Du meinst also, du darfst mir einfach so einen Kuss geben? Ohne zu fragen?

Taariq

... ich hoffe es zumindest.

Rebecca

Konnte ich dich reinlegen?

Taariq

Ja ... Und es hat mir nicht gefallen! (Ich bin fast am Hotel angekommen.)

Rebecca

Entschuldige. Menschen, die ich mag, ziehe ich gerne mal auf. Ich habe so ein Gefühl, du könntest eventuell dazu gehören.

Taariq

... schlimm, wenn ich enttäuscht bin? Du magst mich eventuell?

Rebecca

Vielleicht auch etwas mehr als das. Mit Chance finden wir es später heraus. Wenn du ausgeschlafen hast und mich dann immer noch sehen möchtest.

Taariq

Die Garantie dazu bekommst du hiermit schriftlich und ausdrücklich! Ich freue mich und kann es kaum erwarten, dich zu sehen. x

Rebecca

Schlaf gut!

Taariq

Du bist verflixt geizig mit deinen Küssen! Ich hoffe, dich später zu mehr als einem überreden zu können. xxx

Rebecca

Nur, damit du zur verdienten Ruhe kommst: x

Taariq

So leicht machst du mich glücklich!

Rebecca

Ruhe jetzt. Schlaf gut! xxx

Taariq

Zu Befehl! xxx

Meine Welt war wieder im Lot.
Glücklich kuschelte ich mich unter die Decke, doch an Schlaf war nicht mehr zu denken.

Stattdessen las ich noch einmal den gesamten Chat durch.

Um mich von der zunehmenden Nervosität abzulenken, machte ich mich nützlich und spülte das benutzte Geschirr ab, welches meine Schwester zu sammeln schien.

Vier Stunden später blitzte und blinkte die kleine Küche. Zufrieden goss ich mir eine Tasse Tee auf.

„Hey, was machst du für einen Lärm an meinem freien Tag?", murmelte Christina, als sie gähnend aus dem Schlafzimmer kam. Abrupt blieb sie stehen, als ihr Blick auf die Küchenschränke fiel. „Wahnsinn", stieß sie hervor. „Waren die Heinzelmännchen hier?"

„So ähnlich", antwortete ich und grinste.

„Machst du *so etwas*, wenn du Liebeskummer hast? Ich stopfe stattdessen Schokolade in mich hinein ..."

„Nein, kein Liebeskummer. Ich bin sogar ziemlich glücklich, um es deu..."

„Ernsthaft?", fiel sie mir aufgeregt ins Wort. „Ich will Einzelheiten hören!"

Wortlos entsperrte ich mein Handy und gab es ihr.

Das Lächeln auf ihrem Gesicht wurde immer breiter, je länger sie las. „Oh, da ist gerade eine neue gekommen. Soll ich vorlesen?"

Ich schüttelte den Kopf und nahm das Handy entgegen.

Während Christina im Bad verschwand, blickte ich auf das Display und las:

Taariq
Du kennst meine Zimmernummer noch? Ich lasse die Tür angelehnt, dann brauche ich nicht aus dem Bett zu steigen.

Verblüfft schaute ich auf die Uhr. Es waren keine fünf Stunden vergangen seit der letzten Nachricht.

Rebecca
Faulpelz. Wieso bist du so früh wach? Ich bin in einer halben Stunde da. x

Katastrophe

Jäh erwachte ich. „Was, zum ...?" Meine Augen waren mit etwas Weichem verbunden.

Ein nasser Mund war über meinen Schwanz gestülpt, während eine Hand ihn fest umschloss und zeitgleich bediente.

Als ich die Finger hob, um das Tuch von den Augen zu ziehen, hörte ich ein tadelndes Schnalzen, gefolgt von einem leisen: „Taariq".

„Rebecca, was machst du denn?", stöhnte ich heiser. „Wie bist du hier reingekommen?"

Sie antwortete mir nicht, da ihr Mund erneut mit meinem Schwanz beschäftigt war. Wilde Lust stieg in mir auf.

Ein lautes Klopfen von der Tür her ließ mich zusammenzucken, doch ich ignorierte es. „Hör nicht auf. Verdammt, ist das gut ..."

Ein leise quietschendes Geräusch ertönte, dann hörte ich eine Stimme: „Taariq?"

Vollkommen geschockt blieb mir die Luft weg.

Noch einmal rief Rebecca meinen Namen, Schritte kamen näher.

Erschüttert hob ich den Arm und riss mir das Tuch von den Augen.

Voller Entsetzten starrte ich Veola an, die breit lächelnd an meiner Schwanzspitze lutschte.

„Scheiße, hör sofort auf", rief ich halblaut.

„Taariq?" Ein sachtes Klopfen, dann ging die Schlafzimmertür auf.

Ich konnte nicht anders: Feige schloss ich die Augen. *Lass es ein Albtraum sein,* flehte ich lautlos.

Ein lautes Geräusch zeugte davon, dass Rebecca scharf die Luft einsog. Einige Sekunden blieb es still, dann fragte sie tonlos: „Soll ich warten, bis ihr zwei fertig seid?"

Ich zwang mich dazu, die Augen zu öffnen.

Mit verschränkten Armen stand sie im Türrahmen. Der Ausdruck in ihrem Gesicht war nicht zu deuten, doch sie war leichenblass.

„Rebecca ...", hauchte ich schwach.

„Ja, ich bin es. Normalerweise würde ich mich entschuldigen, dass ich zu einem ungünstigen Zeitpunkt auftauche. Da ich aber deiner Textnachricht gefolgt bin ..." Der Satz verklang.

„Rebecca, es ist ganz anders, als ..."

„... es aussieht?" Sie stieß einen verächtlichen Laut aus. „Wie gut, dass ich mir ohnehin keine Illusionen über dich gemacht habe. Ich bedaure nur zutiefst, dass ich mich auf dich eingelassen habe. Aber wir machen alle mal Fehler." Ruckartig drehte sie sich um und ging mit seltsam steifen Schritten in Richtung Ausgangstür.

Ich stieß Veola zur Seite, sprang auf, und rannte Rebecca hinterher. Sie griff gerade nach der Türklinke, als ich in das Wohnzimmer der Suite stürmte. „Warte, *bitte!* Lass mich erklären ...“

Sie drehte den Kopf und sah mich herablassend an. „Lass mal stecken. Geh ruhig wieder zurück zu deiner *Kollegin.* Es wirkte, als hätte sie durchaus Spaß daran, es dir mit dem Mund zu besorgen.“

Hilflos, und vollkommen unter Schock stehend, sah ich zu, wie sie den Raum verließ. Die Tür klappte zu, blieb aber einen Spalt breit offen stehen.

In meinem Kopf herrschte ein brutales Chaos.

Schon eine Sekunde später verglühte rasende Wut alle Gedanken. Ich stürmte zum Bett, griff nach Veolas Haarschopf, und zerrte sie vom Bett hoch.

Ein schmerzlicher Schrei entfuhr ihr, während ihr Tränen in die Augen schossen. Sie stieß vehement meine Hand weg und fiel auf den Teppich. Heftig atmend kam sie auf die Füße.

„Du hinterhältiges, falsches Miststück. Ich will eine Erklärung“, brüllte ich sie an. Vor lauter Wut sah ich nicht mehr klar.

Als sie zu kichern begann, schlug ich mit der Faust gegen die Wand. „Amüsiert dich das, ja? Wie hast du das gemacht? Ihre Stimme zu imitieren, meine ich?“ Darüber kam ich nicht hinweg. Es war *eindeutig* Rebeccas Stimme gewesen, die meinen Namen ausgesprochen hatte.

Als sie nicht antwortete, brüllte ich donnernd: „Rede, du gottverdammtes Aas!"

Lachend deutete sie aufs Bett. Wie von selbst zogen sich meine Augenbrauen zusammen. Mein irritierter Blick fiel auf ein schwarzes Diktiergerät.

Fassungslos schnellten meine Augen zu Veola zurück, bevor ich mit zitternden Fingern danach griff. Die Kiefer mahlten aufeinander, als ich den Abspielknopf drückte und Rebeccas Stimme erneut: „Taariq", sagte.

Ein zorniger Schrei entfuhr mir.

Bevor ich etwas sagen konnte, ergriff Veola das Wort: „Begreife es endlich: Solange wir den Film drehen, gehörst du mir! Für die Öffentlichkeit werden wir ein Paar spielen, von der Aufmerksamkeit profitieren wir beide. Sei kein Dummkopf, Taariq. Vergiss das fade Mauerblümchen."

„Du kannst mich mal kreuzweise. Deine Aktion wird ein Nachspiel haben, das schwöre ich ..."

„Wage es nicht, mir zu drohen. Du hast keinen Schimmer, mit wem du dich anlegst." Giftig sah sie mich an und verzerrte dabei auf hässliche Weise den Mund.

Obwohl mir die passenden Worte fehlten, zog ich sie erbarmungslos zum Ausgang. Stieß sie – splitternackt, wie sie war – in den Flur. Rasend vor Wut knallte ich die Tür zu, doch sie blieb einen Zentimeter weit offen stehen.

Am Boden

Mehr als zwei Jahre waren ins Land gezogen, darunter kein Tag, an dem ich nicht an Rebecca gedacht hatte.

Etliche Male hatte ich versucht, Kontakt mit ihr aufzunehmen, denn nichts brannte mir schlimmer auf der Seele, als das verfluchte Missverständnis aufzuklären.

Meine Anrufe wurden anfänglich ignoriert oder weggedrückt. Sämtliche Nachrichten blieben ungelesen. Drei Tage später gab es keinen Anschluss mehr unter der Nummer.

Kaum zurück in L.A. war ich zu ihrer Wohnung gefahren, nur um sie leer vorzufinden.

Ein Detektiv konnte ihrer Spur bis nach Atlanta, Georgia folgen. Doch ab da war sie unauffindbar.

In meiner Verzweiflung hatte ich in mehreren Fernsehinterviews die Sendezeit missbraucht, und sie angefleht, sich bei mir zu melden. Jedoch ohne Erfolg.

Als ich zwei Wochen später die Enthüllungsstory an ein seriöses Magazin verkaufte, hoffte ich nach wie vor, bei Rebecca Gehör zu finden.

Doch sie hatte sich nie wieder bei mir gemeldet.

Etwa eindreiviertel Jahre nach dem Vorfall zog ich bewusst einen Schlussstrich.

Es war ein schmerzhafter Lernprozess gewesen, doch am Ende hatte ich endlich die Tatsache begriffen: Sie wollte mich nicht.

In der Nacht nahm ich wahllos eine Frau mit aufs Hotelzimmer und vögelte mir die Seele aus dem Leib.

Ich hasste mich dafür. Doch noch mehr hasste ich Rebecca, denn die ganze Zeit stand dabei *ihr* Gesicht vor meinen inneren Augen.

Es wurde zu einer Sucht, der ich mich nicht entziehen konnte. Beinahe jede Nacht nahm ich mir eine andere Frau und schlief mit ihr, in der Hoffnung, Rebecca endlich vergessen zu können.

Als ich damit begann, schlachteten die Medien voller Schadenfreude meinen neuen Lebensstil aus.

Etwa zwei Monate später interessierte sich niemand mehr dafür. Auch wenn sich die Presse immer wieder einen Spaß daraus machte, mich mit meiner jeweiligen Gespielin abzulichten, um die reißerischen Storys in diversen Boulevard Blättern unters Volk zu bringen. Es war mir scheißegal.

An diesem Morgen lag ich im Bett, die Augen unter dem Arm versteckt, um nicht zusehen zu müssen, wie die Frau von letzter Nacht ihre Sachen aufklaubte, sich anzog und wortlos verschwand.

Erst, als die Tür hinter ihr zufiel, atmete ich auf.

Ich zog den Arm herunter, starrte blicklos aus dem Fenster.

Innerlich fühlte ich mich ausgebrannt. Nichts kam mehr an mich heran, jedes Gefühl in mir war abgestorben. Dennoch sprang ich auf, um unter die Dusche zu gehen. Die fremden Gerüche, die mir nach den hemmungslosen Nächten anhafteten, widerten mich an.

Wenn ich nur das Schuldgefühl gleichermaßen abwaschen könnte ...

Das Einzige, was mich bei der Stange hielt, war die Arbeit. Ohne sie hätte ich mich in einer psychiatrischen Klinik wiedergefunden, davon war ich felsenfest überzeugt.

Erstaunlicherweise hatte ich mir einen Platz in der A-Liste Hollywoods erspielt. Jeden Tag flatterten neue Rollenangebote ins Haus, mein Marktwert war um das Dreifache angestiegen.

Im Januar hatte ich die Auszeichnung des besten Hauptdarstellers in der Kategorie Drama bei den Golden Globes abgeräumt. Vor einigen Tagen den Academy Award. Ironischerweise für eine Rolle als eiskalter, gefühlloser Killer, der am Ende von der einzigen Frau verlassen wird, die jemals Gefühle in ihm erwecken konnte.

Während das brühend heiße Wasser an meinem Körper herablief, dachte ich an die Oscar-Nacht zurück.

Für einen kurzen Moment hatte ich in meiner Dankesrede an Rebecca appellieren wollen, mir eine letzte Chance zu geben, da ich sie noch immer liebte. Doch mir war bitter bewusst, dass sie mir keine gewähren würde.

Dennoch hatte ich sie in der Rede erwähnt.

„Ich danke der einen Person, die ich nicht namentlich nennen muss. Ja, es ist möglich, seelische Qualen umzuwandeln, sie für meine Arbeit zu nutzen. So effektiv, dass ich dafür mit dieser Auszeichnung belohnt werde, an der mir absolut nichts liegt. Ich gratuliere dem gesamten Team, dass ihr die Zusammenarbeit mit mir überlebt habt, und sollte mich wohl für meine Launen entschuldigen, die ihr erdulden musstet."

Damit hatte ich viel Gemurmel und Gelächter geerntet. Doch es war mir egal.

Das Internet feierte die Dankesrede, und es dauerte nicht lange, bis in den Spekulationen darüber der Name Rebecca auftauchte.

Mit einem tiefen Seufzer kehrte ich in die Gegenwart zurück, spülte mir das Shampoo aus den Haaren. Erst, als ich mich abtrocknete, fühlte ich mich – halbwegs – menschlich. Im Spiegel starrte mir ein Gesicht entgegen, an dass ich noch immer nicht gewöhnt war. Ernste Augen, ein zusammengepresster Mund. Zwei tiefe Kerben, die sich zwischen Nase und Mund eingegraben hatten.

Angewidert wandte ich mich ab und ging ins Schlafzimmer hinüber, um mich anzuziehen. Anschließend warf ich die üblichen Sachen in meinen kleinen Reisekoffer.

Erst eine halbe Stunde später kam ich dazu, durchzuatmen. Ein Taxi brachte mich zum Flughafen. Morgen früh würde ich live bei *Good Morning America* sein, um die Werbetrommel für meinen Film *Stoke Up A Feud* zu rühren.

In der Hosentasche vibrierte mein Handy. Seufzend zog ich es hervor. „Ja", bellte ich hinein.

„Hey, charmanter Bruder. Ich bin bereits in New York angekommen. Ich konnte einen früheren Flug erwischen."

„Toll", murmelte ich und schloss müde die Lider.

„Hör mal, ich habe kapiert, dass dich die alte Story ankotzt. Und dass wir alle besser daran tun, sie ruhen zu lassen. Aber wenn ich nicht vollkommen daneben liege, dann ... Warte, ich schicke dir ein Foto. Dann sagst du mir, ob ich recht habe."

Es blieb lange still in der Leitung, bis auf ein paar statische Geräusche. Dann hörte ich Zain sagen: „Schau mal in deinen Nachrichten, falls du noch nicht dabei bist."

„Warte", grummelte ich und fragte mich desinteressiert, was mich dort erwarten würde.

Das Herz setzte mir aus.

Nicht nur einen Schlag, sondern gefühlte zehn.

Fassungslos starrte ich auf ein Foto, dass mir jeden Atem raubte. Eine schmale Gestalt vor einem Buchregal, von der Seite fotografiert. Das Gesicht der Kamera zugewandt, auch wenn die Augen zur Seite schauten, als würde sie jemanden ansehen, der hinter ihr stand.

Rebecca.

Mein Herz hämmerte und ich kniff die Augen zusammen, als ich es mit einem hastigen Doppelklick vergrößerte, um es intensiver betrachten zu können.

Undeutlich drang Zains Stimme aus dem Telefon, doch ich brauchte noch einige Sekunden, bis ich die Kraft aufbrachte, das Handy ans Ohr zu halten.

„Taariq? Ist sie es? Oder bin ich schon so bekloppt wie du?"

Der erste Versuch, ein Wort hervorzubringen, scheiterte. Nach einem verkrampften Räuspern schaffte ich es endlich: „Sie ist es. Oder eine hundertprozentige Doppelgängerin. Verfluchte Scheiße ... Ich lande erst in in etwa sechseinhalb Stunden in New York ..."

„Wenn ich dich beruhigen darf: Sie scheint hier zu arbeiten. Also hast du gute Chancen, sie abzupassen."

„Wo?" Mehr brachte ich nicht hervor.

„Barnes & Noble, wo sonst." Zain lachte leise.

Natürlich, der Lieblingsbuchladen meines Bruders.

Das Herzrasen beruhigte sich geringfügig, doch meine Gedanken spielten verrückt.

Zum ersten Mal seit zwei Jahren bestand eine realistische Chance, sie wiederzusehen ...

„Soll ich sie im Auge behalten?"

Gequält lachte ich auf. „Du hast sicher Besseres zu tun, als deine Zeit für mich zu opfern."

„Glaube es, oder auch nicht, aber ich mache es gerne für dich, wenn du es möchtest. Seltsamerweise bist du noch immer mein Lieblingsbruder, auch wenn sich deine Persönlichkeit – für meinen Geschmack – etwas zu drastisch verändert hat."

Ich hörte ihn lachen, dann sprach er weiter: „Jeder in der Familie wünscht sich, dass du ... Du weißt, was ich sagen will, kleiner Bruder."

Sekundenlang schwieg ich und schluckte schwer, doch der Kloß in meinem Hals war gewaltig. „Danke", murmelte ich und rieb mir mit der Hand über das Gesicht. „Danke, dass du für mich die Augen offengehalten hast. Das bedeutet mir mehr, als du ahnen kannst."

Mit belegter Stimme sagte Zain: „Du kannst jederzeit auf mich zählen, Taariq. Wir sprechen uns später. Ruf an, wenn du landest."

„Ich komme direkt dahin. In welcher Straße ist der Laden?"

„555 5th Avenue."

„Ich werde eine Stunde brauchen bis in die Stadt."

„Du weißt, wo du mich findest. Bis später."

Am anderen Ende wurde aufgelegt, und sofort öffnete ich das Bild erneut. Mein Herzschlag beschleunigte sich abermals. Das war meine Rebecca, ohne Zweifel.

Der Wagen hielt, und der Fahrer nannte mir die Summe. Ich reichte ihm einen Geldschein und winkte ab, als er mir Wechselgeld geben wollte. Eilig stieg ich aus.

Kurz vor dem Abflug erhielt ich eine weitere Nachricht von meinem Bruder.

Zain

Dieses Bild konnte ich vor zwei Minuten machen, darauf ist sie deutlicher zu erkennen. Immer noch einhundert Prozent, sie ist es?

Ich ignorierte den Hinweis der Flugbegleiterin, dass ich das Handy ausschalten müsse. „Eine Minute", murmelte ich fahrig und starrte das Foto an. Eine Nahaufnahme, leicht unscharf. Eine Gänsehaut kribbelte auf meinen Armen.

Taariq

Einhunderttausend Prozent.

Einen Moment später kam die prompte Antwort.

Zain
Ich bleibe dran. Du bist mir ein Mittagessen schuldig. Mindestens. (Verdammt, mein Magen knurrt!)

Taariq
Die nächsten hundert gehen auf mich.

Mit einem unruhigen Flackern im Bauch strebte ich dem Eingang entgegen. Mein Blick glitt an der Fassade hoch, strich über die grüne Markise, und blieb oberhalb davon an den goldenen Lettern hängen.

Äußerlich war es mir sicherlich nicht anzumerken, doch in mir tobte ein Sturm. Blanke Nervosität lag in erbittertem Streit mit einer beklommenen Sorge, über die ich nicht nachdenken mochte.

Auf keinen Fall wollte ich dem Gedanken von Versagen Raum geben.

So wie bei den Dreharbeiten konzentrierte ich mich voll auf mein Ziel, darum bemüht, einzig die positiven Gedanken zuzulassen.

Ich brauchte einige Minuten, um Rebecca zu finden. Von dem Moment an konnte ich das Zittern meiner Finger nicht mehr unterdrücken, was das Absetzen der Sonnenbrille nicht leichter machte.

Sie sortierte Bücher in die Regale, die praktisch überall herumlagen. Achtlos von Kunden liegengelassen, die sich nicht die Mühe gemacht hatten, sie an Ort und Stelle zurückzustellen.

Für einen langen Moment betrachtete ich sie, sog ihren Anblick in mich auf wie ein Schwamm. Sie war dünn geworden. Zu mager, in meinen Augen. Die Haare um einiges kürzer, reichten ihr nur noch bis zum Schulterblatt.

Ich war dankbar, dass nicht allzu viele Kunden anwesend waren. In einer Stunde würde der Laden schließen. Und ich betete, sie dazu überreden zu können, mich nach Feierabend zu begleiten, wohin auch immer.

Schwer schluckend raffte ich all meinen Mut zusammen, um auf sie zuzugehen, als sie unvermittelt aufsah. Ich bemerkte, wie sie in der Bewegung gefror, sah die Bestürzung in ihrem Blick. Ihre Lippen teilten sich, als hätte sie - wie ich - Mühe beim Atmen.

„Rebecca", sagte ich leise und ließ sie nicht aus den Augen.

Ein deutlich hörbares Japsen drang aus ihrem Mund.

Durfte ich es als gutes Zeichen deuten, dass sie nicht davonlief? Ich glaubte nicht daran. Sie wirkte, als wäre sie außerstande, sich zu bewegen. Die Frage war nur, wie lange es anhalten würde.

Auf dem Flug hatte ich tausendfach darüber nachgedacht, was ich sagen sollte. Doch in diesem Moment war mein Kopf komplett leer gefegt.

„Ich habe dir nichts zu sagen. Und es gibt nichts, was ich mir von dir anhören will", wisperte sie.

Mühsam schluckte ich, als herbe Enttäuschung mich durchsickerte. „Es ist so viel Zeit vergangen. Bitte, könntest du dich überwinden, mir eine halbe Stunde von deiner Zeit zu schenken?" Flehend schaute ich sie an, die Hände zu Fäusten geballt.

Ihr Blick fiel zu Boden, ehe sie fast unmerklich den Kopf schüttelte. „Nein. Es hat damals keinen Sinn gemacht, und jetzt erst recht nicht mehr."

„Mir ist bewusst, dass ich dir wehgetan habe. Wenn du mir nur erlau…"

Mit einer erschreckend tonlosen Stimme schnitt sie mir das Wort ab: „Nein, du hast mir nicht wehgetan. Wie ich gesagt habe: Ich hatte mir keinerlei Illusionen über dich gemacht. Von daher war der Tag schnell abgehakt."

„Abgehakt, ja?" Jeder Atemzug schmerzte, und ich spürte eine Ohnmacht in mir, die mich verstummen ließ. Ich wandte den Kopf zur Seite, da ihr Anblick mir fast körperliche Schmerzen zufügte, während mein Gesicht spürbar blass wurde.

Aus dem Nichts heraus begann mein rechtes Augenlid zu zucken, und ich presste den Handballen darauf, um den Reiz zu mildern.

Tief rang ich um Luft. „Ich konnte dir nie sagen, dass ich mich ..." Ich brach ab, als ich endlich - *wirklich* - verstand: Nichts auf der Welt würde sie dazu bringen, mich noch einmal in ihr Leben zu lassen. Von ihrem Herzen ganz zu schweigen.

Bitter lachte ich auf, als die Reste meines Herzen ein zweites Mal zerbrachen. Wie gelähmt fiel mein Arm herunter. „Scheißegal ... Hauptsache, du bist glücklich. Ich wünsche dir alles Gute, und das meine ich ehrlich."

Knapp nickte ich und presste die Kiefer aufeinander. Fluchtartig wandte ich mich ab und ging mit zielstrebigen Schritten zum Ausgang.

Nur weg hier...

Ich wollte so viel Abstand wie möglich zwischen sie und mich bringen, bevor ich den Verstand vollkommen verlor. Denn es fehlte nicht viel, und ich würde zurückstürmen, um sie anzuflehen. Wahrscheinlich sogar auf Knien ...

Es war mir unbegreiflich, warum ihre Abweisung so schmerzte. Garantiert war ich in den vergangenen zwei Jahren durch die Hölle gegangen.

Doch wie es mir vorkam, begann die wirkliche Reise durch die ewige Finsternis erst jetzt.

Kurz vor der Tür wurde ich umringt von Menschen, die laut um Autogramme baten, aber wie ein Eisbrecher bahnte ich mir einen Weg, die Hände abwehrend erhoben.

Zain

Kaum war er außer Sichtweite, sackte ich in die Knie, unfähig, noch länger aufrecht zu stehen. Ein Zittern erfasste meinen Körper. Hilflos schloss ich die Augen.

Dämliche Kuh! Wie oft hatte ich mir gewünscht, noch einmal mit ihm reden zu können? Warum, zum Teufel, hatte ich ihn weggeschickt?

Daran musste der Schock des unerwarteten Wiedersehens Schuld sein, anders konnte ich es mir nicht erklären.

Ich sollte aufstehen und ihm nachlaufen!

„Geht es Ihnen nicht gut?" Ein Mann tauchte neben mir auf, der eine verblüffende Ähnlichkeit mit Taariq hatte. Seine Finger streckten sich mir entgegen, die dunklen Augen trugen einen freundlichen Ausdruck. „Ich helfe Ihnen auf, wenn Sie mir Ihre Hand geben."

Ich sah zu ihm hoch. Die Überzeugung, dass er zu Taariqs Familie gehörte, festigte sich in mir.

„Ich sehe schon, mein Aussehen hat Ihnen den richtigen Gedanken eingegeben. Ich leugne nicht, Taariqs Bruder zu sein." Er verstummte, gab mir damit die Gelegenheit, mich zu sammeln.

Als ich stumm nickte, fuhr er sanft fort: „Ich muss mich bei Ihnen entschuldigen. Hätte ich Sie nicht erkannt, dann wäre Ihnen eine Begegnung mit meinem Bruder erspart geblieben. Da ich jedoch weiß, wie viel ihm daran gelegen ist, mit Ihnen reden zu dürfen, habe ich ihn gebeten, herzukommen."

Ungläubig lachte ich auf. Mit erschreckend rauer Stimme erwiderte ich: „Er ist doch niemals wegen mir in ein Flugzeug gestiegen."

Warum nur klopfte mein Herz so verräterisch schnell bei dem Gedanken?

„Ich verbürge mich dafür, dass er es getan hätte. Allerdings war er ohnehin auf dem Weg nach New York, um morgen bei *Good Morning America* dabei zu sein." Interessiert musterte er mich, als meine Wangen heiß wurden. „Darf ich Ihnen aufhelfen?"

Noch immer streckte er mir die Hand entgegen. Er lächelte, als ich sie zitternd ergriff. Äußerst sanft zog er mich hoch. „Dort steht eine bequem aussehende Couch. Darf ich?" Nach meinem Ellenbogen greifend führte er mich hinüber.

Leise seufzend setzte ich mich.

Er nahm neben mir Platz. „Ihnen ist sicher bewusst, dass ich loyal zu meinem Bruder stehe und es ungern hinnehme, dass es ihm schlecht geht. Und zwar wegen Ihnen."

Scharf sog ich den Atem ein.

Er ließ mich nicht zu Wort kommen. „Sie machen den Eindruck, widersprechen zu wollen. Was ich durchaus nachvollziehen kann. Doch wenn Sie erlauben, würde ich Ihnen gerne meine Sichtweise nahebringen, da Sie ihm nicht gestatten, sich zu erklären."

„Verflixt, sind Sie höflich. Auf eine anstrengende Weise, um es deutlich zu sagen ...", murmelte ich und schlug die Augen nieder, während ich noch immer gegen den Schock und das Zittern ankämpfte.

Verblüfft starrte er mich an. Dann platzte ein lautes Lachen aus ihm heraus. „Verzeihung. Die guten Manieren brechen immer aus mir hervor, wenn ich etwas erreichen möchte. Die Vergangenheit hat mich gelehrt, dass man mit Höflichkeit mehr erreicht als mit Forderungen oder Anschuldigungen."

„Verstehe. Mir wäre es dennoch lieber, Sie würden frei von der Leber weg sprechen. Sonst bekomme ich Kopfschmerzen", erwiderte ich halb im Scherz.

Seine Augen weiteten sich. Einen Moment lang schien er sprachlos zu sein. Fast unhörbar murmelte er: „Allmählich begreife ich, was Taariq an Ihnen findet."

Meine Augenbrauen zogen sich wie von allein zusammen.

Sein strahlendes Lächeln raubte mir den Atem, da es Taariqs so ähnlich war. Tatsächlich trieb es mir jähe Tränen in die Augen.

„Darf ich fragen, wann Sie Feierabend machen? Ich würde es überaus zu schätz..."

Mühsam drängte ich die Tränen zurück, schnalzte tadelnd mit der Zunge. „Frei von der Leber weg."

Ein schiefes Grinsen war seine einzige Antwort.

„Ich habe bereits Feierabend. Seit fünf Uhr, um es genau zu sagen."

Seine Augenbrauen hoben sich. Erstaunt betrachtete er mich. „Weshalb sind Sie dann noch hier?"

„Ich fühle mich hier wohl. Man ist nie allein ... Und mein winziges Apartment ist nicht so der Bringer." Ein schwaches Lächeln zog um meinen Mund. „Wie heißt du eigentlich?" Unwillkürlich ging ich zum lockeren *Du* über.

„Zain."

„Woher kommt der Name? Solch exotische Namen ..." Abrupt verstummte ich.

„Taariq und ich sind arabischer Abstammung. Wir zählen zur fünften Generation unserer Familie, die hier in Amerika geboren wurden."

Mit einem Lächeln konterte er mein Nicken. „Kann ich dir eine unverschämte Frage stellen: Magst du mit mir irgendwo hingehen, wo es etwas zu essen gibt? Ich bin schon ganz entkräftet. Immerhin observiere ich dich seit ...", er blickte auf seine Uhr, „... guten sieben Stunden."

Verblüfft sah ich ihn an und wunderte mich, weshalb ich ihn nicht bemerkt hatte.

„Du weißt, ich möchte mit dir über Taariq reden. Ich verspreche, sofort damit aufzuhören, wenn es dir zu unbequem wird."

Sekundenlang zögerte ich. Im Grunde wollte ich mit Taariq reden, nicht mit seinem Bruder. Auch wenn ich ihn sympathisch fand.

Ich sollte mir anhören, was er zu sagen hat, dachte ich. *Auf seine Hilfe bin ich ohnehin angewiesen, wenn ich mit Taariq reden will.*

Ein lautes Knurren seines Magens reizte mich zum Lächeln. „Einverstanden. Um ehrlich zu sein: Ich kann ebenfalls eine Stärkung gebrauchen."

Wir saßen einander gegenüber an einem hölzernen Tisch, dessen Platte dringend etwas Pflege benötigte. Doch das Essen war hervorragend.

Zain verdrehte die Augen und stöhnte während des Kauens: „Für dieses Steak würde ich töten ..."

Leise lachte ich. „Die Preise sind etwas zu hoch. Was bedeutet, dass ich es mir nicht so oft gönnen kann, wie ich möchte. Aber es stimmt, hier wird das beste Steak von ganz New York serviert."

„Als Kavalier alter Schule", er hob bedeutungsvoll die Augenbrauen und wackelte auf lustige Weise mit ihnen, „übernehme selbstverständlich ich die Rechnung."

Ich kicherte unfreiwillig und wunderte mich, wie entspannt ich in der Gesellschaft von Taariqs Bruder war. Allerdings erwiderte ich mit ernstem Unterton: „Ich habe gewisse Probleme damit, von arabisch-stämmigen Männern Geld anzunehmen, in welcher Form auch immer. Deshalb zahle ich mein Essen selbst."

Halb verdrossen, halb amüsiert verzog er das Gesicht, ehe er mich unverhofft bat, ihm meine Sicht der verfahrenen Situation zu schildern.

In nur wenigen, äußerst knappen Worten tat ich es, verstummte nach kurzer Zeit wieder.

Zains Blick lag unübersehbar auf seiner Armbanduhr. „Wow ... *Eine* Minute, um etwas zu schildern, was meinem Bruder den Boden unter den Füßen weggezogen hat." Sichtlich erschüttert schweiften seine Augen ab, die zusammengezogenen Brauen bildeten beinahe eine durchgezogene Linie.

Fest verschränkte ich die Arme vor der Brust und lehnte mich zurück, presste den Rücken gegen die harten Holzstreben der Lehne. Innerlich wappnete ich mich gegen alles, was jetzt kommen würde.

Zain strich sich geistesabwesend über den Mund. Als er mir den Blick zuwandte, trugen seine Augen einen überaus ernsten Ausdruck. „Ich werde dir meine bescheidene Sichtweise darlegen, wenn du gestattest. Ich werde nicht für Taariq sprechen, da er sich mir nie anvertraut hat."

Mit einem schwachen Lächeln konterte er meinen erstaunten Blick.

„Zeitlebens kenne ich meinen Bruder als einen liebenswerten, aufgeschlossenen Menschen. Familienbezogen, fürsorglich und ehrlich. Eben so, wie wir Kinder erzogen wurden. Die erste, grundlegende Veränderung zeigte sich, nachdem er dich traf. Wir alle - meine Eltern, Schwestern und ich - haben es sofort bemerkt."

Zain nahm einen Schluck von seinem Wasser. „Von dem Tag an war von seiner gelassenen, in sich ruhenden Art nichts mehr übrig. Er war angespannt, unruhig, mit den Gedanken ständig woanders. Doch auch unbestreitbar zuversichtlich. Als wir ihn darauf angesprochen haben, sagte er lediglich, dass er eine Frau kennengelernt hat. Für eine verflixt kurze Zeit funkelte ein Leuchten in seinen Augen, das uns alle lächeln ließ."

Er machte eine Pause, gab mir damit Zeit, um die Worte sacken zu lassen.

Erst als ich ihn mit Blicken aufforderte, fortzufahren, sprach er weiter.

„Im Februar vor zwei Jahren kam dann die extreme Veränderung. Taariq selbst hat sich uns nicht anvertraut. Doch wir konnten später in dem L.A. Times Interview nachlesen, was vorgefallen war."

Seine Augenbrauen zogen sich zusammen. Er räusperte sich umständlich, ehe er weitersprach.

„Taariq und ich sehen uns nicht häufig, da er ständig unterwegs ist. Doch ich besuchte ihn, wie wir es verabredet hatten, als er zurück nach L.A. kam. Er war ... Wie soll ich es beschreiben ...? Im Katastrophenzustand? Deutlich erinnere ich mich, wie er alle paar Sekunden fieberhaft versucht hat, dich telefonisch zu erreichen. Ich war an seiner Seite, als er bei dir geklingelt hat, und jemand ihm sagte, du wärst ausgezogen. Du hast nicht gesehen, wie erschüttert und verzweifelt er vor deinem Haus stand. Du hast nicht gesehen, wie er zusammengebrochen ist. Oder wie seine Augen aussahen, als all seine Hoffnung zerbrach, da er nun keine Möglichkeit mehr besaß, sich dir zu erklären."

Es bereitete mir Mühe, zu atmen. Ich war so erschüttert von den Bildern, die in meinem Kopf entstanden, dass ich kurz davor stand, in Tränen auszubrechen.

„Hast du jemals eines der Interviews gesehen, in denen er dich angefleht hat, dich bei ihm zu melden?", fragte er rhetorisch, ohne eine Antwort einzufordern, und räusperte sich.

„Ich habe in den Monaten danach mehrmals, was sage ich, tausendfach versucht, ihn zum Reden zu bringen. Denn ich konnte den Abgrund, vor dem er stand, deutlich spüren. Doch er hat jedes Hilfsangebot abgelehnt. Stattdessen hat er sich in sich selbst vergraben."

Seufzend fügte er hinzu: „Es tat ihm nicht gut ...
Vor etwa vier Monaten hat er es drastisch bewiesen, da er einen Weg einschlug ... Du weißt, wovon ich rede?" Fragend sah er mich an.

Knapp nickte ich, während mir ein Stich durchs Herz schoss. „Von seinen One-Night-Stands."
Christina hielt mich zwangsweise auf dem Laufenden. Ich selbst weigerte mich, etwas über Taariq im Fernsehen anzuschauen oder über ihn zu lesen.

„Ganz recht. Ich bin überzeugt davon, er tat es nur deswegen, weil er nicht mehr ein noch aus wusste." Bei den Worten sah er mir eindringlich in die Augen. „Zu meiner persönlichen Schande habe ich ihn an einem Abend gezielt mit Alkohol abgefüllt, in der Hoffnung, Zugang zu ihm zu bekommen. Er hat sich nicht vollkommen geöffnet, doch ..." Für eine Sekunde pausierte er, dann sagte er leise: „Er hat die Frauen *Huren* genannt."

Regungslos erwiderte ich den Blick.

„Das lässt dich kalt, wie ich zu erkennen glaube."

Ich zuckte mit der Schulter und nickte.

„Dann lass mich dir ein wenig Hintergrundwissen vermitteln. Bei den Arabern - auch wenn wir noch so amerikanisch erzogen wurden - steht die Frau als solches hoch in der Achtung des Mannes. Das gilt für jede Frau: Die Mutter, die Schwester, Ehefrau oder Cousine. Auch wenn der Mann das Sagen in der Familie hat."

Ich runzelte die Stirn.

Hastig fügte er hinzu: „Dennoch wird ein arabischer Mann seine Frau stets auf Händen tragen, den Boden unter ihren Füßen anbeten. Wir haben von klein auf gelernt, dass man weiblichen Wesen mit Respekt und Ehrerbietung begegnet."

Ein leises Begreifen stieg in mir hoch.

„Niemals würden wir eine Frau so weit herabwürdigen, dass wir sie mit Schimpfwörtern betiteln. Nun, mein Bruder hat den Schritt getan. Und tief in mir weiß ich, er verachtet und hasst sich selbst dafür."

Hörbar rang er nach Luft. „Normalerweise würde dir das alles nicht erzählen, da ich weiß, eine Einmischung steht mir nicht zu. Aber ich kann nicht tatenlos mit ansehen, wie mein Bruder zugrunde geht, wenn sich mir die Gelegenheit bietet, ihm zu helfen. Die ganze Familie hat in den vergangenen zwei Jahren für eine solche Chance gebetet ..."

Er räusperte sich. „Bitte, versuche einen Augenblick lang deine Verbitterung zur Seite zu schieben, die ich bestimmt nicht in Abrede stellen möchte. Doch stelle dir einen Moment lang vor, in *seinen* Schuhen zu stecken. Du bist verzweifelt auf der Suche nach einer Möglichkeit, Gehör zu finden bei der Frau, die dir keine Gelegenheit dazu bietet. Die verschwunden ist, deren Telefonnummer sich im Nichts aufgelöst hat."

Eindringlich sah er mich an. „Du kennst Taariq nicht, wie ich ihn kenne. Mein Bruder *existiert* nicht mehr. Er hat sich selbst verloren. Seit dem Tag vor zwei Jahren stürzt er in einen Abgrund, außerstande, den Fall aufzuhalten. Und da ist kein Netz, das ihn auffängt, denn ein Ende wird ihm verweigert. Ersetze das Wort Ende wahlweise mit Abschluss, Aussprache, Chance, oder was auch immer dir für ein passendes Wort einfällt."

Mit nassen Augen starrte ich ihn an. Ein bohrendes Schuldgefühl schien meinen Brustkorb entzweizubrechen. Ich erinnerte mich, wie blass Taariq geworden war, als ich sagte, ich hätte den Tag längst abgehakt.

Entsetzt schloss ich die Augen. Reumütig gestand ich mir ein, ihm die faustdicke Lüge hingeworfen zu haben, ohne dabei an *seine* Gefühle zu denken. Ich war einzig darauf aus gewesen, mein verletztes Herz zu schützen.

Was, wenn Zain recht hatte? Wenn seine Theorie vom freien Fall stimmte?

Mit einem Mal schämte ich mich zutiefst. Ein Schluchzen brach aus meiner Kehle hervor, und ich bemühte mich verzweifelt, die Tränen zurückzudrängen.

Ich hob den Blick und fand seine Augen, die mich bang und zugleich hoffnungsvoll ansahen. „Kannst du mich zu ihm bringen, bitte? Wäre das möglich?"

Seine Schultern sackten herunter, als die Anspannung sichtlich von ihm abfiel. Er hob die Augen zur Decke und dankte halblaut Allah für seine Güte.

Ein strahlendes Lächeln erhellte sein Gesicht, als er nach seinem Handy griff und zu tippen begann. „Ich habe Taariq nur gefragt, in welchem Hotelzimmer wir untergekommen sind", erklärte er munter, ehe er sich erhob und mir die Hand entgegenstreckte. „Aber keine Sorge, für diese Nacht suche ich mir eine andere Unterkunft."

Scherben

„Ich bin es. Mach auf." Zains Stimme tönte laut, als er mit der Faust gegen die Tür hämmerte.

Es dauerte eine Weile, bis sie nach innen aufgezogen wurde. Taariq hielt den Kopf gesenkt, sein Blick war zu Boden gerichtet.

Er hatte sich bereits abgewandt, als ich ihn leise ansprach: „Taariq?"

Das Glas mit der bernsteinfarbenen Flüssigkeit glitt ihm aus der Hand, rollte einige Meter davon.

Der Whisky versickerte im Teppich, doch er schien es nicht einmal wahrzunehmen. Wie in Trance hob er den Kopf und drehte sich um. Aus weit aufgerissenen Augen starrte er mich an.

„Darf ich reinkommen?", fragte ich beklommen. Meine Innereien schienen sich zu verknoten.

Wortlos stand er vor mir.

Je länger er schwieg, umso verunsicherter fühlte ich mich. Bang nagte ich an der Lippe.

„Natürlich lässt er dich rein", sagte Zain deutlich vernehmbar. „Ich habe doch nicht all die Mühe auf mich genommen, damit ihr zwei euch anschweigt." Er legte die Hand in meinen Rücken und gab mir einen Schubs.

Zwei kurze Schritte stolperte ich vorwärts, kam Taariq damit bedenklich nahe. Fast berührten sich unsere Körper.

Er wich zurück, und ich schluckte krampfhaft.

Zain holte Luft, als wollte er etwas sagen, doch ich wandte mich zu ihm um. „Ich denke, du kannst unbesorgt gehen. Ich habe keine Waffe bei mir, und meine Hände sind nicht stark genug, um ihm etwas zu tun. Du wirst ihn also lebend wiedersehen. Okay?", sagte ich leise mit einem Zwinkern.

Zain lächelte schief und schüttelte amüsiert den Kopf. „Allmählich ärgere ich mich, dass Taariq dich zuerst gefunden hat, verdammt ..." Er erwiderte das Zwinkern, drehte sich um, und ging entspannt den Flur hinunter. Leise klappte die Tür zu.

Nervös wandte ich mich zu Taariq um.

Er starrte mich an, der Mund leicht geöffnet.

In mir herrschte ein totales Gefühlswirrwarr. Verunsichert verzog ich den Mund. „Ich kann gehen, wenn du das ..."

„Nein", rief er etwas zu laut und zu hastig, wobei ich seine Stimme kaum erkannte, so brüchig klang sie. „Nein", wiederholte er etwas leiser. „Komm rein, bitte."

Ein schwaches Lächeln brachte ich zustande, doch es verschwand sofort wieder.

„Möchtest du dich setzen?" Mit dem Arm deutete er zur Couch.

Wortlos ging ich an ihm vorbei und nahm Platz. „Pass auf", rief ich laut, als er einen Schritt auf mich zu machte.

Ein splitterndes Geräusch ertönte. Taariq stieß einen unterdrückten Schmerzenslaut aus, was mich sofort aufspringen ließ. „Verdammt", stöhnte er halblaut. Zischend entwich aus seinem Mund der Atem.

Mit beiden Händen umfasste ich seinen Arm. „Setz dich. Lass sehen, wie schlimm es ist."

Die Schritte bis zum Sofa hüpfte er auf einem Bein, während ich ihn stützte. Ächzend ließ er sich ins Polster fallen.

Schon kniete ich neben ihm und streckte die Hand nach seinem Knöchel aus. Behutsam hob ich das Bein hoch und beugte mich vor, um bessere Sicht zu haben. „Oh ... Da steckten einige Scherben in deiner Fußsohle." Sofort griff ich zu, zog das größte Stück heraus.

„Nicht", stieß er laut hervor.

Verwundert sah ich zu ihm hoch.

„Ich blute, und du hast keine Handschuhe an", sagte er mit blassem Gesicht.

Meine Augenbrauen hoben sich, als hätten sie ein Eigenleben. „Und?"

Er schloss die Augen, ehe er das Gesicht in den Händen verbarg. „Was, wenn ich nicht gesund bin?", flüsterte er.

Einige Sekunden lang blieb es still zwischen uns, dann entfernte ich unbeirrt das nächste Bruchstück.

„Rebecca", hauchte er und sah mich an. „Bitte, tu das nicht."

„Zu spät", sagte ich mit einem halben Lächeln, ehe ich zwei weitere Scherben herauszog. „Rein visuell sind alle draußen. Willst du vorsichtig fühlen, ob ich etwas übersehen habe?"

Entsetzt blickte er auf meine linke Handfläche, auf der die blutigen Glasscherben lagen.

„Wenn du es nicht machen möchtest, dann werde ich es tun", sagte ich leise.

Seufzend strich er mit den Fingerspitzen über seine verletzte Haut, bewegte den Fuß, und murmelte: „Scheint so, als wäre alles raus."

„Gut", murmelte ich erleichtert und stand auf. „Bleib sitzen." Mich kurz umsehend ging ich zum Telefon hinüber, das auf dem Schreibtisch stand, und klingelte bei der Rezeption an.

Umstandslos ließ ich die Glassplitter in den Papierkorb fallen.

„Es gab einen kleinen Unfall in Zimmer 505. Wir benötigen Verbandszeug und eine freundliche Seele, die ein paar Scherben und Glassplitter aufsaugen würde."

„Geben Sie mir fünf Minuten, ich schicke Ihnen jemanden hoch", kam prompt die Antwort.

„In Ordnung. Vielen Dank", erwiderte ich und legte auf. Fragend wandte ich mich an Taariq: „Badezimmer?"

„Durch das Schlafzimmer." Er deutete mit dem Finger in die Richtung.

Mit gewaschenen Händen, die einen nassen Waschlappen festhielten, ging ich zu ihm zurück und kniete mich erneut hin. „Das wird eventuell wehtun."

„Völlig egal", murmelte er.

Behutsam säuberte ich die Wunde und sagte in einem neckenden Ton: „Wenigstens hast du jetzt etwas, dass du morgen in *Good Morning America* erzählen kannst, wenn du humpelnd das Studio betrittst ..."

Es klopfte an der Tür.

Ich sprang auf, um zu öffnen.

Eine junge Frau stand im Flur, einen Erste-Hilfe-Kasten in der Hand.

„Danke", sagte ich und nahm die weiße Plastikbox an mich. „Die Scherben sind hier." Ich deutete auf die Stelle, ehe ich mich erneut hinkniete.

Ein Seufzen lenkte unsere Aufmerksamkeit zu der Hotelangestellten, die Taariq verträumt anblickte.

Sie errötete, als sie unsere Blicke bemerkte, riss sich sichtlich zusammen, und brachte den Staubsauger herein. Sogleich erfüllte ein ohrenbetäubender Lärm den Raum.

Ich nahm eine Kompresse und drückte sie behutsam gegen die Schnitte. „Hältst du die fest, bitte, bis es aufgehört hat zu bluten?"

Ohne auf eine Antwort zu warten, lief ich ins Badezimmer, um mich anschließend neben ihn auf die Couch zu setzen. „Gib mir deine Hand", bat ich leise und hob den ausgespülten Waschlappen hoch.

Er streckte sie mir entgegen.

Sanft wischte ich das Blut von seinen Fingern und versuchte das Kribbeln zu ignorieren, das die Berührung unserer Hände in mir auslöste.

Seine Augen folgten unablässig den Bewegungen.

„Die andere?"

„Ist sauber, danke."

Der Staubsauger verstummte.

„Kann ich den Waschlappen wegwerfen? Oder geht der in die Wäsche?", fragte ich die Angestellte, die daraufhin zu Taariq blickte.

Es war nicht schwer, ihre Gedanken zu erraten.

„Die Entsorgung übernehme ich selbst", sagte er und nickte dem Zimmermädchen zu. „Danke, das wäre alles. Den Verbandkasten behalten wir vorerst." Er zog einen Geldschein aus der Hosentasche und streckte ihn der jungen Frau entgegen. „Das ist für Ihre Mühe."

„Vielen Dank ..." Ihr Gesicht lief blutrot an, als sie ihn nahm.

Unverbindlich lächelte er sie an.

Kaum schloss sich die Tür hinter ihr, schlug die Stimmung im Raum merklich um.

Meine Atmung vertiefte sich, Nervosität durchsickerte mich. „Hat die Blutung aufgehört?", fragte ich leise und griff nach der Kompresse, um mich abzulenken.

Unabsichtlich berührten meine Finger seine.

Deutlich hörbar sog er die Luft ein.

Ich biss mir auf die Unterlippe, während ich seinen Fuß anstarrte. „Sieht gut aus", murmelte ich. Verlegen nahm ich eine Tube mit Wundheilsalbe aus dem Kasten und strich behutsam etwas davon auf die Schnitte. „Du kannst von Glück sagen, dass es ein recht stabiles Glas war, sonst wärst du jetzt auf dem Weg ins Krankenhaus, um dir tausend feine Splitter aus der Wunde ziehen zu lassen." Mit bebenden Fingern riss ich eine neue Packung auf und legte die sterile Kompresse auf die Schnitte, um sie mit einer Mullbinde zu fixieren. „Fertig", murmelte ich, ehe ich den Deckel des Erste-Hilfe-Kastens zudrückte.

„Danke."

Mit der Hand machte ich eine abwehrende Geste. Auf seine nächsten Worte hätte mich nichts vorbereiten können.

„Es war ein Fehler", murmelte er. „Ich hätte vor Monaten aufhören sollen, nach dir zu suchen. Ich hätte nicht in den Buchladen kommen dürfen."

Ich starrte ihn an, vollständig aus der Fassung gebracht.

Hastig wandte er den Kopf ab, als wollte er meinen Blick meiden.

Fast eine Minute lang verharrte ich reglos, dann stand ich schleppend auf.

Weder hob er den Kopf, noch sah er mich an. Stattdessen sagte er leise: „Es wäre besser, wenn du einfach gehst."

Schweigend ging ich zur Tür, drückte die Klinke herunter, und zog daran. Ohne Vorwarnung brach eine heiße Wut durch das Chaos in meinem Kopf. Patzig fragte ich: „Besser für wen?"

Sinnlos

Ich riss die Augen auf, die ich verschlossen hatte, um nicht zusehen zu müssen, wie sie mich ein weiteres Mal verließ.

Kurz war ich in der Versuchung, stumm zu bleiben. Oder sie anzulügen. Als ich den Mund öffnete, sprach ich jedoch meine feste Überzeugung aus: „Für dich."

Rebecca legte den Kopf schief und musterte mich, die Stirn gerunzelt. „Wieso meinst du, es wäre besser für mich?"

„Du hast gesagt, du hast es abgehakt. Thema durch. Was würde es für einen Sinn machen, jetzt noch darüber zu reden? Wenn du wissen willst, was an dem beschissenen Tag wirklich geschehen ist, dann lies das Interview, das ich der L.A. Times gegeben habe."

Teufel nochmal, ich verdammte mich selbst, dass ich mich auf dieses sinnlose Gespräch einließ.

„Das habe ich längst."

„Okay ... Dann ist abgehakt offenbar die treffende Beschreibung", erwiderte ich. Zugleich fragte ich mich, ob die Bitterkeit, die in mir überkochte, in meiner Stimme zu hören war.

Ohne etwas zu erwidern stand sie in der offenen Tür, sah mich bloß an.

Ich ließ den Blick zur Schlafzimmertür schweifen. Mein Gesicht fühlte sich an wie eine starre Maske, die hoffentlich meine Gefühle verbarg.

„Wenn die Theorie deines Bruders zutrifft, dann bereitet es *dir* gewisse Schwierigkeiten, das Ganze abzuhaken."

Ihr abwägender Blick haftete an mir, als ich ihr den Kopf zuwandte. Tief holte ich Luft, ehe ich mit ausdrucksloser Stimme erwiderte: „Da es für dich abgehakt ist, kann es dir doch vollkommen egal sein." Mein Selbsthass war riesig, da in mir ganz andere Worte brodelten.

Wortlos taxierte sie mich. Erst Augenblicke später setzte sie zum Sprechen an: „Es stimmte, als ich sagte, ich hätte mir nie Illusionen über dich gemacht." Sie pausierte, schöpfte hörbar Atem. „Ich meine, sieh dich an, und sieh mich an. Ich habe nichts, was für dich wertvoll sein könnte. Nichts, was du nicht auch von einer anderen Frau bekommen kannst. Mir war von Anfang an klar, dass das zwischen uns nicht mehr sein konnte, als eine belanglose Bettgeschichte."

Selten hatte ich so viel geballten Blödsinn gehört, doch ich unterbrach sie nicht. Ich wollte hören, was sie zu sagen hatte, auch wenn ich ihr am liebsten lautstark ins Wort gefallen wäre.

Leiser als zuvor sprach sie weiter: „Dennoch habe ich dich belogen, als ich sagte, du hättest mich nicht verletzt. Denn das war ich. In unserer Nacht hast du mich behandelt, als wäre ich ... als wäre ich das Kostbarste auf der gesamten Welt. Und ich habe es genossen. Mir fällt kein besseres Wort ein, um es zu beschreiben. Es war wie ein Traum, vollkommen unwirklich, aber *süchtig* machend ...“

Sie stieß ein leises Schniefen aus, das mir eine Gänsehaut verursachte. „Du hast mich in eine Person verwandelt, die ich gerne sein würde. Nicht, weil ich mich dadurch besser gefühlt hätte, nein. Sondern, weil du mich damit auf dein Level angehoben hast. In deinen Armen fühlte ich mich, als wären wir einander ebenbürtig.“

Nach Atem ringend machte sie eine winzige Pause. „Doch nicht einmal in meinen schlimmsten Träumen hätte ich mir ausmalen können, dass du - keine zweiunddreißig Stunden später - schon die Nächste in deinem Bett haben würdest.“ Ihr wütender Blick brannte sich in meine Augen.

Ich spürte, wie mein Gesicht jede Farbe verlor.

„Ich bin hergekommen, weil dein Bruder etwas gesagt hat. Nämlich dass du in einen Abgrund fällst und kein Netz dich auffangen wird. Er gab mir die Schuld daran. Deswegen, *deinetwegen*, bin ich hergekommen ... Um dir die Chance zu geben, den freien Fall zu beenden.“ Gequält sah sie mich an.

„Doch du schickst mich weg. Also muss ich es so deuten, dass er sich geirrt hat. Dass du *nicht* fällst. Dass du es abgehakt hast. Dass es nichts gibt, was du noch von mir brauchst."

Es wurde still, und die Lautlosigkeit dauerte an.

In meinem Kopf wütete ein gewaltiges Tohuwabohu. Auf der einen Seite wollte ich ihre Irrtümer berichtigen, auf der anderen Seite war mir schmerzhaft bewusst, dass ich kein Recht dazu besaß, es auch nur zu versuchen.

Ihre Schultern zuckten, als wäre sie enttäuscht.

Als sie Anstalten machte, sich umzudrehen, stolperten Worte aus meinem Mund, die ich nicht vermochte, zurückzuhalten: „Ich *brauche* viel von dir. Du kannst gar nicht ermessen, *wie viel*. Doch es ist zu spät. Ich habe Dinge getan in den letzten vier Monaten ..." Ich verstummte. Mein Hals erschien mir wie zugeschnürt. „Ich kann die Zeit nicht zurückdrehen. Nur zu gerne würde ich es, aber ich kann es nicht. Doch etwas ist meinem Bruder nicht bewusst: Es gibt kein Netz, dass stark genug ist, um meinen Fall aufzuhalten."

Mit allen zehn Fingern fuhr ich mir durch die Haare. „Ich will mehr von dir als ein schlichtes Verstehen deinerseits, dass ich dich damals nicht betrogen habe, sondern reingelegt wurde."

Zäh rang ich um Worte, doch sie unterbrach mich: „Dann sag mir, was du von mir willst."

Ohne den Kopf zu bewegen hob ich den Blick zu ihr. „Das, was seit unserer ersten Begegnung offensichtlich ist: Ich will nichts anderes als *dich*. Ich will dich vollständig, dein Herz, deinen Leib, deine Seele. Mir ist bewusst, ich bin deiner nicht würdig." Laut war mein trockenes Schlucken zu hören, wie ich peinlich berührt bemerkte.

„Du sagst, du fühlst dich mir nicht ebenbürtig. Noch nie habe ich solch einen Schwachsinn gehört", stieß ich wütend hervor. „Du stehst himmelweit über mir. Ich bin es nicht einmal wert, in deinem Schatten zu existieren. Wie könnte ich mich erdreisten, mir eine Zukunft mit dir zu wünschen, wenn ich dich in den letzten vier Monaten Nacht für Nacht mit unzähligen Frauen betrogen habe? Als ich damit begann, habe ich in vollem Bewusstsein mein Leben weggeworfen. Weil du mich nicht haben willst. Und weil ich ohne dich nicht mehr leben möchte." All meine Energie war aufgebraucht. Müde schloss ich die Lider.

„Das klingt verdächtig danach, als wärst du in mich ..." Sie sprach das Wort nicht aus.

Ich riss die Augen auf und lachte ungläubig. Hölle nochmal, die Presse hatte monatelang meine Liebe zu ihr ausgeschlachtet ...

Wie konnte sie meine Gefühle in Frage stellen?

Mein Mund wurde trocken, als mir einfiel, dass sie nichts darauf gab, was die Medien berichteten.

Ich schob den Gedanken zur Seite.

Doch ich musste ihren Irrtum klarstellen. „Verliebt? Wolltest du das sagen? Es ist mehr als bloßes Verliebtsein. Ich bin dir hoffnungslos verfallen, seit dem allerersten Tag. Ich liebe dich, Rebecca. Du hältst mein Herz in deinen Händen, ob du es willst oder nicht."

Ein bitteres Lachen platzte mir heraus. „Hätte ich dich vier Monate früher gefunden, dann würde ich dich auf Knien anflehen, mir eine neue Möglichkeit zu geben, dir zu beweisen, was du mir bedeutest. Doch dafür ist es zu spät. Von daher solltest du gehen." Jedes einzelne Wort laugte mich aus.

Aber was machte es schon?

Seit ihrem Verschwinden fühlte ich mich permanent so. Überrascht riss ich den Blick zu ihr hoch, als sie auf mich zukam.

Laut fiel die Tür ins Schloss, in exakt dem Moment, als sie neben mir niederkniete. „Du liebst mich?"

Matt schloss ich für einen Moment die Augen. Spürbar sackten meine Schultern nach unten. „Ja. Rettungslos."

„Was, wenn ich dir sagen würde, dass es mir einerlei ist, mit wie vielen Frauen du in den letzten Monaten geschlafen hast? Dass ich deine Beweggründe nachvollziehen und verzeihen kann?" Drängend klang ihre Stimme, und ihre großen Augen hefteten sich auf mich.

Fassungslosigkeit erfüllte mich von einer Sekunde auf die andere.

Doch sie schlug um, verwandelte sich in puren Unglauben. Spöttisch stieß ich hervor: „Ja, sicher ... Ich habe versucht, meine Seele und mein Herz mit geschätzten einhundert Frauen zu Grabe zu tragen, damit der Schmerz deines Verlusts endlich aufhört, und dir macht es nichts aus. Aber ich verstehe schon, warum du so leicht darüber hinweg sehen kannst ..." Gequält verzog ich den Mund. „Weil ich dir nichts bedeute! Wenn es auch ewig gedauert hat, bis sich mir die Erkenntnis erschloss, habe ich es vor vier Monaten endlich begriffen."

Ich schluckte hart und wandte den Blick ab. „Ich danke dir für den Versuch, mir ein Netz geben zu wollen. Es funktioniert nicht. Oder vielleicht sollte ich sagen: Es funktioniert verdientermaßen nicht."

„Okay ... Dann muss ich dir jetzt leider sagen, dass du ziemlich dumm bist. Oder blind. Vielleicht auch beides." Sie schien darauf zu warten, dass ich sie ansah.

Als ich es tat, sagte sie eindringlich: „Es ist mir wirklich egal. Aber nicht, weil du mir nichts bedeutest. Sondern weil ich dich liebe."

Abrupt stand ich auf.

Ein scharfer Schmerz durchfuhr meinen Fuß, den ich aber ausblendete. Meine Zähne mahlten aufeinander, so wütend war ich.

Mit steifen Schritten ging ich zum Schlafzimmer hinüber und rief zornentbrannt: „Verarschen kann ich mich allein. Sieh zu, dass du verschwindest." Laut schmetterte ich die Tür hinter mir zu und setzte mich aufs Bett.

Zur Hölle nochmal ...

Mir war bewusst, dass ich aufgrund meiner monatelangen Versündigung vieles verdient hatte. Aber *das* ging zu weit!

Ein frustriertes Seufzen entfuhr mir, als ich hörte, wie die Tür sich öffnete. Doch ich würde einen Teufel tun, sie noch einmal anzusehen ... „Verschwinde, habe ich gesagt. Was verstehst du daran nicht?"

„Keine Sekunde lang in den vergangenen zwei Jahren habe ich daran geglaubt, jemals in die Situation zu kommen, dir zu gestehen, dass ich dich liebe. Doch *hätte* ich es getan, dann wäre mir eine solche Reaktion - wie deine eben - nicht einmal im Traum eingefallen." Ihr Schnauben, sowie der Zorn in ihrer Stimme, war unmöglich zu überhören.

Entnervt verdrehte ich die Augen. „Willkommen im Club. Mir geht es nicht anders. Wenn du jetzt so freundlich sein würdest, zu gehen ...?"

„Was ist eigentlich los mit dir? Warum ...?" Ihr Kopf neigte sich eine Winzigkeit zur Seite, wie ich in der Spiegelung des Fensters sah. Leise fragte sie: „Liebst du mich wirklich? Sei ganz ehrlich."

Fest biss ich die Zähne zusammen. Ich hatte mich ein Mal zum Volltrottel gemacht, ein zweites Mal garantiert nicht.

„Du sagst nichts ... Also war es eine Lüge." Sie stieß einen erstickten Laut aus. „Gratuliere. Ich bin dir voll auf den Leim gegangen. Für einen Moment habe ich vergessen, dass du ein begnadeter Schauspieler bist."

Wie bitte?

Fassungslos drehte ich mich zu ihr um, sah gerade noch, wie sie im Wohnzimmer verschwand und zur Tür strebte.

Es fühlte sich an wie ein Déjà-vu, nur dass es ein anderes Hotelzimmer war.

Hastig sprang ich auf, wobei mein Fuß schmerzhaft protestierte, und rannte ihr hinterher. „Zur Hölle", rief ich lauthals. „*Du* bist hier die verdammte Lügnerin."

Ihr blasses Gesicht wandte sich zu mir um. Übergroße Augen starrten mich ungläubig an. „Nur weil du unfähig bist, mir zu glauben, bin ich noch lange keine Lügnerin", fauchte sie.

Mein Herz schlug unruhig, als sie auf mich zukam. Nur mühsam hielt ich ihrem Blick stand.

„Wäre ich nicht gegen Gewalt, würde ich dir jetzt eine gepfefferte Ohrfeige verpassen", zischte sie. Nur Millimeter vor mir blieb sie stehen, ihr ganzes Gebaren strahlte glühende Wut aus.

Die Augen verengend starrte ich zurück, nicht bereit, klein beizugeben. „Dito", erwiderte ich sauer.

Sekundenlang verharrten wir so.

Dann wurde ihr Blick weicher.

Meine Augen wurden wie von einem Magnet angezogen, als ihre Unterlippe zu zittern begann.

Gerade noch hörbar verließen Worte ihren Mund, die fast wie ein Seufzen klangen: „Ich liebe dich, Taariq. Ich werde es nicht noch einmal sagen. Entweder du versuchst, mir zu glauben, oder du lässt es sein. Die Entscheidung liegt bei dir. Ich mag nur ein halbes Leben leben, aber lass mich dir versichern: Ich bin stark genug, um ohne dich auszukommen. Genauso, wie ich ohne meine Tochter leben kann, obwohl der Schmerz darüber meine Seele zerreißt." Schluchzend stieß sie den Atem aus.

Grenzenlos verwirrt strich ich mir mit den Fingern durch die Haare. Ich war unfähig, auch nur den Versuch zu machen, ihr zu glauben. Gedanken rasten durch meinen Kopf, Gefühle mischten sich dazwischen, machten das undurchdringliche Gewirr perfekt.

Erschreckt bemerkte ich, dass das Zittern in meinem Inneren nach außen übergriff. Nicht nur die Hände schlotterten, auch die Arme und Schultern. Es breitete sich aus wie ein Feuer.

„Taariq?", fragte sie und ihre Augen weiteten sich. „Du zitterst ..."

Stöhnend hob ich die Hände, rieb damit über mein Gesicht. „Wie gerne würde ich dir glauben", murmelte ich, während der Kopf schmerzte von der Anstrengung, die Gewalt über meinen Körper zurückzuerlangen.

„Ich kann es nicht", hauchte ich verzweifelt und kniff die Augen zusammen, um die äußeren Reize auszuschalten. Der Tornado in meinen Inneren nahm mit jeder Sekunde an Stärke zu.

Sorgenvoll

Ernsthafte Sorgen wallten in mir hoch. Ich begriff nicht, was mit ihm los war. Doch offensichtlich ging es ihm nicht gut.

Ohne nachzudenken legte ich die Handflächen auf seine Brust. Auf sein hartes Zusammenzucken war ich nicht gefasst.

„Nicht!", stieß er heiser hervor. „Fass mich nicht an." Zwei Schritte stolperte er rückwärts, das Gesicht fahlweiß. Weit aufgerissene Augen starrten mich an, in ihnen schien ein Feuer zu lodern.

Wie vor den Kopf geschlagen schnappte ich entsetzt nach Luft.

Noch deutlicher konnte eine Zurückweisung nicht sein, oder?

„Entschuldige. Es lag nicht in meiner Absicht, meine Grenzen zu überschreiten", erwiderte ich eisig. Ich machte einige Schritte nach hinten, drehte mich um, und zwang mich zum Gehen. Mit bebenden Fingern griff ich nach der Türklinke.

„Wieso tust du mir das an?", flüsterte er.

Ich schnellte herum.

Wie bitte? Was tat ich ihm denn an?

Konfus starrte ich ihn an.

Aufstöhnend barg er das Gesicht in den Händen. Ein gequälter Laut brach aus seinem Mund hervor. Er schien tief aus seiner Brust zu kommen und nahm kein Ende.

„O Gott", murmelte ich, ging zu ihm, und streckte zögernd die Finger nach ihm aus. Doch ich traute mich nicht, ihn noch einmal zu berühren. Sein Ausruf *Fass mich nicht an* hallte noch deutlich in meinen Ohren.

Sein Zittern wurde sichtlich stärker.

Nicht länger fähig, mich zurückzuhalten, berührte ich die bebende Schulter.

Sein Kopf ruckte hoch. Der panische Ausdruck in seinen Augen ließ mich erstarren. Es dauerte einige Sekunden, dann hauchte er: „Nicht! Wenn du mich berührst, machst du es nur schlimmer."

Entsetzt wich ich abermals zurück. Mir war, als hätte er mir eine Ohrfeige verpasst.

„Du dürftest wissen, wie heftig ich dich begehre", flüsterte er tonlos. „Mir ist klar, dass ich dich nicht haben kann. Also fasse mich, bitte, nicht an." Die Augen schlossen sich, und er wandte das Gesicht ab. Nach wie vor zitterte er haltlos.

„Du verdammtes Arschloch! Du benimmst dich, als könntest du meine Berührung nicht ertragen. Und knallst mir dann Worte von Begehren hin. Ich. Liebe. Dich. *Verdammt!* Wie schwer ist es, dass in deinen Schädel zu bekommen?" Heftig atmete ich.

„Ich! Liebe! Dich! Hörst du meine Worte?" Mit geballten Fäusten stand ich vor ihm. Zu gerne wollte
ich auf ihn einschlagen, obwohl ich mich tausend
Mal lieber in seine Arme werfen wollte, wenn er es
nur zulassen würde.

Unglaube

Ich hörte die Worte.

Doch sie ergaben keinen Sinn.

Nein, schlimmer noch: Sie ergaben einen perfekten Sinn, doch sie konnten nicht der Wahrheit entsprechen!

Das krampfhafte Zittern meines Körpers verstärkte sich. Ich war außerstande, etwas dagegen zu tun.

„Bitte", kam es leise von ihr. „Wenn du meinen Worten nicht glauben kannst, dann lass mich auf andere Weise versuchen, es dir begreiflich zu machen." Ihre Hände streckten sich mir entgegen.

Ich wollte zurückweichen, doch schon umfingen ihre kühlen Finger mein Gesicht. Gepeinigt stöhnte ich auf. Ohne es zu wollen, schloss ich die Augen.

Warme Lippen strichen über meinen Mund, und mein Herz hörte auf zu schlagen.

Dies ist mein Ende, dachte ich.

Ich fühlte es.

Ich wusste es.

Hart pochte das Herz, als es seine Tätigkeit wieder aufnahm, schoss einen scharfen Schmerz durch meine Brust. Jede Sehne verkrampfte sich, und ich registrierte erstaunt, dass ich noch immer da war.

Wie konnte das sein?

Küsste sie mich wirklich?

„Ist das ein Traum?", fragte ich flüsternd.

„Ja", seufzte sie. „Es ist *mein* Traum, in dem ich darum bete, dass du mir endlich Glauben schenkst." Sie schien keine Antwort zu erwarten, denn abermals liebkoste sie meinen Mund mit ihren weichen Lippen.

Ohne es bewusst zu steuern riss ich die Hände hoch, umklammerte ihr Gesicht, und küsste sie hart. Ihr Stöhnen floss in meinen Mund, als sie ihren öffnete, um mir mit der Zunge entgegenzukommen.

Alle Verwirrtheit brach in sich zusammen, als ich sie in die Arme raffte. Ich hielt sie fest, drückte sie gierig an mich, und ließ keinen Zweifel an meiner Unfähigkeit, sie je wieder loszulassen.

Wie oft hatte ich davon geträumt, sie noch einmal zu halten, zu fühlen, zu küssen?

Dieses hier überflügelte jeden Traum.

Die Wärme, die ihr Körper an meinen abgab, ließ jeden Widerstand zusammenschmelzen. Rückhaltlos gab ich mich ihr und dem Kuss hin, der kein Ende zu beinhalten schien.

Im Leben hätte ich nicht die Kraft besessen, sie zurückzuweisen, auch wenn etwas in mir dringend danach verlangte.

Doch was?

Als es mir wieder einfiel, schob ich sie von mir. Mein Herz fühlte sich mit einem Mal an wie ein kalter Stein, bitter, und doch so vertraut.

„Ich kann nicht", murmelte ich. Die Gedanken klebten an den vergangenen vier Monaten, ein nebulöses Gesicht nach dem anderen zog vor meinen inneren Augen vorbei.

„Ich begreife dich nicht." Ihr Blick, wütend und verletzt zugleich, schien sich in meinen zu brennen. „Was ist dein Problem? Du liebst mich also doch nicht?"

„Doch", stieß ich gequält hervor. „Ich liebe dich."

„Und ich liebe dich. Warum kannst du mir nicht glauben?"

„Selbst wenn ich es könnte, kommt es vier Monate zu spät", flüsterte ich.

Ein verächtlicher Laut entfuhr ihr. „Du erlaubst der Vergangenheit, über deine Zukunft zu entscheiden? Das ist armselig. Und feige."

Ihr Zeigefinger bohrte sich stechend in meine Brust, doch ich hielt ihm lautlos stand.

„Wenn du dich für mich entscheidest, dann wird es garantiert nicht nur glückliche Tage geben. Doch ich will dich. Bitte, Taariq, wenn du mich liebst, dann möchte mit dir zusammen sein. Scheiß auf die Frauen. Zieh einen Schlussstrich und fang mit mir neu an. Wenn ich es kann, dann kannst du es auch."

„Nein", brummte ich stur, Übelkeit im Bauch. „Dir geht es besser ohne mich."

„Behauptet wer? Dein verwirrter Verstand?"

Bevor ich antworten konnte, klopfte es an der Tür. Wortlos drehte ich mich um und öffnete.

Zain strahlte mir entgegen, in der Hand eine Sektflasche. „Komme ich rechtzeitig zum Versöhnungsfest?"

„Nein", fauchte Rebeccas wütende Stimme in meinem Rücken. „Dein bescheuerter Bruder will nicht begreifen, dass ich ihn liebe. Vielleicht scheut er auch davor zurück, mit seinen One-Night-Stands Schluss zu machen, da ich von ihm Treue fordern würde. Keine Ahnung. Ich gehe jedenfalls nach Hause."

Sie drückte sich an mir vorbei, und der Ärmel ihrer Bluse streifte meinen nackten Arm. „Ach ja, und sag ihm - sobald er wieder fähig ist zum Denken - dass ich ihn nicht mehr sehen will. Ich werde ihn eigenhändig umbringen, sollte er es wagen, noch einmal in den Buchladen zu kommen."

Beide schauten wir fassungslos auf die Tür, die laut hinter ihr zufiel.

„Du Idiot! Sie liebt dich? Was stehst du dann noch hier herum? Lauf ihr gefälligst nach!" Zains Stimme hallte seltsam fern in meinen Ohren, in denen ich das Rauschen des Blutes hören konnte.

Sie war gegangen ...

Sie war weg!

Die Erkenntnis riss den Nebel aus meinem Kopf.

Tausend Flüche verließen meinen Mund, als ich die Tür aufriss und den Flur hinunterstürzte. Ich vernahm den leisen Glockenton des Fahrstuhls.

„Rebecca", schrie ich panisch. Eisige Angst drohte mein Herz zu zerquetschen. „Bitte! Bleib."

Als ich um die Ecke bog, prallte ich gegen einen warmen Körper. Der Duft verriet mir, dass sie es war. Darum bemüht, den Fall für Rebecca zu mildern, drehte ich mich, als ich die Arme um sie schlang.

Mit dem Rücken schlug ich auf den harten Boden, und sie landete bäuchlings auf meiner Brust. Ihr Arm stieß schmerzhaft in meine Rippen, was mir einen zischenden Laut entriss. Mit der Hand presste ich sie gegen meinen Körper, als sie Anstalten machte, sich aufzurappeln.

„Verlass mich nicht", flüsterte ich drängend. Ich gab ihr keine Chance, etwas zu sagen. Ich hob den Kopf und presste verlangend die Lippen auf ihre. Sie festhaltend rollte ich uns herum, kam auf ihr zum Liegen.

Ein Stöhnen entfuhr ihr, aufgefangen von meinem Mund.

Ein Kuss ging in den anderen über, doch nach einer Weile reichte es mir nicht mehr. Ich hob den Kopf, um sie anzusehen. „Ich liebe dich, Rebecca."

Mit den Fingerspitzen strich ich über ihre Wange. „Ich kann dich nicht gehen lassen. Ich überlebe es nicht, wenn ich dich noch einmal verliere." Mir gingen die Worte aus. Mit angstvoll klopfendem Herzen wartete ich.

„Dann glaubst du mir?" Hoffnungsvoll blickte sie zu mir auf.

Verdammt ...

Nein!

Wie könnte ich ihr glauben?

Hilflos schloss ich die Augen. „Ich kann lernen, dir zu glauben. Bitte, gib mir die Chance dazu. Ich möchte es glauben. Ich begreife nur nicht, weshalb du es tun solltest ..." Flehend sah ich sie an und hoffte auf eine Erklärung, die mich überzeugen konnte.

Prüfend musterte sie mich. „Tausende Frauen verehren und begehren dich. Der größte Teil davon, ohne dich jemals persönlich getroffen zu haben. Wenn *sie* dich lieben können, warum denkst du, dass ich eine Ausnahme dazu bin?"

„Was interessieren mich die Frauen der Welt?", fuhr ich auf. „Ich habe nur ein Herz, und seit unserer ersten Begegnung ist es in deinem Besitz." Innerlich betete ich, sie würde den tiefen Ernst begreifen, der in mir brannte.

Sie lächelte zittrig. „Also wiegt meine Liebe schwerer als deine", sagte sie in einem neckenden Ton.

Fragend hob ich die Augenbrauen.

„Du hast dich auf den ersten Blick in mich verliebt. Stimmt das?"

Als ich zustimmend nickte, sprach sie ernst weiter: „Ich nicht. Deine Hartnäckigkeit, mich zu einem Date zu überreden - und die Bereitschaft, dafür verrückte zweihunderttausend Dollar zu bezahlen - hat mich erstaunt und verärgert. Allerdings hat es mir auch ein wenig geschmeichelt ..."

Sie krauste die Nase, was den Wunsch in mir weckte, sie bis zur Besinnungslosigkeit zu küssen.

„Ich war erstaunt, wie normal und aufmerksam du während des Abendessens warst. Tatsächlich habe ich mich wohl gefühlt in deiner Gesellschaft. Als du dich auf das Frage-Spiel eingelassen hast, war ich von dir beeindruckt. Ich wurde erst nervös, als du die Frage nach dem Kuss gestellt hast. Damit hätte ich niemals gerechnet."

Sie sog die Lippen in den Mund. Ich sah ihre Zungenspitze, die darüber leckte. Ein tiefer Seufzer entschlüpfte ihr. „Ich will nicht lügen. Tatsächlich habe ich seit der Begegnung im Café von dir geträumt. Aber als du mich geküsst hast ..."

Atemlos wartete ich darauf, dass sie weitersprach. Sie tat es nicht, deswegen sagte ich: „Du hast den Kuss beendet, mich weggeschickt."

Unsere Blicke trafen sich. „Ja. Ich musste."

„Warum?", fragte ich drängend.

„Weil ich dich sonst angebettelt hätte, mit mir zu schlafen."

Ich blinzelte, während mein Verstand sich darum bemühte, zu verstehen. „Aber ..."

„Du bist dir deiner Ausstrahlung nicht bewusst, oder?" Abwartend sah sie mich an.

„Mir ist nicht entgangen, wie ich auf Frauen wirke, wenn du darauf anspielst. Aber es bedeutet mir nicht das Geringste."

Sie lächelte warm. „Mir auch nicht. Denn ich habe mich nicht in dich verliebt, weil du diese Ausstrahlung besitzt. Oder weil du verflixt gut aussiehst. Wenngleich ich nicht unempfänglich bin hinsichtlich deiner Attraktivität." Sie zwinkerte mir zu. „Dein Kuss hat mein Begehren geweckt. Du hast mich danach sehnen lassen, mit dir zu schlafen. Aber geliebt habe ich dich nicht zu dem Zeitpunkt."

Ich gab auf. Nicht eine Sekunde länger vermochte ich die Frage zu unterdrücken: „Wann hast du dich in mich verliebt?" Der massive Drang, es zu erfahren, überraschte mich.

„Als du mit mir geschlafen hast. Als du mich geliebt hast, als wäre ich das Kostbarste auf der Welt. Ich kann es nicht vernünftig erklären, denn mit Vernunft hat es nicht das Geringste zu tun. Da war ein Leuchten in deinen Augen, eine Wärme, ein Strahlen ... In dem Moment habe ich dir mein Herz geschenkt."

Eine einsame Träne rann ihr aus dem Auge, und ich fing sie mit dem Finger auf.

„Im Gegensatz zu dir besaß ich die Wahl. Ich wurde nicht von der Liebe überwältigt. Ich habe zugelassen, dass sie sich in mein Herz schlich. In vollem Bewusstsein."

Abwartend schaute sie mich an, sprach leise weiter: „Ich besaß die Möglichkeit, vorher wegzulaufen, mit intaktem Herzen zu entkommen. Die vergangenen Monate habe ich mich oft gefragt, warum ich es nicht getan habe. Aber ich habe es nie bereut, weil du mich wieder zum Leben erweckt hast ..." Ihre Lider schlossen sich. „Jede Nacht träume ich von uns. Manchmal stelle ich mir vor, was hätte sein können, wenn ich nicht in dein Hotelzimmer gekommen wäre. Fantasiere von weiteren, perfekten Nächten. Manches Mal bin ich sogar so mutig, von den Tagen zu träumen. Von Spaziergängen, gemeinsamen Fernsehabenden auf der Couch ..." Seufzend schlug sie die Augen auf.

Ihr Blick traf mich, sodass mein Atem knapp wurde. „Als wären wir ein Paar?", fragte ich sanft.

„Ja", hauchte sie sehnsüchtig. „Doch die Vorstellung war, nein, *ist* so utopisch."

„Und weil du überzeugt bist, offenen Auges in deine Liebe zu mir gegangen zu sein, wiegt sie schwerer als meine?" Es fehlte nicht mehr viel, und ich würde ihr glauben.

Deutlich spürte ich, wie die Wärme in meinem Herz zunahm.

„Ja, genau. Dir ist es einfach passiert. Du hast dich nicht verliebt, weil ich bin, wie ich bin. Es hätte jede x-beliebige Frau treffen könn…"

„Falsch", unterbrach ich sie.

Verdutzt sah sie mich an.

„Jede andere Frau wäre die falsche gewesen. Ich weiß es, weil ich mich mit *dir* vollständig fühle. Du allein bringst mein Herz zum Stolpern, mit nur einem einzigen Blick. Es mag sein, dass ich keine Wahl hatte. Doch ich weiß, dass meine Liebe zu dir stärker geworden ist mit jedem Wort, jeder Geste und jedem Blick von dir. Das ist noch immer so. Weder die Trennung, noch sonst etwas, hat daran etwas geändert. Ich bin überzeugt, dass es bis zu meinem letzten Atemzug so bleiben wird. Und ich weiß aus Erfahrung: Wenn du mich nicht willst, dann werde ich daran zugrunde gehen."

Ihre Stirn glättete sich mit jedem Wort von mir, obwohl sie beim letzten Satz den Kopf schüttelte. Ein Lächeln zitterte um ihren Mundwinkel.

Als ein warmes Leuchten in ihren Augen erschien, sah ich ehrfürchtig der Liebe ins Gesicht, die mir entgegen strahlte. „Sag es noch einmal", bat ich.

Sie streckte die Hand aus, legte sie an meine Wange, und raunte: „Ich liebe dich, Taariq."

Ich spürte die Wahrheit, die in diesen Worten lag.

Ein Freudentaumel durchfuhr mein gesamtes Sein, während mir die Augen feucht wurden.

Als ich meine Stimme wiederfand, klang sie erstickt: „Ich liebe dich auch, Roohy."

Ein strahlendes Lächeln breitete sich auf ihrem Gesicht aus, und ich sah ihre Schönheit deutlicher als je zuvor. „Du glaubst mir endlich", flüsterte sie in seligem Ton.

„Ja, Roohy, ich glaube dir. Und wenn du es wagen solltest, mir deine Liebe eines Tages wieder wegzunehmen, dann gnade dir der Allmächtige."

al-Shaheen

Glücklich warf ich die Arme um seinen Hals. „Das hat aber verdammt lange gedauert, Shaheen."

„Endlich bist du mein, und dann redest du mich mit meinem Nachnamen an?", erwiderte er mit einem entsetzten Blick.

„Sei froh, dass ich ihn mir gemerkt habe."

„Kennst du denn auch meinen vollständigen Namen?" Verschmitzt lächelte er.

Verdutzt runzelte ich die Stirn. „Ich dachte, das ist dein Name?"

„Ein Teil davon. Du hast mich tatsächlich nie gegoogelt, hm?"

„Nein!"

Das Lächeln vertiefte sich um ein Vielfaches. „Ich heiße Taariq al-Jamil ibn Abdullah al-Shaheen. Kannst du das sagen?"

Schnaubend stieß ich den Atem aus. „Viel zu kompliziert, ich passe."

„Wenn du mich heiratest, wirst du den Namen fehlerfrei aussprechen müssen."

Geschockt schnappte ich nach Luft.

Hatte er gerade das Wort Heirat *in den Mund genommen?*

Mit aller Kraft mimte ich die Unterkühlte. „Ich finde es nicht gerade passend, dich dazu zu zwingen, an meine Liebe zu glauben, und das liegender Weise in einem Hotelflur. Doch für einen solchen Satz ist der Ort noch unpassender."

Als er sich erstaunt umblickte, schien es ihm wieder bewusst zu werden. Mit einem leisen Fluch auf den Lippen stemmte er sich hoch.

Er streckte mir die Hand entgegen, um mir aufzuhelfen, und ich bemerkte den beschämten Ausdruck in seinem Gesicht. „Verzeih mir, bitte. Habe ich dich erdrückt?"

Ein belustigtes Kichern platzte mir heraus. „Wohl kaum, sonst würde ich dir nicht antworten können."

Ernst sah er mich an. „Würdest du mich auf mein Zimmer begleiten, bitte?"

Seine verhaltene Art weckte den Wunsch in mir, ihn noch einmal zu necken. „Wie spät ist es? Ich habe um zehn ein Date."

Sichtbar wurde er blass. Mir entging auch nicht, wie er nach Luft rang.

Rasch griff ich nach seinem Arm und flüsterte: „Nur ein Scherz. Entschuldige, ich konnte nicht widerstehen."

Ungläubig starrte er mich an, seine Augen verengten sich. „Du bist ... Du ..." Dann glitt ein erleichterter Ausdruck über sein Gesicht.

„Gewöhne dich dran, Shaheen. Die Menschen, die ich mag, die necke ich gerne. Dein Pech, dass ich dich liebe. Ich fürchte, damit wirst du zum bevorzugten Objekt meines lausigen Humors."

Tief atmete er durch. „Eventuell könnte ich mich in der Hinsicht als großzügig erweisen. Du darfst mich zu jedem beliebigen Objekt machen, solange du mir deine Liebe schenkst." Er griff nach meiner Hand und streckte das Bein nach vorne. „Du musst mich stützen, fürchte ich. Es fühlt sich so an, als wenn du doch eine Scherbe übersehen hast ..."

Spürbar wich mir das Blut aus dem Kopf. „Dann rufe ich ein Taxi und bringe dich ..."

„Entspann dich." Leise lachte er und stellte den Fuß zurück auf den Boden. „Wie du mir, so ich dir." Er zwinkerte mir zu und hauchte einen Kuss auf meinen Mund.

Gänzlich sprachlos starrte ich ihn an.

„Komm mit. Mein Bruder wartet sicherlich schon ungeduldig. Wir sollten versuchen, ihn so schnell wie möglich loszuwerden."

Heirat?

Die Tür schloss sich hinter Zain.

Mein Blick klebte an ihr. Es war mir nicht möglich, mich an ihr sattzusehen.

„Dein Bruder gefällt mir", sagte sie lächelnd. „Ihr seht euch verflixt ähnlich."

„Ich hoffe doch, einer von der Sorte reicht dir", murmelte ich irritiert.

Sie stutzte, dann platzte ein Lachen aus ihr heraus. „Wie gut, dass es zwei von euch gibt. Wenn es mit dir nicht klappt ..."

Stirnrunzelnd unterbrach ich sie: „Vergiss es! Ich und niemand sonst. Du hast gesagt, du liebst mich. Damit bist du mein, *ausschließlich mein!"*

Der Atem wurde mir knapp, als sie auf mich zukam und vor dem Sofa stehenblieb. Sie beugte sich zu mir herunter, stützte die Hände auf den Oberschenkeln ab, und nährte das Gesicht meinem.

„Irgendwann wirst du wissen, wann ich dich necke und wann nicht. Was ich dir jetzt sage, ist kein Scherz, also hör gut zu: Ich will keinen anderen als dich. Solange ich dich liebe, interessieren mich keine anderen Männer. Du kannst Christina fragen, falls du mir nicht glaubst." Leise seufzte sie.

„In den vergangenen zwei Jahren habe ich keinen Kerl auch nur ein zweites Mal angesehen. Weil ich *dich* liebe." Tiefernst sah sie mich an.

Sofort erwachte mein schlechtes Gewissen, auch wenn ihre Worte mich glücklich machten.

Sah sie es mir an?

„Vergiss die Vergangenheit. Wenn es für uns eine Chance geben soll, dann musst du mir die Worte von vorhin glauben. Bislang habe ich nie zur Eifersucht geneigt. Doch jetzt bist du mein, so wie ich dein bin. Deswegen werde ich nicht kampflos daneben stehen, sollte jemand versuchen, dich mir wegzunehmen. Und meiner Kenntnis nach hungern tausende Frauen danach, an deiner Seite zu sein."

Wie von allein lächelte ich. „Die Einzige, die ich an meiner Seite haben möchte, bist du. Ich liebe nur dich, Roohy."

Glücklich lächelnd setzte sie sich rittlings auf meinen Schoß, was sofort einen verlangenden Schauder durch meinen Körper jagte. „Verrätst du mir, was das Wort bedeutet? Wir sind nie dazu gekommen, darüber zu reden."

Ein kleiner Stich der Wehmut durchfuhr mich bei ihren Worten. Dennoch brachte ich ein Grinsen zustande. „Du hättest es einfach googeln können …"

Stirnrunzelnd betrachtete sie mein Gesicht. „Klingt es blöd, wenn ich sage, dass ich dich auf meine Art kennenlernen möchte?"

„Auf deine Art?" Ich war neugierig, was sie damit meinte.

„Ja. Im persönlichen Gespräch. Mich interessiert nicht, was alle Welt über dich weiß. Ich will dich kennenlernen als *meinen* ..." Sie verstummte und bohrte die Zähne in die Unterlippe.

Aufmerksam betrachtete ich ihr Mienenspiel. „Welche Bezeichnung möchtest du wählen, Roohy? Wer bin ich für dich? Dein Freund? Dein Liebhaber? Dein Partner? Dein Mann? Dein ..."

„Ich wollte Mann sagen, doch ...", fiel sie mir ins Wort, verstummte aber und leckte sich sichtlich verlegen die Lippen.

„Ich *bin* dein Mann. Und eines Tages möchte ich dein Ehemann sein. Ich weiß, es ist viel zu früh, um darüber zu sprechen. Doch ich habe den Fehler begangen, dich zu lieben und es dir zu verschweigen. Ich wollte es dir sagen, doch es kam mir zu früh vor. Und dann hat uns die Intrige dieses Miststücks getrennt. Jeden einzelnen, verdammten Tag habe ich bereut, es dir nicht gestanden zu haben. Immer wieder dachte ich, du hättest mir eventuell zugehört, wenn du es gewusst hättest. Vielleicht wäre dann alles anders gekommen." So wie mein Atem ging auch ihrer schwerer. Lange sahen wir uns wortlos an.

Sie neigte sich mir entgegen und nahm mich liebevoll, und zugleich tröstend, in die Arme.

Mit einem unterdrückten Stöhnen schmiegte ich den Kopf an ihre Brust. „Du ahnst nicht, wie maßlos ich dich vermisst habe." Unter der Wange spürte ich ihr Herz schlagen, ruhig und regelmäßig.

„Seltsam, wie schlimm ein Tunnelblick ist ... Ich habe dir in meinem Kummer jedes Gefühl abgesprochen, was total dämlich ist, wenn ich darüber nachdenke. Doch glaube mir: Ich weiß genau, wie schmerzlich du mich vermisst hast. Denn ich habe dich auf die gleiche Art vermisst."

Gerne hätte ich ihre Augen gesehen, doch viel lieber wollte ich in ihrer Umarmung verharren.

Sie räusperte sich. „Magst du es mir verraten?"

Für einen Moment wusste ich nicht, was sie meinte. „Oh", machte ich leise, als mir ihre Frage wieder einfiel. „Es bedeutet: *Meine Seele.*"

Ihre Finger drückten mich nach hinten. Die plötzliche Kühle, die die Luft zwischen uns brachte, fühlte sich unschön an. Sie setzte zum Sprechen an, schüttelte jedoch hilflos den Kopf.

Mit einem winzigen Lächeln beantwortete ich ihre unausgesprochene Frage: „Ja. Jedes Mal, wenn ich es sagte, habe ich es auch so gemeint."

Ihre Augen tauchten prüfend in meine, dann schluckte sie schwer. „*Verdammt!*"

„Warum fluchst du?"

„Jetzt bin ich sauer auf mich. Wenn ich es gegoogelt hätte ..."

„Das kann kaum einen Untersch…"

„Es wäre vielleicht der Anstoß gewesen, das Gespräch mit dir zu suchen. Du sagtest eben, ich könnte nicht ahnen, wie maßlos du mich vermisst hast. Jetzt muss ich dir gestehen: Du ahnst nicht, wie heftig ich mich gehasst habe, denn im Grunde *wollte* ich mit dir reden, dir eine Chance geben."

Geschockt sah ich zu ihr auf. „Was denkst du? Würdest du dir anhören, was ich dir über den bewussten Morgen erzählen möchte? Ich würde gern einen Schlussstrich unter die Vergangenheit ziehen. Wenn wir einen klaren Tisch machen, dann können wir uns auf die Gegenwart und Zukunft konzentrieren. Was sagst du dazu?"

„Du musst mir nichts erklären. Ich weiß, was du in dem Interview gesagt hast. Christina hat es mir vorgelesen, weil ich mich geweigert habe, die Zeitung auch nur in die Hände zu nehmen. Ich habe mir die Ohren zugehalten, doch sie hat einfach lauter gesprochen …"

„Verstehe. Und du möchtest nichts fragen? Irgendetwas, was ich ergänzen könnte?"

„Nein, nichts. Und es tut mir von Herzen leid. Ich wäre gerne ins Flugzeug gestiegen, um dich zu sehen. Doch ich besaß nicht den Mut dazu."

„Nicht mehr zu ändern", murmelte ich traurig.

„Wieso hast du mich nicht angerufen? Oder mir getextet? Ich wäre sofort zu dir geflogen."

„Ich habe deine Nummer nicht mehr. Ein einziges Mal habe ich dir einen Brief geschrieben, aber der ist wahrscheinlich in deiner Fanpost untergegangen. Als auch nach Monaten keine Antwort kam, keine Ahnung ... Ich habe nicht den Mut für einen zweiten Anlauf aufgebracht."

Das Geständnis schockierte mich, milderte jedoch gleichzeitig die Enttäuschung, die ich trotz allem verspürte. „Du sagst, du wolltest mir eine Chance geben, mit mir reden. Warum hast du mich dann vorhin so brutal weggeschickt?" Während ich auf eine plausible Antwort wartete, schlug mein Herz schmerzhaft schnell.

Ihre Schultern sackten herunter, das Gesicht verzog sich gequält. „Das war ... Es war ein Schock, dich so unverhofft zu sehen. Du hast mich vollkommen überrumpelt. Ich konnte nicht klar denken ... Mit einem Mal war der Schmerz wieder da, mit voller Macht. Ich ... Ich habe meine dummen Worte bereut, kaum dass du weg warst. Es tut mir unendlich leid."

„Schon okay. Nicht mehr zu ändern. Umso mehr haben wir uns unser Glück verdient, was meinst du?", wisperte ich versöhnt.

„Absolut. Darüber hinaus erinnere ich mich lebhaft, welch Seligkeit du mir in unserer Nacht geschenkt hast ..." Ihr Gesicht neigte sich.

Atemlos empfing ich ihren Kuss.

Die Hochstimmung, die mich jäh erfüllte, war beinahe zu viel. Die Gefühle, die ich millionenfach in der Vergangenheit zurückgedrängt hatte, brachen hervor, überwältigten mich. Gierig erwiderte ich den Kuss, vertiefte ihn, als gäbe es kein Morgen.

Ein Schauder durchlief mich, als ihre Hände über meinen Rücken nach oben strichen. Erst in den Haaren hielten sie an.

„Ich liebe dich, Rebecca. Grenzenlos. Ich habe das Gefühl, ich ersticke daran, wenn ich es nicht wieder und wieder aussprechen darf."

An meinen Lippen spürte ich ihr Lächeln. „Ach ja? Wie wäre es, wenn du es unter Beweis stellst?" Mit einer leichten Bewegung kreiste sie das Becken, kam in Berührung mit der Erektion, die mich plagte, seit sie auf meinen Schoß saß.

„Ich kann nicht", erwiderte ich gequält. Um Verzeihung bettelnd sah ich sie an.

Ihr fassungsloser Blick traf mich hart, doch sie blieb stumm.

„Glaube mir, ich begehre dich wie wahnsinnig. Doch ich ..." Fest kniff ich die Augen zusammen und seufzte schwer. „Ich sollte mich erst einmal von einem Arzt durchchecken lassen. Es tut mir leid", flüsterte ich und traute mich nicht, sie anzusehen.

Ihre Enttäuschung war klar zu hören, als sie laut die Luft ausstieß.

Dann lächelte sie. „Soll ich bei meinem Arzt anrufen und fragen, ob er Zeit finden könnte, sich deinen Fuß anzusehen? Er könnte dir sicherlich auch in anderer Weise behilflich sein und die entsprechenden Tests durchführen. Die Praxis hat bis dreiundzwanzig Uhr auf ...“

Ziemlich sicher sah ich total bescheuert aus, als ich sie mit offenem Mund anstarrte, da sie leise lachte.

„Ich frage wegen dir, nicht wegen mir. Ohne jeden Zweifel kann ich jahrelang ohne Sex leben.“

„Im Gegensatz zu mir, willst du sagen?“ Mein Flüstern war so leise, dass ich es selbst kaum verstand. Beschämt schloss ich die Augen.

„Das war es nicht, was ich mit meinen Worten ausdrücken wollte. Verzeih mir bitte“, raunte sie, die Traurigkeit in ihrer Stimme unüberhörbar.

Abwehrend schüttelte ich den Kopf. „Niemals hätte ich mich so weit gehen lassen dürfen. Ich habe es gehasst. Ich habe mich gehasst und sogar dich.“

Als ich die Augen öffnete, sah ich, wie sie sich mit betroffenem Blick auf die Lippe biss. „Es tut mir unendlich leid, Roohy. I...“

Ein beruhigender Laut kam von ihr, als sie den Finger auf meinen Mund legte. „Dazu hast du keinen Grund. Wenn es dir hilft, dann gib mir die Schuld. Wenn ich dir zugehört hätte ...“

Laut fuhr ich auf: „Niemand anderer als ich trägt die Schuld. Wehe dir, du sagst das noch einmal.“

Sie seufzte. „Einigen wir uns auf die Mitte? Jeder trägt einen Teil der Schuld." Ein verschmitztes Lächeln breitete sich um ihren Mund aus. „Oder wir schieben sie Veola in die Schuhe."

Damit brachte sie mich zum Lachen.

„Soll ich Dr. Summers anrufen?"

„Die Idee ist nicht schlecht", räumte ich ein.

Nach einem Kuss, der mich überraschte, sprang sie hoch, und zog ihr Telefon aus der Tasche.

Einige Male tippte sie auf das Display.

„Setz dich wieder, Roohy. Deine Wärme fehlt mir", bat ich leise.

Während sie das Handy ans Ohr hielt, streichelte sie über meine Wange, ehe sie ihre Position wieder einnahm.

„Hallo? Rebecca Carney, ich bin Patientin von Dr. Summers. Mein ...", sie zögerte einen Moment lang, sprach eine Spur leiser weiter, „... Freund hatte einen kleinen Unfall. Er ist in ein Glas getreten. Wäre es möglich, dass Dr. Summers sich ...?" Konzentriert lauschte sie. „Wir machen uns sofort auf den Weg, vielen Dank."

Breit lächelnd legte sie auf. „Als Notfall darfst du ohne Termin vorbeikommen, sagt die Sprechstundenhilfe."

„Beeindruckend patent, Roohy. Ich komme in Versuchung, dir gleich jetzt einen Heiratsantrag zu machen." Ihr empörter Blick amüsierte mich.

„Mit so etwas scherzt man nicht. Mir gefällt der Gedanke, dass du mich irgendwann heiraten möchtest, um ehrlich zu sein. Doch wir sollten uns zuerst besser kennenlernen."

„Blödsinn. Je öfter es mir in den Sinn kommt, desto verlockender ist der Gedanke."

Sie stand auf. „Hoch mit dir. Zieh dir Socken und mindestens einen Schuh an. Ich rufe uns ein Taxi."

Grinsend tat ich ihr den Gefallen. „Bemerkenswert patent, Roohy. Du verlockst mich ernsthaft, dir einen Heiratsantrag zu machen."

Lachend schubste sie mich in Richtung Schlafzimmer. „Ab mit dir, du Wirrkopf."

„Oh, nein." Ich zog sie dicht in die Arme, und überrascht blinzelte sie. „Ganz sicher kein Wirrkopf. Der Wunsch dazu ist kristallklar in mir. Mir ist bewusst, der Zeitpunkt ist verrückt. Ich habe nicht einmal einen Ring. Aber würdest du mir den Gefallen tun und zumindest darüber nachdenken?" Bittend sah ich sie an.

„Du machst einen Witz, richtig?"

„Nein."

Fassungslos starrte sie zu mir hoch, begegnete meinem ernsten Blick. „Du ... Du bist auf jeden Fall ein Wirrkopf", stammelte sie. „Wir kennen einander kaum."

„Ein berechtigtes Argument. Dennoch möchte ich, dass du meine Frau wirst."

„Und ich möchte, dass wir uns auf den Weg zum Arzt machen. Alles andere wird warten können.“

„Denkst du darüber nach, bitte? Könntest du mir das versprechen?“

„Ja, das verspreche ich dir. Wenn du morgen früh zu deinem Fernsehauftritt fährst, und ich wieder klar denken kann, dann könnte ich eventuell Zeit dafür finden.“

„Ich hoffe eigentlich, dass du mit mir kommst.“ Bittend sah ich sie an.

„Oh ... Okay. Ich rufe uns jetzt ein Taxi.“

Lächelnd humpelte ich ins Schlafzimmer, griff mir das erstbeste Paar Socken und zog sie an.

Als ich in meinen bequemen Joggingschuhen zu Rebecca zurückging, nickte sie zufrieden. „Das Taxi wartet unten. Ich wusste nicht, dass eines ständig für die Hotelgäste bereit steht.“

Gute zwei Stunden später schloss sich die Schlafzimmertür hinter uns.

„Endlich allein“, stieß ich erleichtert hervor und zog sie in die Arme, um sie liebevoll küssen.

Sie erwiderte den Kuss, streichelte meine Wange, und flüsterte: „Es ist herrlich in deinen Armen.“

„Dort möchte ich dich immer haben.“

„Es ist fast Mitternacht“, murmelte sie abwesend.

„Bekomme ich einen letzten Kuss, bevor ich gehe?"
Kaltes Grauen kroch durch mein Inneres. „Du ...
Du willst nicht bleiben?"

Überrascht blinzelte sie. „Oh ... Aber ... Die Testergebnisse dauern bis zu einer Woche. Deswegen
dachte ich ..."

„Lass mich nicht allein, Roohy", bat ich eindringlich. „Bitte, ich möchte dich im Arm halten, an dich
gekuschelt einschlafen."

Ein süßes Lächeln erhellte ihr Gesicht. „Das würde
mir gefallen."

Erleichtert stieß ich den angehaltenen Atem aus.
„Danke ..."

„Hey ... Der Gedanke, gehen zu müssen, hat mir
auch nicht gefallen", wisperte sie.

Bei den Worten erwärmte sich mein Herz. „Ach ja?
Dann komm mit mir ins Bett", raunte ich und küsste sie kurz. „Tu mir nur einen Gefallen: Behalte
deine Bluse an."

Konfus forschte sie mit Blicken in meinem Gesicht.

Ich setzte zu einer Erklärung an: „Ich möchte weit
mehr tun, als dich nur zu halten. Doch ich werde
jeden Kampf gegen meine Selbstdisziplin verlieren,
würde ich deine nackte Haut berühren ..." Ein
Schauder durchfuhr mich bei der Vorstellung.

„Verstehe", hauchte sie und schenkte mir ein Lächeln. Sie trat von mir weg, drehte mir den Rücken
zu, und zog sowohl die Bluse als auch den BH aus.

Sofort wurde mein Mund staubtrocken. Als ich die dunkelblaue Spitze zu Boden fallen sah, schloss ich die Lider, hart um Beherrschung ringend.

Unter ihrer Berührung zuckte ich zusammen und riss die Augen auf. Ihr schelmisches Lächeln machte mich nervös. „Ich habe die Bluse wieder an, wie gewünscht. Doch ich liege klar in Führung ..." Sie ließ den Blick nach unten fallen, lenkte damit meinen auf ihre nackten Zehen, die fröhlich wackelten. „Nur noch die Hose, dann könnte ich deiner Aufforderung nachkommen, mit dir ins Bett zu gehen ..."

Ich gab den Kampf auf, meine Atmung zu kontrollieren. Keuchend riss ich sie gegen mich, raubte ihr gierig einen Kuss. Erst als sie sich stöhnend an mich schmiegte, war ich zufrieden, denn ich wollte nicht der einzige sein, der sich nach mehr verzehrte. „Schon besser. Ich durchschaue deine - nicht ganz so subtile - freche Ader."

Die Pupillen stark geweitet sah sie zu mir hoch. Sichtlich verlegen rang sie um Worte, doch dann stahl sich ein äußerst sexy Lächeln auf ihr Gesicht. „Ach ja? Es wirkte ganz so, als würdest du bereits um Selbstbeherrschung kämpfen müssen, ohne mich überhaupt anzufassen."

„Wie recht du hast", knurrte ich rau und zog sie erneut an mich, um sie zu küssen.

Doch sie drehte das Gesicht zur Seite. „Nicht."

„Roohy?"

Kurz sah sie mich an.

Das Begehren in ihrem Blick bewirkte, dass sich mein Herz freudig zusammenzog.

„Ich ..." Sie schnalzte leise mit der Zunge. „Okay, ich gebe es zu: Ich habe mich überhaupt nicht im Griff, wenn du mich küsst. Also ... Können wir einfach schlafen gehen, bitte?"

Ich hob ihr Kinn an, damit sie mich ansah. „Einverstanden." Zu gerne hätte ich sie geküsst, doch nach ihrer Bitte verzichtete ich widerwillig darauf.

Mein Atem stockte abrupt, als ich ihr zusah, wie sie aus ihrer Hose schlüpfte und mit nackten Beinen im Bett verschwand.

Eilig zog ich mich aus, behielt aber zur Sicherheit Shirt und Slip an.

Als ich mich ins Bett legte und sie an mich zog, wurde ich von Erstaunen erfasst, dass sie tatsächlich neben mir lag. Bewundernd ließ ich den Blick über sie gleiten, sog ihren Anblick in mich auf.

„Du solltest eventuell das Licht löschen", wisperte sie.

„Im Dunkeln kann ich dich nicht ansehen", widersprach ich. „Ich habe zwei endlose Jahre aufzuholen, in denen ich nur von dir träumen konnte. Allein deine Wärme zu fühlen ist unbeschreiblich."

Ernst blickte ich sie an und spürte erschüttert, wie die feinen Härchen ihres Körpers sich aufstellten.

„Taariq", schluchzte sie erstickt. Anmutig hob sie den Arm, legte die Handfläche an meine Wange. Ganz zart streichelte sie mich. Mit dem Daumen erkundete sie die Kerbe zwischen Nase und Mund.

Pure Sehnsucht leuchtete in ihrem Blick, als sie sagte: „Ich habe jeden Abend vor dem Einschlafen an dich gedacht. Du hast mich bis in meine Träume begleitet. Doch jetzt neben dir zu liegen, in deinen Armen geborgen zu sein ..." Ein zittriges Wimmern brach aus ihr heraus. Ihre Augen wurden sichtlich feucht. „Danke."

„Wofür?" Ich begriff nicht, wofür sie mir dankte, auch wenn ich von ihren Worten ergriffen war.

„Dafür, dass du meine Träume Wirklichkeit werden lässt."

„Die Worte gebe ich aus vollem Herzen zurück, Roohy. Jede Nacht habe ich von dir geträumt, in jeder wachen Minute an dich gedacht. Tausende Male habe ich die beiden TV Mitschnitte angesehen. Habe mich zurückerinnert, wie schön du bist und wie seidenweich deine Haare sich anfühlen." Behutsam schob ich eine Hand in die Locken, fuhr mit den gespreizten Fingern durch die Längen. „Sie sind kürzer", stellte ich bedauernd fest. Erstaunt beobachtete ich, wie ihre Wangen rot wurden.

Verlegen wich sie meinem Blick aus. „Ich habe durch und durch kindisch reagiert", sagte sie beinahe unhörbar.

„Es ist mir wohl bewusst. Ich bin vor dir davongelaufen, anstatt mit dir zu reden. Habe mein Telefon gekündigt, es weggeworfen und so deine Nummer verloren. Ich habe L.A. den Rücken gekehrt, weil mich die Stadt an dich erinnert hat, und damit meine Tochter verlassen. Tja, und zur Krönung habe ich mir die Haare abschneiden lassen, weil ... Na ja, wegen deinem Haarfetisch."

Soweit das Kissen es zuließ, schüttelte ich den Kopf. „Ich habe keinen Fetisch, jedenfalls nicht so, wie du denkst. Ich liebe deine Haare, weil sie *zu dir* gehören. Rebecca, *du* bist mein Fetisch."

Mehr als ein Seufzen erwiderte sie nicht.

„Wie kurz hast du sie abschneiden lassen?"

„Bis auf Höhe der Ohrläppchen."

Hörbar ließ ich den Atem entweichen. „Radikal, hm?"

„Radikal kindisch", murmelte sie und schloss die Augen. „Hoffentlich schaffe ich es, an deiner Seite endgültig erwachsen zu werden." Verhalten gähnte sie, verbarg dabei das Gesicht an meiner Schulter.

„Du bist viel dünner, als du sein solltest."

Unter einem kurzen Lacher zuckte ihr Körper. „Appetitmangel. Jetzt, wo ich dich ... Ich meine, jetzt könnte es sich durchaus ändern."

„Jetzt, wo du mich zurück hast?"

Langsam schlug sie die Lider auf. „Das wollte ich sagen, aber ich hatte dich nie."

„Du hattest mich von ersten Moment an, Roohy."
Zärtlich küsste ich ihre Nasenspitze. „Ich liebe dich
unendlich."

Das selige Lächeln, das um ihren Mund spielte,
raubte mir den Atem. „Darf ich dir etwas zeigen?"
Überrascht blickte sie mich an.

Tief durchatmend entzog ich mich ihr, setzte mich
auf, und krempelte den Stoff des rechten Ärmels
nach oben. Ich streckte den Arm aus und deutete
auf eine Stelle an der Innenseite.

Hörbar stieß sie die Luft aus, als sie sich ebenfalls
aufrichtete. „Du hast dich tätowieren lassen?"

„Ja. An dem Tag, als ich dich für immer verloren
glaubte. Ich wollte etwas haben, das mich auf ewig
an dich erinnert."

Stirnrunzelnd betrachtete sie das Tattoo. „Ein ge-
flügeltes Pferd? Das würde ich eher mit deiner Familie in Verbindung bringen."

„Damit hast du recht. Aber innen stehen drei Worte."

Verständnislos schüttelte sie den Kopf, als sie es
genauer in Augenschein nahm. „Oh ... In arabischer Schrift?", hauchte sie.

„Ja."

„Welche Worte?"

„*Liebe,* und darunter *Meine Seele.*" Kurzatmig wartete ich gespannt auf eine Reaktion.

Ihre Lippen teilten sich, doch sie blieb stumm.

„Du bist die Liebe meines Lebens, Rebecca. Der Moment, als ich dir den Kosenamen *Roohy* – meine Seele – gegeben habe, wird mir immer in Erinnerung bleiben. Nicht wegen unserer körperlichen Vereinigung." Verwirrt schüttelte ich den Kopf, suchte noch angestrengter nach den richtigen Worten. „In dem Augenblick hat mich die Liebe zu dir bewegungsunfähig gemacht."

Ihre Augen hingen wie gebannt an meinen.

„Ich hatte das dringende Bedürfnis, dir meine Liebe zu gestehen, in genau dem Moment", schloss ich, um jedes weitere Wort verlegen.

Zittrig atmete sie aus, die Augen sichtlich feucht. „Das war exakt die Sekunde, in der ich dir mein Herz geschenkt habe."

Überrascht sah ich sie an.

„Ich liebe dich, Taariq. Und genau diese Worte wollte ich dir sagen, zu dem speziellen Zeitpunkt."

Mein Herz zog sich zusammen. Ihr Geständnis erwischte mich mit voller Breitseite.

Sie biss sich auf die Lippe, drängte sich gegen mich, und legte sie Arme um meinen Hals. „Rein optisch gefällt mir das Tattoo. Aber noch mehr liebe ich die Bedeutung dahinter."

„Freut mich, zu hören", wisperte ich und stahl mir einen Kuss. „Die Chancen stehen gut, dass es die einzige Tätowierung bleibt. Es hat nämlich verflixt wehgetan, dass Ding stechen zu lassen."

Kichernd lehnte sie sich zurück. „Ach ja? Gut so, denn ich möchte ungern meinen Namen in deiner Haut sehen."

„Ich denke, Roohy *ist* dein wirklicher Name ..."
Unvermittelt wurde sie ernst. „Du darfst mich immer so nennen. Ich liebe den Kosenamen."

„Es ist so viel mehr als ein bloßer Kosename", korrigierte ich sie liebevoll und lächelte amüsiert, als sie erfolglos versuchte, ein Gähnen zu verbergen.

„Zeit zum Schlafen", wisperte ich und ließ mich nach hinten sinken.

Weich schmiegte sie sich an mich, schloss die Augen, und seufzte leise. „Träum schön, Taariq", murmelte sie. Keine zehn Sekunden später schlief sie ein.

Voller Bewunderung betrachtete ich sie, sog ihren Anblick in mich auf. Eine Ewigkeit lang studierte ich ihr Gesicht, bekam einfach nicht genug. Erst, als meine Lider immer schwerer wurden, flüsterte ich: „Schlaf gut, Roohy. Träum von mir, wie ich von dir träumen werde."

Good Morning America

Humpelnd betrat ich das Studio, ein breites Lächeln um den Mund. Lautstarker Applaus und unverständliche Rufe prasselten auf mich ein, als ich auf den V-förmigen Tisch zuging.

Da ich nicht zum ersten Mal in der Sendung war, begrüßten mich die vier Gastgeber wie einen alten Freund. Kaum saß ich auf dem Drehstuhl, als Lara auch schon bemerkte: „Taariq, du strahlst so ..."

„Dazu habe ich auch den besten Grund."

„Deine Freude darüber, wieder bei uns zu sein?"

Leises Gelächter im Publikum.

„Das auch, natürlich."

„Ich sehe es dir an: Du kannst es nicht erwarten, es uns zu verraten", erwiderte George mit einem angedeuteten Zwinkern.

Zustimmend nickte ich, holte tief Luft, und sagte bedächtig: „Die Liebe meines Lebens ist wieder an meiner Seite. Ich könnte nicht glücklicher sein."

„Das freut mich, zu hören. Erfahren wir einen Namen?", fragte George verblüfft.

„Okay, meine Damen. Wer von euch ist die Glückliche?", rief Lara ins Publikum, bevor ich antworten konnte, und erntete damit einige Lacher.

„Rebecca ist hinter den Kulissen", verriet ich und deutete mit der Hand in die Richtung.

„Rebecca", rief Robin mit erstaunter Stimme.

„Du machst uns neugierig", sagte Lara. „Erzähl uns ein paar Einzelheiten, bitte."

Ich zuckte die Schulter. „Es war reines Glück, dass mein Bruder sie gesehen und erkannt hat. Ich war auf dem Weg zum Flughafen, als Zain mich anrief. Ohne seine Überredungskünste wäre ich noch immer Single, fürchte ich."

Rufe wurden im Publikum laut. Eine besonders schrille Stimme rief: „Vergiss sie, heirate mich!"

Lächelnd schüttelte ich den Kopf. „Mein Bruder ist noch zu haben", rief ich zu ihr hinüber. „Ich bin vom Markt und restlos glücklich darüber."

„Gratuliere. Und wir dachten alle, das mit ihr wäre ein Mediengag, nicht wahr, Lara?", sagte George zu der blonden Frau rechts von ihm.

„Kein Gag, sondern Liebe auf den ersten Blick", korrigierte ich ihn.

„Also pures Pech, meine Damen. Doch seht es positiv: Es hätte jede von euch treffen können", rief Lara mit einem gezwungenen Lachen.

„Hast du vor der Sendung mit Rebecca geredet?", fragte ich sie mit einem Zwinkern. „Scherz beiseite. Sie hat mir genau dieselben Worte gesagt. Und ich hoffe, ich konnte sie von meiner Anschauungsweise überzeugen."

„Die da wäre?", hakte Robin nach. Sie schien ernsthaft interessiert zu sein an meinen Worten.

„Dass es egal ist, ob man sich auf den ersten Blick verliebt oder später. Ich hätte sie in jedem Fall geliebt, da sie mich komplett macht. Alles an ihr lässt mich sie mehr und mehr lieben. Wenn sie mir mein Herz nicht geraubt hätte, dann glaube mir, ich hätte es ihr hinterher geworfen. In der Hoffnung, dass sie es auffängt und behält."

Ein kollektives Seufzen ging durch das Studio.

„Du meine Güte." George räusperte sich. „Du hängst die Latte für uns Männer gerade etwas zu hoch, mein Freund. Wie sollen wir Normalsterblichen die Erwartungen der Frauenwelt jetzt noch erfüllen können ...", flachste er.

Im Publikum wurde Lachen wurde laut.

„Dann läuten also bald die Hochzeitsglocken?"

Ich schürzte die Lippen. „Das liegt ganz bei ihr. Wenn sie mich haben will, dann heirate ich sie sofort."

„Hey, Rebecca", rief Lara breit lächelnd. „Hier ist ein Mann, der dir gerade einen Antrag gemacht hat. Komm raus zu uns. Wir würden gerne deine Antwort hören."

„Ich fürchte, sie ist zu schüchtern, um sich jetzt schon der Öffentlichkeit zu stellen. Doch bezüglich einer Heirat hat sie mir immerhin versprochen, darüber nachzudenken."

„Nachzudenken?", echote Robin verblüfft.

„Das ist um Welten mehr, als ich mir gestern morgen erträumt habe", erwiderte ich lächelnd.

„Okay", sagte George langgezogen. „Bevor unsere Sendezeit vorbei ist, lass uns einen Augenblick lang über deinen neuen Film sprechen. In einer Woche ist die Premiere von *Stoke Up A Feud*. Was erwartet uns im Kino?"

„Ich hoffe, gute Unterhaltung", witzelte ich. „Nein, im Ernst: Aus meiner Sicht heraus haben wir einen dramatischen und Gänsehaut verursachenden Thriller gedreht."

„Du spielst erneut einen Killer, der zahlreiche Menschenleben auslöscht. Wirst du für diese Rolle ebenfalls einen Oscar erhalten?"

Milde lächelnd schüttelte ich den Kopf. „Hellseher bin ich nicht. Aber die Rolle zu verkörpern war definitiv eine Herausforderung."

„Wo du gerade von verkörpern sprichst ... Wird es eine Szene geben, in der dich deine weiblichen Fans etwas weniger bekleidet bewundern dürfen?", fragte Lara.

Mir platzte ein Lachen heraus. „Gab es schon mal einen Film, in dem ich *nicht* mein Shirt ausziehen musste? Wenn die Produzenten verlangen, dass ich eine Szene halbnackt spielen soll, dann habe ich kaum ein Mitspracherecht. Doch immerhin zahlen sie gut dafür."

Anzügliche Pfiffe wurden laut, als hinter mir Fotos eingeblendet wurden, die mich mit nacktem Oberkörper zeigten.

Eine Stimme rief: „Ausziehen, ausziehen ...", und sofort fielen andere mit ein.

Ich hob die Hände und es wurde leiser. „Es tut mir leid. Ich bin mir nicht sicher, inwieweit Rebecca bereit ist, mich zu teilen."

„Wieso kommt sie nicht zu uns? Mich würde ihre Meinung brennend interessieren", konterte George.

Noch während ich den Kopf schüttelte, teilte sich der Vorhang, der den Eingang zu den Kulissen verdeckte.

Mit selbstsicherem Gesichtsausdruck kam Rebecca auf den Tisch zu. Auch wenn sie mit der Bluejeans und dem von mir geliehenen Pulli nicht so elegant gekleidet war wie Lara oder Robin, sah sie hinreißend aus.

Ich stand auf und ging ihr entgegen.

Strahlend lächelte sie mich an.

Von Gefühlen überwältigt rang ich nach Luft. „Hey, Roohy", flüsterte ich in ihr Ohr, nahm ihre Hand, und führte sie zu meinem Stuhl.

Eilends wurde ein weiterer Hocker gebracht.

Kaum saßen wir, als Lara auf sie einstürmte: „Hallo, Rebecca. Toll, dass du zu uns stößt." Sie lächelte breit und zeigte dabei ihre perlweißen Zähne.

„Du hast einige Fragen verpasst, zu denen wir gerne deine Meinung hören würden. Zum einen hat Taariq die Frage aller Fragen in den Raum gestellt ..."

Verhalten lächelte sie. „Ich habe ihm versprochen, darüber nachzudenken."

Unter dem Tisch drückte ich ihre Hand, die ich nach wie vor festhielt.

„Warum zögerst du mit einer Antwort?"

Ihr Lächeln verblasste. „Eine Hochzeit ist ein gewaltiger Schritt, für jedes Paar. Technisch gesehen kennen wir uns zu wenig. Wenn es hoch kommt, dann haben wir ...", sie sah mich einen Augenblick lang fragend an, „... etwa achtundvierzig Stunden miteinander verbracht. Würdest du jemanden nach so kurzer Zeit heiraten?"

„Nun", sagte George. „So gesehen, nein ... Doch eurer Kennenlernen liegt immerhin schon zwei Jahre zurück, wenn ich mich richtig erinnere."

„Ja." Tief atmete sie durch. „Wir beginnen einen neuen Abschnitt. Als Paar. Ich freue mich auf jede weitere Stunde, die ich mit Taariq zusammen sein darf, da ich ihn aufrichtig liebe."

Ihre Worte raubten mir den Atem.

Unfähig, mich zurückzuhalten, hob ich ihre Hand an den Mund, um einen Kuss auf ihre Finger zu hauchen.

Ein glückliches Lächeln war meine Belohnung.

„Und zur Frage, ob du bereit bist, Taariq mit tausenden Fans zu teilen ...?"

„Teilen ist ein seltsames Wort. Grundsätzlich habe ich nichts dagegen. Mir ist bewusst, dass jede Frau ihn gerne ansieht, mir geht es ja nicht anders. Doch teilen, im wahrsten Sinne des Wortes, werde ich ihn nicht. Um ehrlich zu sein, erhoffe ich mir, dass seine Fans uns als Paar respektieren."

„Und wie stehst du dazu, wenn er aufgefordert wird, sein Hemd auszuziehen?", fragte Robin in sensationslüsternem Ton.

„Das ist allein seine Entscheidung. Wenn er es machen möchte, dann habe ich nichts dagegen."

Sofort wurde es laut im Publikum.

Rebecca sah sich grinsend um, blickte mich an, und hob provozierend die Augenbraue.

„Bist du dir sicher?", flüsterte ich ihr ins Ohr.

„Ganz sicher", wisperte sie.

Wortlos stand ich auf und hielt ihr mein Handgelenk entgegen.

Überrascht sah sie zu mir hoch, während erneut laute Stimmen im Chor forderten: „Ausziehen, ausziehen ..."

Mit geschürzten Lippen öffnete sie die Knöpfe an beiden Ärmeln. „Den Rest darfst du selbst erledigen. Du bist alt genug." Sie schubste mich von sich.

Amüsiert richtete ich den Blick auf die Zuschauer, knöpfte gemächlich das Hemd auf.

Das Kreischen wurde schriller, als ich es aus der Hose zog. Ich ließ mir reichlich Zeit.

„Wow", hauchte Lara, als sie meinen entblößten Oberkörper musterte. „Wie oft trainierst du?"

„Täglich, wenn es in den Zeitplan passt."

Robin redete munter drauflos: „Ein netter Anblick, möchte ich meinen. Verschenke doch das Hemd. Im Grunde brauchst du es doch nicht ..." Sie zwinkerte vielsagend.

„Du willst mich halbnackt nach draußen schicken? Wir sind hier in New York, und es ist offiziell noch Winter", empörte ich mich, zwinkerte aber.

Mit einer geschmeidigen Bewegung zog Rebecca meinen Pulli aus und hielt ihn mir lächelnd hin. In ihrem schmal geschnittenen T-Shirt sah sie um einiges zerbrechlicher aus.

„Nun", rief Lara erfreut, „wer ist die glückliche Empfängerin, Taariq?"

Mein Blick schwenkte zu Rebecca, forderte sie stumm auf, jemanden auszusuchen.

Breit lächelnd nahm sie die Herausforderung an. Sie drehte sich einmal im Kreis, ließ den Blick über die Menschen gleiten, die sofort zu rufen begannen.

Fast jeder stand auf den Füßen und versuchte lautstark, ihre Aufmerksamkeit auf sich zu lenken.

Sie neigte sich meinem Ohr zu. „Die kleine Brünette?" Mit dem Kinn deutete sie in die Richtung.

„Sie scheint ganz durch den Wind zu sein. Was meinst du?"

Entgegen allen anderen stand das Mädchen vollkommen ruhig da. Stumme Tränen rannen ihr über die Wangen.

„Deine Wahl, Roohy", flüsterte ich zurück. „Würde es dich stören, wenn ich sie umarme?"

Ein Lächeln zuckte um ihren Mund. „Nein, ganz sicher nicht."

George streckte mir einen schwarzen Stift entgegen, den ich mit einem Nicken entgegennahm.

Ich wandte mich ab, um zu der Kleinen zu gehen.

Die Augen in ihrem Gesicht wurden riesig, als sie begriff, dass ich auf sie zuging. Jäh versiegten die Tränen.

„Wie heißt du?", fragte ich sanft.

„Anne", hauchte sie kaum vernehmlich.

„Das ist für dich", sagte ich leise und hielt das Hemd hoch, „wenn du es haben möchtest?"

Wie hypnotisiert starrte sie mich an. Ihre Freundin stieß ihr den Ellenbogen in die Rippen, sodass sie keuchte. Erst jetzt nickte sie.

Ich schrieb ihren Namen auf den Kragen, setzte meine Unterschrift darunter, und hielt ihr das Kleidungsstück hin.

Ihre Hand bebte heftig, als sie es entgegennahm.

Den Kopf leicht zur Seite neigend fragte ich: „Bekomme ich eine Umarmung?"

Annes Augen wurden noch größer, ehe sie nickte und die Lippen aufeinander presste.

Laut schluckte sie, als ich die Arme um sie legte und sie an mich drückte. „Hey, ist alles okay?"

„Ich liebe dich", schluchzte sie mit Tränen in den Augen.

„Danke", murmelte ich, drückte sie noch einmal, und ließ sie los. „Wirst du dir den neuen Film ansehen?"

„Natürlich. Ich habe alle deine Filme gesehen."

„Welcher gefiel dir am besten?"

„*Love Quotes*", seufzte sie.

„Hm ... Also sollte ich, deiner Meinung nach, mehr Liebesfilme drehen?"

Es schien unmöglich, aber ihre Augen wurden noch größer. Sie nickte stumm.

Ich lächelte. „Ich behalte es im Hinterkopf. Achte gut auf mein Hemd, ja?" Nach einem Zwinkern drehte ich mich um und ging zum Tisch zurück.

„Wow", rief mir George entgegen. „Sieht so aus, als hättest du sie ziemlich glücklich gemacht." Er wandte sich an Rebecca. „Ist diese Art des Teilens also okay? Dürfen sich Taariqs Fans auch weiterhin auf eine gewisse körperliche Nähe freuen?"

Verärgert runzelte ich die Stirn, als ich die Anspielung verstand.

Rebecca konterte gelassen: „Ich werde Taariq in allem unterstützen, was seine Arbeit betrifft."

Es war ihre Hand, die für alle sichtbar nach meiner griff. Unsere Finger flochten sich ineinander. „Was unser Privatleben angeht: Wir sind ein Paar und lieben uns. Mehr brauchen wir nicht."

Zustimmend nickte ich und küsste ein weiteres Mal die weiche Haut ihres Handrückens.

Bekräftigung

„Du hast dich prächtig geschlagen, Roohy", murmelte er, als wir das Studio verließen.

Wortlos drückte ich seine Finger.

Ein Fahrer hielt uns die Autotür auf.

Taariq ließ mir den Vortritt. Kaum saß er neben mir, kuschelte ich mich an ihn.

Minutenlang schwiegen wir, dann fragte er leise: „Woran denkst du?"

Seufzend ließ ich den Atem entweichen. „An alles mögliche. Unter anderem an die Kleine. Du hast sie ziemlich glücklich gemacht."

Sein Blick wurde eindringlicher. „Du darfst mir jederzeit sagen, wenn es etwas gibt, mit dem du nicht ..."

Lächelnd unterbrach ich ihn: „Keine Sorge, das werde ich. Mit solchen Aktionen habe ich kein Problem. Ich fand es sogar ziemlich süß."

„Süß?"

„Das Mädchen ist schwer verknallt in dich." Ich spürte meinen Mund zucken bei dem Versuch, ein Lächeln zu unterdrücken.

„Mich interessiert lediglich die Liebe *einer* Frau".

Tiefernst tauchte er den Blick in meinen.

„Das weiß ich doch", murmelte ich und fügte lächelnd hinzu: „Die deiner Mutter."

Verdutzt starrte er mich an. Einen Augenblick später platzte ein heiteres Lachen aus ihm heraus.

Der Wagen fuhr in die hoteleigene Tiefgarage. Vor den Aufzügen hielt der Fahrer an und öffnete mir die Tür.

„Ich danke Ihnen", murmelte ich.

Taariq kam um den Wagen herum und nahm meine Hand. „Komm. Zain wird schon warten." Er führte mich in den Fahrstuhl, der sich lautlos nach oben bewegte. „Ich bin heilfroh, dass mein Bruder da ist", murmelte er, griff unvermittelt nach meiner Taille, und zog mich an sich. Sein Mund ermächtigte sich meiner Lippen.

Überrascht keuchte ich, schloss aber selig die Augen, und erwiderte den Kuss. Heißes Verlangen erwachte in mir.

Als der Aufzug zum Stillstand kam, löste er sich halbwegs von mir, einen Arm weiterhin um meine Taille geschlungen. „*Deswegen* bin ich froh ..."

Verwirrt schüttelte ich den Kopf.

„Ich will dich, Rebecca. Mein Verlangen nach dir ist bodenlos. Leider kann ich dich nicht lieben, bis die Testergebnisse eintreffen. Mein Bruder ist der perfekte Anstandswauwau. In seiner Gegenwart werde ich mich zusammenreißen *müssen*." Ein humorloses Lachen kam aus seinem Mund.

Zwiegespalten nickte ich. Seine Logik entbehrte nicht einer gewissen Grundlage. Doch tatsächlich wollte ich lieber mit ihm allein sein.

Seufzend sah ich zu, wie er die Plastikkarte aus seiner Tasche zog.

„Ich liebe dich", murmelte er, anstatt die Tür zu öffnen. „Anders herum wäre mir die Situation lieber, das weißt du, nicht wahr?"

Matt lehnte ich die Stirn an seine Schulter. „Ja. Mir auch", hauchte ich.

„Schenk mir einen Kuss, Roohy, bitte."

„Das ist der Sachlage nicht sonderlich förderlich", murmelte ich, reckte mich aber zu ihm hoch.

Er kam mir entgegen, verharrte aber einige Millimeter vor meinem Gesicht.

Lächelnd nahm ich die Herausforderung an. Zärtlich schmiegte ich die Lippen an seine, strich mit ihnen über seinen Mund.

Ein Stöhnen kam von ihm, das meine Gefühle aufpeitschte. Doch die Liebe wog in diesem Moment schwerer als die Leidenschaft. „O Taariq ... Ich liebe dich so sehr", wisperte ich, ohne den Hautkontakt zu unterbrechen.

Warme Hände legten sich an meine Wangen. „Das brauchte ich, Rebecca. Genau diese Worte." Ein Stück weit lehnte er sich zurück, um mich anzusehen. „So heftig ich mir auch körperliche Liebe mit dir wünsche, nichts beglückt mich mehr, al..."

Wir zuckten zusammen, als die Tür unvermittelt aufging.

Breit grinsend sah Zain von mir zu seinem Bruder. „Ihr zwei solltet euch dringend ins Schlafzimmer zurückziehen, wenn ich mir das so anschaue ...“

Keiner von uns kommentierte das.

Taariq ließ mich widerstrebend los und deutete mit der Hand ins Zimmer. „Nach dir, Rebecca.“

Erstaunt blickte ich auf den Koffer, der neben der Tür stand.

„Zain?“, fragte Taariq perplex.

Zwinkernd antwortete der: „Ich habe einen früheren Flug bekommen.“

„Aber ...“ Schwer schluckend erwiderte Taariq den Blick seines Bruders.

„Ihr beide könnt etwas Zweisamkeit gebrauchen, da wäre ich nur im Weg. Dad freut sich sicherlich, wenn ich eher nach Hause komme. Wie sieht es aus, Taariq, darf ich unseren Eltern die guten Neuigkeiten über euch verraten? Oder möchtest du das selbst machen?“

„Ich lasse dir gern den Vortritt. Immerhin habe ich es dir zu verdanken, dass ...“

„Blödsinn! Ich hatte keinen Nerv mehr auf deine miese Laune, deshalb habe ich mich eingemischt. Von daher“, er wandte sich mir zu, „danke *ich* der bezaubernden Dame an deiner Seite. Halte meinen Bruder bei Laune, tust du mir den Gefallen?“

„Von Herzen gerne." Ich entzog mich Taariqs Umarmung und reckte mich an Zain hoch. Seine Wange empfing meinen dankbaren Kuss.

„Macht es gut, ihr zwei. Taariq, bring Rebecca so bald wie möglich nach Hause. Sie sollte die gesamte Familie kennenlernen, bevor es zu ernst mit euch wird." Er zwinkerte mir zu. „Dann kannst du noch rechtzeitig die Notbremse ziehen."

Lächelnd schüttelte ich den Kopf. „Wir haben uns unser Glück redlich verdient. Ich fürchte, so lange Taariq mich haben will, wirst du mich nicht vertreiben können."

„Ha ha", murmelte er und schloss mich in die Arme. „Ich freue mich, dass du jetzt zur Familie gehörst", flüsterte er mir ins Ohr.

Wärme erblühte in meinem Herzen bei den Worten. „Danke …"

Taariq räusperte sich. „Dein Taxi wartet", sagte er in mahnendem Ton.

„Gib dir etwas mehr Mühe, kleiner Bruder. Ich dachte, du bist ein besserer Schauspieler. Es ist klar ersichtlich, dass du sämtliche Umarmungen für dich haben willst. Als angehender Schwager …"

„Verschwinde endlich", grummelte Taariq.

Lachend umfasste Zain den Griff des Koffers, hob noch einmal die Hand zum Gruß, und trat in den Flur hinaus. „Ach, da ist ein Umschlag per Kurier gekommen. Er liegt auf dem Schreibtisch."

Sekunden später war er außer Sicht und Taariq schloss die Tür.

„Verdammt! So viel zum Thema Sittenwächter ...“ Das Gesicht verzerrte sich halb belustigt, halb verzweifelt. Nachdrücklich zog er mich an sich. „Wo waren wir stehengeblieben?“

Gefühlte einhundert Küsse später drückte er mich stöhnend von sich. „Ich stehe knapp vor dem Punkt, an dem es kein Zurück mehr gibt. Deshalb ...“ Mit zitternden Händen fuhr er sich durch die Haare.

Während ich mich bemühte, wieder zu Atem zu kommen, sah er sich ruhelos im Zimmer um. „Hilf mir, Roohy. Ich brauche etwas, dass mich von dir ablenkt.“

Leise lachte ich. „Es gibt unzählige Themen, über die wir reden können.“ Jäh schoss mir ein gegenteiliger Gedanke durch den Kopf, ließ mein Herz um ein Vielfaches schneller schlagen.

„Reden? Alles, woran ich denken kann, ist, dich postwendend ins Bett zu tragen, um ...“ Ein missvergnügtes Stöhnen brach aus ihm heraus.

„Deswegen nennt man es Ablenkung. Denk an etwas anderes als an Sex.“

Laut stieß er den Atem aus. „Verdammt, das Wort ist vollkommen kontraproduktiv!“ Mit hungrigem Blick starrte er mich an.

Um ihn zu provozieren, schürzte ich die Lippen.

Prompt tappte er in die Falle. Deutlich hörbar rang er nach Atem. „Verdammt, Roohy ... Du machst es mir verflixt schwer, auch nur den Versuch zu machen, an etwas anderes zu denken."

„Dir ist bewusst, dass es andere Arten gibt, um den sexuellen Frust loszuwerden, oder?", raunte ich und trat nahe an ihn heran. Fest drückte ich die Finger auf die Ausbuchtung seiner Hose, genoss sein Stöhnen. „Ich könnte es dir mit der Hand machen", flüsterte ich in sein Ohr.

„Allmächtiger", keuchte er und erschauderte. Brennende Augen begegneten meinen. „Was könnten wir außerdem tun?", fragte er atemlos.

Bewusst langsam rieb ich die Handfläche über den Stoff. Kurz zögerte ich, dann wisperte ich: „Mach es mir mit der Zunge."

Ihm blieb der Mund offen stehen. Stockend entwich sein Atem. „Dich schmecken, Asaal? Nichts lieber als das."

Ohne ein weiteres Wort zu verschwenden hob er mich auf die Arme. Er trug mich bis zum Bett, um mich sanft davor auf die Füße zu stellen.

„Zieh dich aus, Roohy", forderte er mit bebender Stimme, während er sich hektisch den Pullover herunterriss. Schon nestelten sichtlich nervöse Finger am Reißverschluss seiner Hose. „Verdammt, warum bist du nicht schon gestern darauf gekommen?", murmelte er leise lachend.

Nackt stand er vor mir, sichtlich erregt. „Du sollst mich nicht anstarren, sondern dich ausziehen. Ich will dich hüllenlos, um meine Zunge in deinem Honig zu baden ..."

Schwer schluckend sah ich zu ihm auf, als er den Saum meines T-Shirts ergriff und es mir auszog. Sekunden später fiel der BH zu Boden, und seine Hände zerrten die Jeans von meinen Hüften.

Als ich splitternackt vor ihm stand, trat er einen Schritt zurück, um mich anzusehen. „Verdammt, bist du schön ... Bei deinem Anblick allein könnte ich bereits explodieren", keuchte er heiser.

Entschlossen drückte er mich auf die Matratze hinunter und spreizte meine Beine. „Du darfst dich später beklagen, dass ich es zu eilig habe", raunte er und kniete sich vors Bett. „Aber ich muss dich schmecken, Asaal. Jetzt sofort."

Keuchend stieß ich den Atem aus, als ich seine stürmische Zunge spürte, die sich gnadenlos über meine empfindlichste Stelle hermachte. „O Gott, Taariq ..." Meine Augen schienen sich nach innen zu drehen unter dem Aufpeitschen der Gefühle, die in meinem Schoß explodierten.

„*Grundgütiger* ..." Er ließ abrupt von mir ab.

Überfordert riss ich die Lider auf, um seinen Blick zu suchen.

Seine Augen schienen zu glühen, in Flammen zu stehen.

Wortlos erhob er sich, kauerte sich über mich. Kopfschüttelnd sah er mich an, murmelte: „Ich erinnere mich lebhaft, wie dein Geschmack mich süchtig gemacht hat in unserer ersten Nacht." Ohne Federlesen presste er den Mund auf meinen, drängte die Zunge in die Höhle. „Schmeckst du dich?", murmelte er an meinen Lippen.

Stöhnend kam ich ihm entgegen, angetrieben von seinem Drängen.

„Ich will alles von dir, Asaal. Jeden Tropfen will ich auflecken, deinem unwiderstehlichem Aroma nachspüren."

Benommen erwiderte ich den Blick, der mich nicht losließ, auch wenn Taariq sich gemächlich nach unten schob. Die Haare seines Oberkörpers kitzelten meine Brustspitzen, die mit einem harten Zusammenziehen darauf reagierten.

Ein Beben durchlief meinen Körper.

Geruhsam schob er sich tiefer, bedachte jeden Zentimeter Haut mit einem Kuss. Verheerende Gefühle breiteten sich in mir aus, machten es beinahe unmöglich, die Lungen ausreichend mit Sauerstoff zu füllen.

Ein Schrei entfuhr mir, als ich spürte, wie er den Mund auf mein Geschlecht drückte, die Zunge darüberfahren ließ, und sie tief hineinschob.

„Ja, Asaal. Du bist mein", sagte er grollend in besitzergreifendem Ton.

Hilflos dem Stürmen der Gefühle ausgeliefert, drückte ich ihm das Becken entgegen.

„Sieh mir zu, Asaal. Beobachte, wie ich es genieße, dich zu den Sternen zu führen."

Unsere Blicke verhakten sich ineinander, als er mit der Nasenspitze gegen die geschwollene Klit drückte, darüber rieb.

Zitternd entströmte mir die Luft. Hart kämpfte ich um einen weiteren Atemzug.

Ohne Vorwarnung schob er zwei Finger in mich, ließ mich japsen vor Überraschung.

In einem langsamen Rhythmus bewegte er die Hand, trieb mich Stück für Stück dem Höhenflug entgegen. Unablässig zog die Zunge Kreise um meine Perle, die beinahe unangenehm pulsierte.

„Taariq", stieß ich fiebrig hervor. „Bitte ..." Mir war nicht bewusst, worum ich flehte, doch die Spannung in mir stand an der Grenze zum Schmerz.

„Möchtest du kommen, Asaal?", fragte er mit einem deutlichen Lächeln in der Stimme.

„Ja", rief ich langgezogen, da er unverhofft mit den Fingerspitzen das klopfende Bündel Nervenenden zusammendrückte. „Bitte ..."

„Ich liebe es, wenn du mich anbettelst ..." Er zog die Finger heraus, spreizte mit den Kuppen die Schamlippen.

Ich spürte, wie die Öffnung frei dalag.

Kräftig pustete er dagegen, bewegte dabei den Kopf hin und her.

Das ungewohnte Empfinden trieb mich beinahe in den Wahnsinn. „Taariq ... Bitte, mehr ...", stieß ich abgehackt hervor.

Leise lachend schüttelte er den Kopf. „Bald. Versprochen. Doch zuerst muss ich dich genauer ansehen. Das unglaublich schöne Pink bewundern, das zur Mitte hin dunkler wird. Und das dunkle Loch, verlockend wie nichts anderes. Glitzernde Feuchtigkeit, die sich wahnsinnig geschmeidig anfühlt. Wie gerne würde ich ..." Dunkel stöhnend verstummte er. Drei Finger auf einmal drängten in die Nässe.

Der unerwartete Aufprall seiner Knöchel gegen meinen Schoß entriss mir einen überraschten Schrei. Minutenlang wiederholte er die Bewegung, rieb mich damit emotional auf.

„Ich kann spüren, wie sich deine inneren Muskeln anspannen." Er beschleunigte das Tempo, keuchte beinahe heiser: „Sieh mich an, Roohy."

Angestrengt wandte ich den Blick in seine Augen, die vor Leidenschaft zu brennen schienen.

Wie von selbst riss mein Mund auf, schnappte erfolglos nach Luft, da er jetzt beinahe roh die Finger in mich stieß, in einem hypnotisierenden Rhythmus. Widerstandslos fuhren sie in die Tiefe, zogen rückwärts, drängten unerbittlich voraus.

„*Allmächtiger*", keuchte Taariq. „Das ist das Aufregendste, was ich je gesehen habe. Es fehlt nicht viel, und ich bin schneller am Ziel als du." Die ausgestreckte Zunge landete mit unfehlbarer Sicherheit auf der prallen Perle, umkreiste sie.

Schluchzend kniff ich die Augen zusammen, als sein Mund sich darum schloss und nachdrücklich zu saugen begann.

„Ja … Komm für mich …", stieß er belegt hervor.

Unwillkürlich versteifte ich mich, ein Zittern überwältigte meinen Körper. Mit einem spitzen Schrei begegnete ich dem Gefühl, in den Himmel katapultiert zu werden.

Sämtliche Nerven vibrierten, zogen sich zusammen unter dem intensiven Höhepunkt, der mich sekundenlang umklammert hielt.

Schluchzend grub ich die Finger in die Bettdecke, die unter mir lag, riss daran.

Ein heiserer Schrei drang an mein Ohr.

Gänzlich aus der Fassung gebracht sah ich, wie Taariq das Gesicht verzog, und dabei schmerzhaft die Finger in das Fleisch meiner Hüften grub.

Der Schrei ebbte zu einem Stöhnen ab.

„Taariq?", flüsterte ich, als es mir dämmerte. „Bist du etwa …?"

Unter sichtbarer Anstrengung öffnete er die Lider.

Matt starrte er mich an und stieß einen knappen Lacher aus. „Verdammt, ja …", murmelte er.

Kraftlos lehnte er den Kopf an meinen Schoß und schloss erneut die Augen. Sein feuchter Atem wehte in unregelmäßigen Intervallen gegen mich, ließ mich erschaudern.

„Du hast dich nicht einmal angefasst", wisperte ich perplex.

Haltlos zitternd blieb er stumm, kämpfte sichtlich um jeden Atemzug. Eine Weile später stemmte er sich hoch. „Ich muss kurz ins Bad. Lauf mir nicht weg, ja?"

Stumm nickte ich. Das leise Geräusch von fließendem Wasser erreichte mich. Aus weit aufgerissenen Augen beobachtete ich, wie er zurückkam und sich abermals vor das Bett kniete.

„Was für eine Sauerei", stieß er lachend hervor, ehe er mit einem Waschlappen über das Laken und den Boden wischte. „Besser geht es nicht", murmelte er und stand geschmeidig auf. Kurz verschwand er in dem angrenzenden Raum, wieder hörte ich Wasser rauschen.

Gleich darauf stand er neben mir, zog mich an den Händen. „Hoch mit dir. Wir brauchen die Decke."

Wortlos gehorchte ich.

„Leg dich zu mir", bat er leise und schlüpfte ins Bett. Sein Arm hob sich, lud mich ein.

Lächelnd schmiegte ich mich an den warmen Körper, sog tief den männlichen Duft ein, den er ausströmte, ehe ich die Decke über unsere Beine zog.

„Dichter, Roohy. Ich brauche deine Nähe", flüsterte er in mein Haar.

Kichernd legte ich den Arm auf seine Brust, strich mit den Fingerspitzen durch die schwarzen Haare. Fasziniert zeichnete ich Kreis hinein, zog sanft an ihnen.

Grummelnd protestierte er. „Nicht, bitte. Auch wenn ich mich durch und durch für einen Kerl halte, bin ich nicht erpicht auf Schmerzen, fürchte ich."

Leise lachend legte ich die Hand flach auf die Stelle über seinem Herzen. „Männer ...", scherzte ich. „Außen hart, innen ganz ..."

Er ließ mich nicht ausreden, verschloss meinen Mund mit einem festen Kuss. „Freches Weib", grummelte er an meinen Lippen.

Mit den Fingerspitzen trommelte ich gegen seine Haut. „Dabei wollte ich ganz andere Dinge mit meiner Hand tun", murmelte ich ihm ins Ohr.

„Das läuft uns nicht weg", erwiderte er sanft. „Solange du mir nicht wegläufst ..." Es klang wie eine Frage.

Ich beeilte mich zu sagen: „Bestimmt nicht."

„Gut", stieß er hervor und atmete tief durch. „Dann plädiere ich jetzt für schlafen. Komischerweise fühle ich mich ausgelaugt." Er zwinkerte beredet.

Gefangen erwiderte ich den Blick. „Wie ...?"

Verstehen zeigte sich in seinen Augen. „Ganz ehrlich? Wenn du gesehen hättest, was ich beobachtet habe, dann hättest du auch keinen weiteren Anreiz gebraucht", sagte er leise. „Das war mit Abstand das Aufregendste, was ich in meinem ganzen Leben gesehen habe."

Verständnislos schüttelte ich den Kopf, da es mir nicht einleuchtete. „Wie kann ein visueller Reiz so stark sein? Fühlen ist so viel mächtiger ..."

Sein Mund zog sich zur Seite, als er nachdachte. „Das dachte ich auch. Bis eben ..." Leuchtende Augen trafen auf meine.

Ein knappes Lachen entfuhr mir. „Verrückt ..."

„Ja. Vor Liebe nach dir", wisperte er mit einem Lächeln, dass seine Augen zum Funkeln brachte.

Glücklich strahlte ich ihn an. „Das gefällt mir."

„Ja? Mir würde es auch gefallen ..."

Amüsiert nahm ich den Wink mit dem Zaunpfahl zur Kenntnis. Bereitwillig ging ich darauf ein. „Du hast mich eben auch ziemlich verrückt gemacht."

„Ach ja? Ich stehe dir jederzeit zu Diensten ... Und bald mit ganzem Körper, mach dich darauf gefasst, Roohy. Wir brauchen nur die Testergebnisse, dann wirst du es spüren ...", sagte er verheißend.

Es klang in meinen Ohren wie ein Gelöbnis. Erschaudernd reagierte mein Körper darauf.

Fünf Finger schoben sich in meine Haare, ehe er sehnsüchtig flüsterte: „Ich liebe dich."

Selig schloss ich die Augen. Wie von allein verzog sich mein Mund zu einem Lächeln. „Ich liebe dich auch, Shaheen."

Knurrend presste er den Mund auf meinen. „Schon wieder der elende Nachname."

Kichernd schlug ich die Lider auf. „Ist das der dezente Hinweis, dass du ebenfalls einen Kosenamen für dich beanspruchen möchtest?"

In seinen Augen entstand ein helles Leuchten, der Mund verzog sich zu einem Lächeln. Doch er sagte nichts dazu.

Ich musste ihn einfach necken, der Drang dazu überwältigte mich. „Ich werde mal Google befragen, Shaheen. Vielleicht finde ich etwas passenderes für d…"

Hart presste er den Mund auf meinen. „Vergiss es. Du bist erstens nicht der Typ, der Google benutzt", tönte seine Stimme mit einem Unterton, der unverhüllt sein Wohlgefallen darüber ausdrückte. „Und zweitens: Erst, wenn du in deinem Herzen einen Kosenamen für mich findest, ist er gut genug für mich. Mit weniger gebe ich mich nicht zufrieden." Intensiv starrte er mich an.

„Entspann dich, Shaheen. Weniger als das hast du auch nicht verdient. Ich … Ich bin bloß nicht sonderlich kreativ, was das anbelangt. Also gib mir noch etwas Zeit, ja?"

Seufzend legte er den Kopf zurück aufs Kissen.

„Natürlich", wisperte er und gähnte.

Zufrieden kuschelte ich mich an seine Seite. „Irgendwelche Wünsche in der Hinsicht?", hakte ich nach.

„Wie meinst du das?", fragte er überrascht.

„Na, zum Beispiel, indem du mir sagt, du lehnst einen süßen Kosenamen ab. So etwas wie Honigbär, auch wenn das durchaus passend wäre." Ich zwinkerte ihm zu.

Die Augenbrauen schossen hoch. Lange starrte er mich wortlos an, ehe er sich räusperte. „Ein guter Einwand", sagte er mit rauer Stimme. „Ich denke, wir hatten das Thema schon, von wegen nach außen hin das Image wahren." Bedeutungsschwer blinzelte er. „Aber wenn wir zusammen im Bett sind, würde ich wahrscheinlich keinen Einwand erheben." Schmunzelnd schürzte er die Lippen.

Kichernd vergrub ich das Gesicht in seiner Halsbeuge. Seufzend stieß ich: „Ich liebe dich", hervor, ehe ich die Lider schloss und das Bein über seine legte.

„Und ich dich erst", wisperte er, hauchte einen Kuss auf meinen Scheitel, und gähnte ein weiteres Mal laut hörbar. „Schlaf gut, Roohy."

„Du auch", nuschelte ich undeutlich, ehe ich mich der Müdigkeit überließ.

Erneuter Anlauf

„Ich weiß, ich habe dir noch keine Chance gegeben zum Nachdenken ...", murmelte ich. „Frag mich nicht, warum, aber es lässt mich nicht los. Ich wünsche mir so sehr, dass du meine Frau wirst."
Die Lider blieben geschlossen, doch ein Seufzer entfuhr ihr. Statt zu antworten, schmiegte sie die Schläfe fester an meinen Oberarm. Minutenlang schwieg sie, nagte mit den Zähnen an der Lippe.
Atemlos wartete ich, während die Zeit quälend langsam verstrich.
„Roohy?", flüsterte ich, als sie stumm blieb.
Ein schelmisches Lächeln umspielte ihre Lippen, als sie leise – ohne die Augen zu öffnen – erwiderte: „Pst ... Ich denke nach ..."
Ebenso leise murrte ich: „Du kostest mich gerade ein weiteres Jahr meines Lebens, nur um dir zu verdeutlichen, wie lange dein Nachdenken sich anfühlt."
Ein unterdrücktes Kichern entfuhr ihr. „Du bist jünger als ich, du kannst das verkraften."
„Wirklich witzig", schmollte ich und hauchte ihr einen Kuss auf den Scheitel.
Das Schweigen zog sich in die Länge.

Meine Finger spielten wie von selbst mit ihren Haaren. Fasziniert fuhr ich wieder und wieder dem Schwung der Locken nach.

Ich zwang mich dazu, ihr Grübeln nicht zu unterbrechen, doch mit jeder verstreichenden Minute wurde ich nervöser.

Um mich abzulenken vergrub ich die Nase in ihren Haaren, badete regelrecht in dem Duft. Ich schloss die Augen, genoss es, sie einfach in den Armen zu halten.

Ihre Wärme zog mich an wie ein Magnet. Das Verlangen, sie inniger zu umarmen, verstärkte sich. In gleichem Maße wuchs die Empfindung in meinem Herzen, schwoll an, bis ich die Hände ballte, als könnte ich dadurch mehr Raum schaffen für die intensiven Emotionen. Mir war, als würde ich kaum noch Luft bekommen. Der Überschwang der Gefühle war beinahe zu viel für mein Herz. Es dehnte sich so stark, dass es an den Fasern zerrte. Mir kam es vor, als würde es reißen, doch auf eine wundervolle Art. „Ich liebe dich, Rebecca. Der Allmächtige allein weiß, wie sehr. Ich wünschte, ich fände Worte, um es dich begreifen zu lassen."

Die Berührung ihrer Fingerspitzen an meiner Wange brachte mich dazu, die Lider zu öffnen.

„Taariq", flüsterte sie, die Augenbrauen zusammengezogen. Fragend musterte sie mich.

„Was, Roohy?"

Eine lange Zeit taxierte sie mich wortlos.

Bezaubert von ihrer Schönheit strich ich jetzt meinerseits über ihre Wange. Wie von allein lächelte ich, um jegliche Worte verlegen.

Die Ernsthaftigkeit ihres Blickes ließ mich beklommen schlucken.

„Ich liebe dich auch. Und ...“ Einen Moment lang unterbrach sie sich, als hätte sie Angst vor meiner Reaktion. „Was das andere anbelangt ...“

Jäh explodierte Nervosität in meinem Bauch, noch intensiver als zuvor. Unterbewusst registrierte ich, dass ich den Atem anhielt.

„Eventuell wird dir meine Antwort nicht gefallen“, warnte sie leise. „Ich möchte es gerne langsam angehen. Wir sollten einander besser kennenlernen.“

Ich hasste mich dafür, aber herbe Enttäuschung durchsickerte mich. Die Logik hinter ihren Worten erschloss sich mir, dennoch fühlte ich mich zurückgewiesen.

„Hey“, murmelte sie, räkelte sich nach oben, um mich besser ansehen zu können. Ihre Augen wanderten über mein Gesicht. „Sei nicht enttäuscht, bitte. Ich möchte dir einen Kompromiss anbieten.“

Um meine Emotionen zu verbergen schloss ich die Augen.

„Gib uns ein Jahr. Lass uns herausfinden, ob wir zusammenpassen, in den grundsätzlichen Dingen übereinstimmen.“

Sie wollte weitersprechen, doch ich unterbrach sie, presste mühsam einige Worte hervor: „Was immer du möchtest."

„Sieh mich an, Taariq." Sie wartete, bis ich ihrer Bitte gehorchte. „Du bist enttäuscht, und genau das möchte ich nicht. Doch du hast mich nicht ausreden lassen."

Mühsam hielt ich den Blickkontakt, blieb aber stumm.

Zärtlich fuhren ihre Fingerspitzen über meine Schläfe, schoben sich in die Haare. „Da du mir keinen richtigen Antrag gemacht hast ..." In diesem Moment gehörte ihr meine ganze Aufmerksamkeit. „... kann ich ihn auch nicht annehmen. Dennoch kann ich dir verraten, dass ich *Ja* gesagt hätte unter der Bedingung einer Verlobungszeit von einem Jahr."

Geschockt schnappte ich nach Luft.

Den Bruchteil einer Sekunde später lag sie unter mir. „Küss mich und versprich mir, nicht wegzugehen." Ohne ihr eine Chance zu geben, presste ich den Mund auf ihren. Entschlossen sprang ich aus dem Bett, stieg umstandslos in meine Hose.

Verblüfft sah sie zu mir hoch.

„Überlässt du mir die Wahl des Verlobungsrings, oder soll ich deine Wünsche berücksichtigen?" Ich kämpfte mit dem letzten - erstaunlich widerspenstigen - Knopf des Hemdes, um ihn zu schließen.

„Aber ..."

Ich riss ein Paar Socken aus dem Koffer. „In zehn Sekunden bin ich draußen. Eine Antwort?"

Ein kurzes Lachen. „Du bist verrückt ..."

„Nach dir, wie du weißt." Die Schnürsenkel ignorierend schlüpfte ich in die Schuhe und griff nach der Schlüsselkarte. „Letzte Chance ..."

„Komm wieder ins Bett", raunte sie kopfschüttelnd.

„Indiskutabel. Ich habe einen Auftrag, um einen Antrag machen zu können." Mit einem breiten Lächeln trat ich in den Flur hinaus.

„Taariq, warte ..." Ihr Ruf hielt mich nur kurz auf.

„Keine Chance, Roohy. Ich möchte dich an meiner Seite, als meine Ehefrau. Das Verlobungsjahr ist schneller vorbei, je eher ich zurück bin." Mit Nachdruck zog ich die Tür ins Schloss.

Nervös wartete ich im hoteleigenen Ballsaal. Beinahe vier Stunden waren vergangen, seit ich die Suite verlassen hatte.

Mit Hilfe des Hotelmanagers und der Tatkraft einer Hochzeitsplanerin - die ich nur gewinnen konnte, indem ich ihr den Auftrag für die Hochzeit versprach – hatte sich der Raum in ein nach Rosen duftendes Blumenmeer verwandelt.

Gedämpfte Stimmen erklangen vor der Tür.

„Miss Carney?"

„Ja. Ich soll in den Ball..."

„Gehen Sie hinein. Sie werden erwartet."

Lautlos schwangen beide Flügel der Tür auf, ließen die Flammen der zweitausend Kerzen flackern.

Rebecca kam zögerlich herein. Der Mund klappte ihr auf, als sie sich umsah. „Was ...?"

„Roohy."

Sie drehte sich zu mir um, die Augen riesengroß.

„Mir ist in den vergangenen vier Stunden etwas bewusst geworden: Du hast recht, wir sollten uns besser kennenlernen." Unsicher deutete ich umher.

„Ich habe keine Ahnung, ob du auf so etwas stehst, oder wie du dir einen Antrag erträumt hast als junges Mädchen ..."

Kopfschüttelnd presste sie die Lippen zusammen, dann entfuhr ihr ein kurzer Lacher.

„Rebecca ..." Verlegen bemerkte ich das Zittern meiner Hände, als ich ihre ergriff. „Verflixt, ich bin nervöser, als ich zugeben sollte. Die Pläne in meinem Kopf ..."

„Taariq, frag mich einfach. Du kennst meine Antwort doch schon." Leuchtende Augen strahlten mich an, ließen meinen Atem stocken.

„Ich liebe dich, Roohy. Vom ersten Moment an habe ich mich in deinen Augen verloren. So wie jetzt gerade auch." Nervös räusperte ich mich.

„Was nicht hilfreich ist, da es mich den Faden verlieren lässt ..." Tief durchatmend zwang ich mich
zum Weiterreden, schoss jeden Plan in den Wind.
„Du weißt, ich möchte dich heiraten. Dabei brennt
ein Wunsch in mir, der mir noch wichtiger ist:
Dass du mir jeden weiteren Tag meines Lebens gestattest, dir zu beweisen, dass ich dich von Herzen
liebe. Und falls ich Mist baue, dass du mir die
Chance gewährst, es wieder auszubügeln. Wenn
dir das nicht zu viel erscheint, dann würdest du
mich extrem glücklich machen, wenn du meinen
Heiratsantrag annimmst." Widerstrebend ließ ich
ihre Hände los, um mich hinzuknien, als sich ihr
Mund unvermittelt auf meinen drückte.
„Natürlich möchte ich dich heiraten", stieß sie zitt-
rig hervor. Eine Träne rann ihre Wange hinunter.
„War das dein *Ja*?", fragte ich verblüfft.
„Ja!"
Ungläubig lachte ich auf. „Ich habe die Frage doch
noch gar nicht gestellt."
„Du hast gesagt, es würde dich glücklich ma..."
Ich konnte nicht anders: Eng zog ich sie an mich,
um sie zu küssen. Aus Zärtlichkeit wurde etwas In-
nigeres. Sie klammerte sich an mich, als wäre ich
ihr Anker auf stürmischen Wogen.
Als ich sie wegschob, seufzte sie tief, die Lider fest
geschlossen.
„Darf ich die Frage stellen?", fragte ich.

Tränennasse Augen sahen zu mir auf. Stumm nickte sie.

Lächelnd kniete ich mich hin, zog den Ring aus der Hosentasche, der seit Stunden ein Loch in den Stoff zu brennen schien. Erstaunlicherweise zitterte meine Hand nicht, als ich ihn ihr hinhielt.

Hörbar schluckte sie.

„Rebecca. Hast du Mut genug, es mit mir auszuhalten? Mir immer zu glauben, wenn ich dir sage, dass ich dich liebe? Selbst wenn ich mich stündlich wiederhole?" Ihr amüsiertes Glucksen brachte mich kurzfristig aus dem Konzept. „Willst du meine Frau werden, Roohy?"

„Ja."

Nur ein Wort.

Und keine Überraschung, da sie es vorher angekündigt hatte.

Doch das Glück, das mich dabei durchströmte, war unbeschreiblich. Wie von selbst zog das breiteste Grinsen über mein Gesicht.

„Steh auf", bat sie.

„Erst, wenn ich dir den Ring anstecken darf." Fragend sah ich zu ihr auf.

„Ein wenig mehr Selbstvertrauen würde dir gut zu Gesicht stehen", murmelte sie.

„Klappt bestens. Nur nicht, wenn es dich betrifft. Es hängt zu viel davon ab, ob ich es gut genug hinbekomme, da ich dich auf ewig behalten möchte."

Seufzend spreizte sie die Finger. „Du bist das Beste, was mir je passiert ist."

Konzentriert steckte ich ihr den Ring an.

„Steh auf, bitte", wiederholte sie und zog mich hoch. Kaum stand ich, schlang sie die Arme um meinen Hals und reckte mir das Gesicht entgegen. Unsere Lippen fanden sich in einem zärtlichen Kuss.

„Ich bin also das Beste ..."

Lachend unterbrach sie mich: „Allerdings. Keine Ahnung, wodurch ich solch ein Glück verdient habe. Doch ich behalte dich."

Leise seufzend lehnte ich die Stirn an ihre. „Danke für dein *Ja*, Roohy."

„Schau mich nicht so an", wisperte sie, die Augen leicht geweitet.

„Wie denn?", hakte ich irritiert nach.

„So verliebt ..."

Ihre Wange schmiegte sich in meine Handfläche, als ich sie zu streicheln begann. „Da musst du, fürchte ich, mit leben."

Sie blieb stumm, und meine Gedanken fingen an zu strömen. „Moment mal ..." Abschätzend sah ich sie an. „Warum soll ich dich nicht so ansehen?"

Stöhnend legte sie den Kopf in den Nacken. „Wenn ich dir das verrate, gebe ich dir eine Waffe gegen mich in die Hand. Ich bin mir nicht sicher, ob ich schlau handle, wenn i..."

Mit einem Kuss, der unweigerlich eine Spur zu leidenschaftlich wurde, unterbrach ich sie. „Ich brauche keine Waffe *gegen* dich. Eher eine Formel, der ich folgen kann und die mir garantiert, dass du für immer bei mir bleibst."

„Schau mich weiterhin so verliebt an, dann wirst du mich nie wieder los. Und noch etwas: Das alles hier", sie deutete mit der Hand umher, „ist zauberhaft. Ich habe nie von einem Antrag geträumt, doch hätte ich es getan, dann wäre dieses hier die schönste Erfüllung."

Erleichterung durchströmte mich.

„Aber es waren deine Worte, die es perfekt gemacht haben. So überwältigend, dass ich dir einen Vertrauensvorschuss gewähren möchte."

„In welcher Form?"

Mit den Fingerspitzen glättete sie die Runzeln auf meiner Stirn. „Sechs Monate."

Mir stockte der Atem. Mein Herz setzte einige Schläge aus. Völlig aus der Fassung gebracht starrte ich sie an.

Leichte Unsicherheit zeichnete ihr Gesicht. „Natürlich nur, wenn du willst."

Keuchend stieß ich die Luft aus. „Bist du verrückt? Damit machst du mich beinahe glücklicher, als ich es ertragen kann."

„Ja?" Hell strahlte die Liebe zu mir aus ihren wunderschönen Augen.

„Ich danke dir, Roohy." Glücklich küsste ich sie voller Leidenschaft. Eilig brach ich den Kuss ab, da sofort der Wunsch erwachte, mehr zu tun, als nur zu küssen. Um mich abzulenken, fragte ich: „Noch weitere Geständnisse?"

Verschmitzt lächelte sie mich an: „Ich bin kein großer Fan von Schmuck. Ich hätte dir auch ohne Ring ein Heiratsversprechen gegeben." Verlegen zuckte sie mit dem Kopf.

„Verdammt, ich bin also ganz umsonst die Fahrt zum Juwelier angetreten?" Mit dem Finger brachte ich sie zum Schweigen, als sie Luft holte, um zu antworten. „Wirst du ihn dennoch tragen?"

„Auf jeden Fall", murmelte sie.

„Darf ich dich um zweierlei bitten?"

„Natürlich."

„Ich würde mir ein Foto wünschen, von uns beiden. Um den Moment für unser Fotoalbum festzuhalten."

„Das würde mir gefallen. Hast du dein Handy dabei?"

Eng aneinander geschmiegt schauten wir beide zum Smartphone und lächelten für das Bild.

„Das sieht hübsch aus", flüsterte sie, als wir es uns ansahen. „Und deine zweite Bitte?"

Jäh wurde ich ernst, spürte, wie ich die Stirn in tiefe Falten zog. „Du weißt um meinen Beruf. Und um die ..." Stockend hielt ich inne.

„Oh ... Ich denke, ich begreife, was du fragen willst. Ein zweites Foto für dein Social Media?"

Erstaunt sah ich sie an. „Das mit dem zweiten Bild ist eine grandiose Idee, auf die ich nie gekommen wäre. Aber du hast den Nagel auf den Kopf getroffen mit deiner Vermutung. Ich würde gerne - in diesem Falle extrem gerne - die fantastischen Neuigkeiten mit der Welt teilen."

„Wie könnte ich dir diesen Wunsch abschlagen? Lass uns eins mit Selbstauslöser machen. Um deine tolle Dekoration zu würdigen."

„Sprachlos und dankbar", murmelte ich, zu benommen von dem Glück, dass ihre Bereitwilligkeit in mir auslöste.

„Wie bitte?"

Lächelnd schüttelte ich den Kopf. „Ein Vorschlag, weil du gesagt hast, du willst mich auf deine Art kennenlernen: Jedes erste Foto, von was auch immer wir Aufnahmen machen werden, soll einzig für unser privates Album sein. Etwas, das nur uns allein gehört."

Strahlend lächelte sie mich an, die Augen mit einem Mal feucht. „Eine grandiose Idee", wiederholte sie meine Worte. „Danke, das bedeutet mir viel."

„Mir auch, Roohy."

Baby

„Was hast du gemacht in den Stunden, in denen ich weg war?"

„Ich habe mit Christina telefoniert. Sie lässt grüßen und freut sich für uns. Ich meine, darüber, dass wir ein Paar sind. Ich habe ihr nicht verraten, dass du los gerannt bist, um einen Verlobungsring zu besorgen."

Erheitert lachte er.

„Danach habe ich versucht, mich abzulenken, da mir das Warten schwer fiel. Erst mit lesen, was gar nicht funktioniert hat. Dann mit fernsehen. Aber auch das brachte mir nichts."

Wir erreichten das Hotelzimmer, und er hielt mir die Tür auf.

Lächelnd betrat ich die Suite und ging schnurstracks zum Schreibtisch. „Bei meinem rastlosen umhertigern habe ich den hier gefunden." Gespannt auf seine Reaktion hielt ich ein großformatiges Kuvert in die Luft.

„Was ...? Ach ja, Zain erwähnte den Umschlag. Bestimmt ein Drehbuch oder etwas ähnliches."

„Nein, kein Drehbuch."

Überrascht blickte er mich an.

„Ich habe den Absender gelesen."

Gleichmütig zuckte er mit den Schultern. „Unwichtig. Komm lieber in meine Arme."

Ein kleines Lachen entfuhr mir. „Wenn das dein Wunsch ist, solltest du eventuell in Erwägung ziehen, den Umschlag zu öffnen."

Ein ratloser Blick traf mich. Mein Feixen verleitete ihn dazu, die Stirn zu runzeln. Seufzend kam er näher und griff nach der Post.

Geschockt atmete er aus, als er den Absender entzifferte. Schon riss er an dem braunen Papier. Er zog mehrere weiße Bögen heraus, der Blick glitt gierig über die Buchstaben.

„Verdammte Scheiße", wisperte er.

Ein Kloß entstand in meinem Hals, erschwerte mir das Luftholen.

Er sah mir in die Augen. „Ich wünschte, ich hätte sofort nachgesehen, als Zain den Umschlag erwähnte. Das hätte die letzte Nacht tausendfach schöner gemacht ..." Breit grinste er.

Erleichterung durchströmte mich. „Also bist du gesund?"

„Es sieht ganz danach aus. Dein Doktor behauptet es zumindest." Er krümmte den Finger, winkte mich zu sich, und raunte: „Komm in meine Arme, Rebecca. Ich möchte jetzt nur noch eins tun."

„Ach ja? Und das wäre?" Lächelnd erwiderte ich den Blick, bewegte mich aber nicht.

„Meine Verlobte so lange zu lieben, bis wir beide den Sternenhimmel erblicken."

„Hast du Kondome da?", fragte ich atemlos.

Entsetzen verdrängte das Strahlen. „Verdammt", stieß er grollend hervor. „Ich habe meine Freizeit um Zain herum geplant ... Lauf mir nicht weg, Roohy. Ich muss noch einmal einkaufen gehen."

„Bleib hier."

Ernst schüttelte er den Kopf, als ich zu ihm trat und wir einander in die Arme schlossen. „Ehrlich gesagt: Ich kann es kaum erwarten, dich vor den Traualtar zu bekommen. Doch mit einem Baby sollten wir uns noch Zeit lassen."

Ein nervöses Kichern entfuhr mir. Eine Sekunde später schnürte es mir den Hals zu, als ein warmes Sehnen in mir aufwallte. Bilder entstanden vor meinen inneren Augen. Ich schloss die Lider, um sie besser wahrnehmen zu können.

Fast plastisch sah ich vor mir ein Baby, das Köpfchen gekrönt von schwarzem Haarflaum. Beinahe glaubte ich zu spüren, wie winzige Finger sich um meinen Daumen schlossen und fest zupackten.

„Roohy?", fragte Taariq mit irritierter Stimme.

„Ich ..." Benommen schüttelte ich den Kopf, um die Bilder verschwinden zu lassen. Es gelang mir nicht. „Ich ... Äh ..." Ohne es unterdrücken zu können, purzelten die Worte aus meinem Mund: „Ich möchte deine Babys zur Welt bringen."

Seine Arme fielen herunter.

Ein fassungsloser Blick traf mich, ehe ein warmes Leuchten die Schwärze seiner Augen belebte. Immer breiter lächelnd neigte er den Kopf zu mir.

„Ist das so? Du möchtest Babys mit mir haben?"

Schwer schluckend nickte ich kräftig.

„Wenn ich dich nicht schon längst lieben würde, spätestens jetzt wäre es um mich geschehen ..."

Sanfte Fingerspitzen streichelten über meine Wange. Seine Lippen legten sich federleicht auf meine, liebkosten die empfindsame Haut, die unter der Berührung zu kribbeln begann.

Keuchend drückte er mich von sich. „Ich sollte es allmählich wissen ..."

„Was?", fragte ich benommen, noch immer im Bann seiner Zärtlichkeit verfangen.

„Dass ein Kuss, auch wenn er noch so unschuldig ist, *mehr* nach sich zieht ... Was mich zu der Frage führt: Lässt du mich los, damit ich einkaufen gehen kann? Oder ..." Die Unsicherheit in seiner Stimme war nicht zu überhören.

„Was?"

Intensiv drang sein Blick in meine Augen. „Oder möchtest du ohne Schutz mit mir schlafen?"

Überfordert von der jähen Möglichkeit schloss ich die Lider. Gedanken, Wünsche und Ängste jagten durch meinen Kopf.

Ein sanfter Kuss ließ mich die Augen öffnen.

„Lass mich einkaufen gehen." Er lächelte leicht. „Das gibt dir Zeit zum Nachdenken. Wenn ich zurück bin, kannst du frei wählen. Und ... Roohy?"

Ich gab einen fragenden Laut von mir.

„Es ist deine Entscheidung. Ob du warten willst oder nicht, ich möchte dich nicht beeinflussen. Du solltest aber wissen: Schon immer war mir klar, dass ich Kinder haben möchte. Und wenn du mir diesen Wunsch erfüllen willst ..." Kraftvoll drückte er mich gegen seinen Körper. „Du machst mich glücklich damit. Ich würde gerne sagen: Himmelhochjauchzend glücklich, aber das klingt zu kitschig, nicht wahr?"

Das Wort reizte mich zum Lachen. Sein Gesichtsausdruck, der reines Glück ausstrahlte, klärte auf verblüffende Weise meinen inneren Zwiespalt. „Erklär mich für verrückt, und ich bin die Erste, die dir zustimmt", stieß ich kurzatmig hervor.

„Taariq?"

„Ja?"

„Trag mich ins Bett und mach mir ein Baby."

Sein Mund klappte auf. Kopfschüttelnd schaute er mich an, dann brach er in lautes Lachen aus. „Du bist verrückt! Du bestehst auf sechs Monaten Kennenlernzeit, bevor du gewillt bist, mich zu heiraten. Aber zu einem Baby sagst du sofort *Ja*?"

Seufzend nickte ich. Gedankenverloren malte ich mit dem Zeigefinger Kreise auf seine Brust.

„Denkst du an Isabella?", fragte er unversehens.

Die Augen wurden mir feucht. „Bis zu dieser Frage nicht, nein."

„Ich habe sie besucht", murmelte er und zog mich erneut in die Arme.

Ich zuckte zurück. „Was?"

Verlegen suchte er meinen Blick. „Als ... Als der Detektiv keine ..."

„Detektiv?", unterbrach ich ihn erstaunt.

„Ja", wisperte er und presste für einen kurzen Moment die Lippen aufeinander. „Ich hoffte, ein erfahrener Privatermittler könnte dich aufspüren, doch in Atlanta verlor sich deine Spur. Du hast mir einmal gesagt, dass du nicht aus L.A. weggehen willst, wegen deiner Tochter. Und da ich dich vertrieben habe, dachte ich, es wäre an mir, ihr zu zeigen, dass sie nicht alleine ist."

„Du hast das Grab meiner Tochter besucht?" Heiße Tränen begannen zu fließen, ich kam nicht dagegen an. Mühsam rang ich nach Atem, während es in meiner Nase unangenehm kribbelte.

„Jedes Mal, wenn ich in L.A. war."

Ergriffen sah ich zu ihm auf, auch wenn ich ihn nur verschwommen erkennen konnte. „Das ist ..." Mir fehlten die Worte. Sogleich kam mir seine Formulierung in den Sinn. „Wenn ich dich nicht schon längst lieben würde, spätestens jetzt wäre es um mich geschehen ..."

„Ist das so?" Sein sehnsuchtsvolles Starren ließ meine Tränen versiegen.

„Zu einhundert Prozent", wisperte ich.

Unsere Blicke ließen einander nicht los. Die Schönheit seiner Seele spiegelte sich in den dunklen Augen, erfüllte sie mit Leben, mit endloser Liebe.

„Danke", murmelte ich aufgewühlt.

„Wofür, Roohy?"

„Für Isabella. Und für deine Liebe."

Wortlos drückte er mich an sich.

Ich reckte mich und legte die Lippen an seinen Hals. Beglückt spürte ich, wie er erschauderte. Als ich spielerisch zu saugen begann, brach ein dumpfes Stöhnen aus ihm hervor.

„Rebecca ...", wisperte er.

„Vielleicht hast du Glück", flüsterte ich und knabberte bedächtig an der feuchten Haut.

Stockend keuchte er: „Wo... Womit könnte ich ... Glück haben?" Sanfte Hände schoben sich in meine Haare, drückten mich eine Spur fester gegen ihn.

Behutsam glitt ich mit der Zunge über die spürbaren Adern, entlang dem festen Muskelstrang.

Ein Keuchen entfuhr ihm. Die Finger verkrampften sich in meinen Haaren, zogen an ihnen.

„Eventuell bekommst du mich doch früher vor den Traualtar ... Ich neige nämlich dazu, die Männer zu heiraten, die mich schwängern." Japsend schnappte ich nach Luft, als er mich umstandslos hochhob.

„Vielleicht habe ich wirklich Glück", wiederholte er atemlos. „Das ist bereits dein zweites Entgegenkommen. Wenn ich mich mächtig ins Zeug lege, könntest du in ...", beredet blickte er zu den Leuchtziffern des Weckers, „... fünf Minuten schwanger sein."

Kichernd barg ich das Gesicht in der Kuhle seiner Schulter. „Möglich. Wir werden es herausfinden. Aber zuvor braucht es etwas körperlichen Einsatz", hauchte ich erregt.

„Mit dem allergrößten Vergnügen, Roohy. Ich liebe dich nämlich. Dich und unser zukünftiges Baby."

Der Kuss, den er mir schenkte, begann zärtlich.

Für einen Augenblick raubte mir die zunehmende Leidenschaft den Atem, ehe ich glücklich die Augen schloss, um mich in seiner Umarmung zu verlieren.

Ende

Janey L. Adams
Thore – One Night Deal
ISBN: 9783 744 80028 0
ASIN: B0719KH2GH
348 Seiten

Klappentext:

Unerwartet steht Cory dem Schauspieler Thore gegenüber, dessen Wohnung sie putzt.

Seine selbstsichere Art, die Augen, die ihren Körper abtasten, sowie die Bemühungen, sie ins Bett zu locken, gehen ihr gehörig gegen den Strich. Obwohl sie klar zum Ausdruck bringt, ihn nie wieder sehen zu wollen, gibt er nicht auf.

Als letzten Ausweg bietet sie ihm einen Handel an: Eine Nacht, in der er mit ihr machen darf, was er will. Unter der Bedingung, sie danach für immer in Ruhe zu lassen.

„Eine Nacht." Die zwei Worte kamen fast flüsternd über ihre Lippen, und sie sah ihn dabei nicht an.

Eine Nacht? Das reicht mir nicht, dachte er wütend.

„Drei Nächte."

„Eine Nacht. Mehr bekommst du nicht." Sie sah zu ihm hoch.

Seine Augen loderten. „Küss mich. Ich will erst wissen, ob sich dein Angebot lohnt."

Die Erfüllung ihres Wunsches schien in greifbare Nähe zu rücken. „Okay", sagte sie leise.

Misstrauisch sah er sie an. „Nur um das klarzustellen: Ich will einen richtigen Kuss. Gib dir Mühe, mich zu überzeugen."

Ein Zittern bemächtigte sich ihrer Arme, und ihr Herz krampfte sich kalt zusammen.

Wild entschlossen nickte sie.

Sie hob die Hände und griff nach seinem Hemd. Tief durchatmend zog sie ihn ein Stück weit zu sich herunter, ließ die Hände um seinen Hals gleiten, und verschränkte sie dahinter.

Ihr Blick tauchte tiefer in seinen, sie reckte sich zu ihm hoch. Unbewusst befeuchtete sie ihre Lippen mit der Zunge.

Scharf sog Thore die Luft ein, die ihm knapp zu werden schien. Er spürte, dass ihre kalten Hände zitterten.

Doch seine Gedanken erstarben, als ihr Mund sich auf seinen drückte.

Er wollte schon sagen, dass sie jeden Handel vergessen konnte, als er spürte, wie sie die Lippen öffnete und mit der Zungenspitze über die Konturen seines Mundes strich.

Er riss sie an sich, legte die Arme fest um ihren weichen Körper.

Sie stöhnte, und das war sein Untergang.

Er stand in Flammen, als er sie fester an sich presste.

Sie lehnte sich an ihn, drängte mit der Zunge gegen seinen Mund.

Keuchend öffnete er ihn und musste sich zwingen, nicht über sie herzufallen. Als ihre Zungenspitze seine umspielte, wurde sein Schwanz hart.

Endlich, dachte er. Er drängte sie rückwärts, bis sie mit dem Rücken gegen die Hauswand stieß.

Erschrocken keuchte sie auf.

Er lehnte sich zurück, sah sie schwer atmend an.

„Wenn du den Deal willst, dann musst du mehr bieten, als unschuldige Küsse."

„Dann zeig mir, wie ich dich küssen muss, damit daraus etwas wird."

Mit einem dunklen Laut verschloss er ihre Lippen, begann sie heiß und heftig zu küssen.

Ein Stöhnen kam tief aus ihrer Kehle, und sie imitierte die Bewegungen seiner Zunge.

Abrupt beendete er den Kuss, drückte sie aber weiterhin mit seinem Körper gegen die Wand.

„Eine ganze Nacht. In der ich mit dir alles machen kann, ohne Einschränkungen. Du wirst dich fügen und mir gehorchen. Ich werde dich ficken, *wann* und *wie* ich es will. Das ist der Deal."

Sie starrte ihm in die Augen und schluckte schwer.

„Wirst du mir weh tun?", kam es zögerlich von ihren Lippen.

Lange sah er sie an. „Es wird intensiv. Du wirst mich vielleicht heftiger spüren, als du es dir vorstellst. Doch ich habe nicht die Absicht, dich zu schlagen, falls du das befürchtest."

Forschend musterte sie ihn. „Eine Nacht, zu den von dir genannten Bedingungen. Ich verspreche, mich allem zu unterwerfen, was du mit mir machen willst. Dafür bekomme ich dein Versprechen, mich danach für immer in Ruhe zu lassen."

...

Auf *Facebook.com* bin ich unter *Janey L. Adams* zu finden, falls Du Fragen / Kritik / Anregungen / Kommentare hinsichtlich meiner Bücher hast.

Ich würde mich freuen, von Dir zu hören!